COLL

Isabelle Sorente

Le complexe de la sorcière

Gallimard

Isabelle Sorente a publié plusieurs romans et essais remarqués, dont *La faille* et *180 jours* qui ont reçu un très bel accueil critique et l'ont installée comme l'une des voix les plus fascinantes du roman contemporain.

On ne peut vraiment voler que ceux qui vivent magiquement et pour moi tout a une signification.

Ingeborg Bachmann, *Franza*.

I

Apparition

PREMIÈRE VISION

C'est une scène terrible, une scène d'interrogatoire. Je ne vois pas la couleur de ses cheveux, juste ses yeux liquides, transparents, immenses. Un homme se tient devant elle. La question qu'il lui pose est toujours la même, et ce n'est pas une question. C'est un ordre. « Dis-le. Dis que tu es une sorcière. » Comme dans un cauchemar, je devine, à l'arrière-plan, l'éclat du métal, les formes inquiétantes d'instruments chauffés à blanc. Pourquoi se trouve-t-elle ici ? Qui l'a accusée ? Est-ce qu'elle prie ? Est-ce qu'elle espère encore, évalue ses chances, se prépare à nier ? Ou bien est-il trop tard ? Que va-t-elle lui dire ? Et quel est son nom ?

Qui est-elle ?

La première apparition de la sorcière date du mois de juin deux mille dix-sept. Pourquoi à ce moment-là, je n'en ai aucune idée. Je sais juste que la scène m'apparaît et qu'il faut l'écrire. Elle ne fait que quelques lignes et je n'ai pas la moindre idée d'un début d'histoire. Je ne me vois pas écrire un roman historique, je n'ai que cette scène d'interrogatoire. Je ne sais pas où elle se passe, ni quand, je ne sais pas qui est cette femme, ni pourquoi on lui pose ces questions. Je sais qu'une chose impensable est sur le point d'arriver dans l'angle d'une cellule, une chose qui a une importance indescriptible. Mon imagination ne va pas plus loin. À part la scène elle-même, je ne vois rien. Sauf des murs sombres, des reflets de métal, le décor n'apparaît pas. L'histoire non plus. Au bout d'un mois, je décide d'oublier cette image et de passer à autre chose. Un peu comme on décide d'oublier une rencontre troublante parce qu'on n'a reçu ni coup de fil, ni proposition de rendez-vous, ni rien. Alors on se dit qu'on s'est fait des idées. Que la fascination n'était pas réciproque.

Deux semaines plus tard, je dîne avec Sarah qui a une bonne nouvelle à m'annoncer. Elle vient d'avoir les résultats du concours de l'enseignement, elle est admise, son rêve de devenir professeure va se réaliser. Je suis presque aussi émue qu'elle, Sarah rêve d'enseigner depuis que je la connais. Je me souviens même d'une fois, c'était il y a vingt ans, nous commencions à travailler, où elle m'avait dit les larmes aux yeux que cette vie que nous nous apprêtions à mener, ces responsabilités qu'elle s'apprêtait à prendre, tout cela était bien loin de la vie simple dont elle rêvait. Sarah et moi sommes devenues amies alors que nous terminions nos études. En apparence, on ne se ressemblait pas. Sarah faisait partie de ces filles populaires que les autres élisent comme déléguée ou trésorière, j'étais plutôt timide et je restais à l'écart des groupes. Sans doute avons-nous reconnu en l'autre un sentiment de décalage que nous nous efforcions, chacune à notre façon, de dissimuler. Sarah et moi avions partagé l'espoir naïf que nos études, ou peut-être le simple fait de devenir adultes, résoudraient les nombreuses questions que nous nous posions sur le sens de la vie. Nous commencions à comprendre, avec une certaine angoisse, que ce ne serait pas le cas. L'autre chose que nous avions en commun, c'étaient nos origines métissées. Le père de Sarah était ivoirien, ma mère sicilienne avait grandi à Tunis. Nos parents s'étaient séparés quand nous avions à peu près le même âge, ni sa mère ni la mienne ne s'étaient remariées. Tout cela nous rapprochait.

Aujourd'hui que sa fille, dont je suis la marraine, a presque l'âge que nous avions lorsque nous nous sommes rencontrées, je sais que c'est autre chose que nous avons en commun : Sarah et moi, nous cherchons. Nous cherchons, mettons, une forme de vérité. C'est de cela que nous parlons chaque fois que nous sommes ensemble, de cet enjeu, de ce désir, même si le mot spirituel nous fait l'effet d'un vêtement trop grand pour nous et que nous l'employons peu, nous parlons de cette recherche chaque fois que nous nous retrouvons. Sarah fait partie d'une sangha bouddhiste sans être bouddhiste, même si elle a pris l'habitude de partir en retraite chaque année. J'ai longtemps pratiqué le zen. Mais ce qui nous rapproche le plus, elle et moi, c'est le sentiment que tout ce que nous vivons fait partie de notre recherche.

À partir de la rentrée, le salaire de Sarah va diminuer. Elle m'explique qu'elle a mis de l'argent de côté, la veille, elle a rassuré sa fille qui s'inquiétait. Elle lui a promis que ça ne changerait rien pour elle, qu'elle partirait comme prévu étudier un an à l'étranger. Et ce matin, elle a franchi pour la première fois la porte du collège où elle enseignera le français à la rentrée. Je sais reconnaître un rêve qui s'accomplit. Sarah rayonne, ses yeux brillent, elle a l'air d'une jeune fille, je suis admirative, peut-être un peu jalouse. J'aimerais avoir quelque chose d'équivalent à raconter, quelque chose qui représente le même saut d'intégrité. Et la première chose qui me vient à l'esprit, c'est la vision de la sorcière. Je la lui raconte, ce soir-là, un peu comme on raconte un rêve significatif qu'on n'a pas encore réussi à interpréter.

L'image me revient à l'esprit dans les jours qui suivent. Les hommes à l'arrière-plan, ceux que j'imaginais comme d'inquiétantes présences près d'instruments chauffés à blanc, les hommes à l'arrière-plan ont disparu, comme celui qui la questionnait. La femme est seule, silhouette réfugiée dans un angle obscur, jusqu'au prochain interrogatoire. Mais chaque fois que je tente d'aller au-delà de cette solitude, de me représenter ce qui se passe dehors, l'histoire de cette femme ou des détails aussi simples que le pays où elle habite, l'époque où elle vit, mon imagination s'arrête net comme si elle refusait d'inventer quoi que ce soit. La seule chose que je vois avec clarté, sans avoir le sentiment de trahir la vérité que déjà cette image représente pour moi, la seule chose que je vois avec clarté, ce sont ses yeux. Des yeux ouverts dans l'ombre, des yeux presque transparents, soit parce qu'ils sont bleus, soit parce que justement j'ignore tout de leur couleur. C'est tout. Pour un début d'histoire, ce n'est pas grand-chose.

Pour finir de camper le décor auquel se superpose une image venue d'ailleurs, c'est un appartement au deuxième étage, un couloir encombré de cartons. Au début de l'été, Frédéric et moi venons d'emménager ensemble. C'est à la fois une vieille et une nouvelle histoire, puisque nous avons vécu quinze ans dans des appartements séparés, avant de nous séparer pour de bon. Nous nous sommes retrouvés deux ans plus tard, et avons décidé d'emménager dans un lieu que nous choisirions ensemble pour commencer une vie nouvelle. J'avoue que j'appréhendais un peu cette cohabitation. Mais je dois bien constater au bout de trois mois que nous sommes heureux, apaisés comme on peut l'être lorsqu'on connaît quelqu'un depuis longtemps, et qu'il se produit ce petit miracle de le découvrir de nouveau. Quant à la solitude, je n'y ai pas renoncé. La pièce où je travaille est au fond de l'appartement, il me suffit de fermer la porte, et si cela ne suffisait pas, je sais que je trouverai le moyen de m'isoler lorsque le besoin s'en fera sentir. J'ai quand même eu un petit pincement au cœur le jour où j'ai annulé le contrat d'électricité de mon ancien appartement. Mais enfin, pour l'instant, je dois dire que tout se passe bien. Frédéric me dit souvent qu'il apprécie de vivre avec moi, moi aussi je le lui dis. C'est l'avantage de vieillir. On n'hésite plus à dire ce qui va mal, mais on apprend aussi à dire ce qui va bien.

Elle a le crâne rasé. La longueur de ses cheveux, leur couleur, la façon dont ils sont relevés ou emmêlés, tout cela ne fait pas partie de l'image. On leur rasait le crâne avant de procéder à l'interrogatoire. On leur rasait aussi toutes les parties du corps, pour que les juges soient sûrs qu'elles ne puissent pas cacher, dans un recoin intime de leur anatomie, un nom inscrit sur un papier plié, une poche cousue contenant une formule, un pauvre maléfice qui les protégerait de la douleur au moment de la question. Je dis elles, alors que je devrais dire ils. Des hommes aussi furent brûlés comme sorciers. Mais la grande majorité d'entre « elles » furent des femmes. C'est cette réalité que traduit l'expression chasse aux sorcières. On ne dit pas chasse aux sorciers. Il existe une expression dans la langue française où le masculin ne l'emporte pas, c'est la chasse aux sorcières. C'est étrange, quand on y pense.

Avant le début de l'été, il devient évident que la sorcière me hante. J'ai commencé à me documenter, commandé des livres d'histoire. Pourtant rien ne se passe comme pour la construction d'un personnage. Je n'imagine rien d'elle, rien d'autre que ses yeux ouverts dans l'ombre, je n'ai toujours aucun nom ni aucun lieu, même si l'époque se précise un peu. Les seules scènes qui m'apparaissent sont des souvenirs. Souvenirs d'enfance, d'adolescence, de jeunesse, souvenirs que la sorcière semble évoquer, les rappelant à ma mémoire bien qu'ils n'aient rien à voir avec le destin de ces femmes accusées par leurs voisins, ces femmes questionnées avant d'être bannies, noyées ou brûlées vives.

PREMIERS VOYAGES DANS LE TEMPS

Les livres d'histoire sont apparus sur mon bureau, presque aussi vite que la sorcière dans mon esprit. Dès le début de l'été, j'accumule plus d'une quinzaine d'ouvrages. Certains sont des classiques comme *La Sorcière* de Michelet ou une *Histoire de l'Inquisition au Moyen Âge* de Henry Charles Lea. D'autres ont été plus difficiles à trouver soit qu'ils n'aient pas été réédités, soit qu'ils n'intéressent que les spécialistes. Au début, je leur trouve à chacun une place sur ma table de travail. Un autre mois passe et je dois acheter une étagère rien que pour eux. Je m'assois désormais à mon bureau entourée de titres comme *Sorcières !*, *Le sabbat des sorcières*, *La sorcière et l'Occident*, *Caliban et la sorcière*, *Sorcières, sages-femmes et infirmières*, *Les derniers bûchers, un village de Flandre et ses sorcières sous Louis XIV*, *Inquisition et sorcellerie en Suisse romande, le registre Ac 29 des archives cantonales vaudoises*, *De la chrétienté romaine à la réforme en Dauphiné,* sans oublier le fameux *Malleus Maleficarum* ou *Marteau des sorcières,* ce traité de démonologie aussi volumineux qu'un dictionnaire où les inquisiteurs Heinrich Krämer et Jakob Sprenger énumèrent les crimes commis par les sorcières, et les façons les plus efficaces de les questionner. Le fait que la plupart de ces livres soient difficiles à obtenir, que certains m'aient été prêtés ou soient devenus quasiment introuvables, me donne envie d'en prendre soin. Alors à la fin de l'été, j'achète encore de nouvelles étagères pour ranger les ouvrages qui continuent à s'accumuler sur ma table. Ce sont des étagères en bois blanc que j'ai trouvées dans une boutique juste à côté de chez moi. Le gars était d'accord pour venir les monter, trois coups de perceuse et c'était réglé. La sorcière a maintenant sa place. Je n'ose pas dire son autel, mais une trentaine de livres de toutes tailles, dont certains très volumineux, une trentaine de livres dont les titres contiennent presque tous le mot « sorcière », c'est quand même l'effet que ça fait.

Celui d'une présence.

Voilà comment je commence à passer mes soirées auprès d'elle, et bientôt une partie de mes nuits, plongée dans les livres d'histoire. Au début, ça ressemble à un travail d'enquête classique. Je me lève après le dîner et je vais lire l'un des livres posés sur l'étagère. Une ou deux heures plus tard, je rejoins Frédéric dans la chambre. Et puis très vite, quelque chose change. Il y a la femme au crâne rasé, il y a ses yeux limpides, démesurés.

Mais chaque fois que je me plonge dans un livre d'histoire pour en savoir un peu plus sur elle – imaginer l'endroit où elle aurait pu vivre, le crime qu'elle aurait pu commettre – chaque fois que je tourne les pages, en même temps que la scène que je m'efforce de faire apparaître, en même temps que le décor des chasses, ce sont des images du passé, mon passé, qui me reviennent à l'esprit. Comme si la lecture attentive d'ouvrages historiques, dont je dois avouer que certains sont assez trapus pour une non-spécialiste, produisait une sorte de télescopage du temps.

J'imagine, par exemple, un hiver glacial où le gel brûle les récoltes et le blé devient noir, j'imagine les regards jetés à une femme qui vit à l'écart des autres (Bamberg, 1627).

Ou bien j'imagine une fille prostrée, après avoir été promenée nue sous les huées (Brescia, 1486).

Mais à ces scènes que les livres d'histoire évoquent en termes détachés et prudents, comme « les grandes chasses aux sorcières de Westphalie survinrent après des hivers particulièrement rudes » ou « l'Italie fut le pays le plus tolérant d'Europe à l'égard des magiciennes, le bannissement et les châtiments corporels y étaient en général préférés à la peine capitale », à ces scènes s'en superposent d'autres, qui n'ont rien à voir avec les phrases que je lis.

Deux images surtout me reviennent à l'esprit, alors que je suis plongée dans les récits des chasses. La première est une photographie de mon père enfant, que je garde précieusement dans un album de la taille d'un cahier, avec d'autres photos de famille en noir et blanc. Mon père doit avoir six ans, il est debout dans la neige, il tient sa mère par la main. Le champ, la maison et même l'église du village qu'on aperçoit derrière eux, tout est couvert de givre. Les cheveux de mon père sont presque aussi clairs que le paysage enneigé, son sourire est bienheureux, il n'y a pas d'autre mot, petit bonhomme enivré par la lumière glacée. Ma grand-mère, au contraire, fixe l'objectif d'un air inquiet. Elle sait que la chute brutale des températures signifie la perte assurée de leurs vignes et de leurs pommes de terre. Ma grand-mère possède deux champs à la sortie du village. Mon grand-père paternel, qui est mécanicien, a voulu ouvrir son propre garage mais son associé, un gars de Strasbourg, l'a escroqué. Alors cet hiver-là, mes grands-parents n'ont plus que leurs champs pour vivre. La photo a été prise par mon grand-père la veille de Noël. L'hiver 1938 a commencé par être relativement doux mais à partir de la mi-décembre, il paraît que les températures ont chuté d'un seul coup. Sont passées d'une dizaine de degrés à moins vingt en une semaine. Les récoltes sont fichues. Mon père ne le sait pas, il a six ans. Neuf mois plus tard ce sera la guerre.

Quant aux pays du Sud si tolérants envers les magiciennes qu'ils se contentent de les humilier au lieu de les brûler… Lorsque je pense à ces femmes fouettées et huées, je ne sais pas pourquoi j'imagine leurs yeux sombres, graves et pleins de honte, ou au contraire vengeurs et déterminés mais toujours noirs, si noirs qu'ils semblent liquides, comme ceux de ma mère, de ma grand-mère, de mon arrière-grand-mère et de ses sœurs. C'est quelque chose qui m'a toujours impressionnée, les regards sombres des femmes de ma famille maternelle, sur ces photos où elles posent avec des chapeaux et des voilettes, malgré la chaleur de Méditerranée. Mais parmi tous ces portraits de femmes pris à Palerme ou à Tunis, les yeux les plus noirs et les plus mélancoliques sont ceux de ma mère. L'image qui me revient sans cesse à l'esprit – alors même que je suis en train de lire dans *La sorcière et l'Occident* que l'Italie fut un pays relativement clément envers les sorcières, limitant leurs peines à des châtiments corporels – l'image qui me revient à l'esprit est une photographie où ma mère pose debout sur un tabouret. J'imagine que c'était l'idée du photographe. Il a dû se dire que le tabouret permettrait de rehausser l'enfant, que son visage capterait mieux la lumière. Mais on voit bien que cette posture gêne la petite fille. Elle la subit, toute raide dans sa robe blanche. Ses boucles noires sont retenues par un nœud de satin, elle vient d'avoir sept ans, la guerre est terminée. En octobre 1945, ma mère a déjà ce regard sérieux, triste et résigné, cette expression accablée, d'un accablement déjà sensuel, déjà lourd à porter, des petites filles du Sud à qui on fait comprendre très tôt qu'être femme est une chose qu'elles doivent se faire pardonner.

Résultat de mes premières investigations : le froid, le gel qui détruit les récoltes, la rudesse du climat ajoutée aux guerres et aux épidémies, tout cela fait partie du contexte de persécution des sorcières. Au nord de l'Europe, les grandes chasses se déclenchèrent souvent après des vagues de froid. Alors plus il faisait froid, plus on brûlait de femmes ? Pas tout à fait. Mais plus les conditions extérieures apparaissaient défavorables, incompréhensibles ou terrifiantes, plus il y avait de chances pour qu'on accuse une femme de les avoir provoquées, attirées, souhaitées, en jetant un sort à la communauté. Et qu'on brûle la bonne femme, et quelques autres dans la foulée. Au Sud, il semblerait que les condamnations aient été moins rudes. Mais je suis partagée entre l'agacement et l'effroi quand je lis que ces punitions se « limitaient » à des châtiments corporels ou à des peines de bannissement. Bien sûr que si on remet les choses dans leur contexte, la fille qui se faisait fouetter et cracher dessus avait plus de chance que celle à qui on broyait les genoux avant de l'asseoir sur une chaise de fer chauffée à blanc. Il n'en reste pas moins que les femmes qui survivaient à une humiliation de ce genre, comme celles qui en étaient les témoins, ne devaient jamais guérir d'un sentiment de terreur.

Alors que je viens juste de faire installer mes dernières étagères, je remarque que la pièce où je travaille se divise en deux. Contre le mur de droite se trouvent les étagères consacrées à la sorcière. Et juste en face, exactement à la même hauteur, occupant eux aussi trois étagères entières, se trouvent ces classiques de la psychologie, livres de Freud, de Carl Jung, de Viktor Frankl, qui me fascinent comme des contes ou des récits mythiques. Je ne m'en étais pas rendu compte, mais la sorcière et les médecins se font face, la sorcière à ma droite, les grands hommes à ma gauche – je ne suis pas mécontente de cette inversion des polarités, même si elle s'est produite de façon involontaire, je me suis contentée de ranger les livres le long des murs – la magie d'un côté, la psychologie de l'autre. Comme si la question me tournait autour, ou m'encerclait.

Qu'est-ce que l'éveil, l'individuation, la psyché d'une femme ?

Et dans quelle mesure la sorcière fait partie de la réponse ?

Quelques détails concrets quand même, parce que ça reste une pièce, pas un mandala. Ce que j'appelle mon bureau est une chambre de dix mètres carrés que les anciens propriétaires utilisaient comme chambre d'enfant. La table où je travaille se trouve face à une fenêtre, qui donne sur un jardin où le chat du rez-de-chaussée se promène chaque matin. À peu près à l'heure où je me mets au travail, le chat sort par la fenêtre. Lorsque je le vois cavaler entre les arbustes pendant que je peine sous le regard des sorcières et des maîtres de la psyché, je me dis que j'aimerais bien être à sa place. Et puis j'essaie de chasser cette pensée.

Parce qu'avec Carl Jung à ma gauche, je ne peux pas tout à fait exclure l'hypothèse de la réincarnation, et que renaître sous la forme d'un chat me ferait perdre tout espoir d'atteindre l'éveil. Déjà que c'est compliqué en tant que femme. Inutile de gâcher davantage mes chances.

PESÉES

L'une des façons de savoir si une femme était sorcière était de la jeter à l'eau. Si elle flottait, c'est qu'elle était coupable, et on la repêchait pour mieux la brûler. Si elle se noyait, elle mourait innocente. Les démonologues croyaient que les sorcières se reconnaissaient à une légèreté anormale. Sinon, comment auraient-elles pu s'envoler pour se rendre au sabbat ? Cette logique implacable pouvait conduire à noyer les accusées ou, procédure moins cruelle et surtout moins fatale, à les peser. J'imagine les magistrats plaçant, sur les plateaux d'une grande balance, d'un côté une bible et de l'autre une femme. Même si les bibles de l'époque pouvaient peser une vingtaine de kilos, l'accusée avait toutes les chances de s'en tirer lorsqu'elle était soumise à ce test plutôt que jetée à l'eau. Il arrivait même que les femmes soupçonnées de sorcellerie par leurs voisins demandent un pesage en bonne et due forme, à l'issue duquel un certificat de normalité leur était délivré. Elles pesaient le bon poids, elles n'étaient pas sorcières. Elles pouvaient retourner chez elles et reprendre une vie normale (jusqu'à la prochaine accusation).

Je ne peux m'empêcher de penser qu'aujourd'hui, le critère de poids s'est inversé. La mauvaise femme n'est plus celle qui flotte dans ses vêtements, mais celle qui pèse trop lourd. Le mal a changé de camp, le bien aussi. Mais cinq siècles plus tard, le rituel demeure, les femmes continuent à se soumettre à la pesée. Et personne n'irait questionner l'habitude de monter sur une balance, personne n'aurait l'idée de se demander d'où elle vient. On dit que les femmes sont obsédées par leur apparence, on dit qu'elles ne sont jamais satisfaites de leur poids. Et si c'était autre chose ? Comme le besoin d'être pesée pour prouver son innocence, comme la répétition d'un rituel de survie dont nous avons oublié le sens ? C'est le genre de questions que je commence à me poser, achevant la lecture d'une histoire de l'Inquisition, découvrant la pensée des démonologues et les méthodes d'interrogatoire.

Et aussi : De quelles autres traces n'avons-nous pas conscience ?

Lorsque je retrouve Sarah pour déjeuner quelques jours plus tard et que je lui raconte l'histoire du pesage, elle se souvient d'avoir jeté, à vingt-cinq ans, sa balance à la poubelle, avec le sentiment enivrant de se débarrasser d'un juge. Mais ce geste audacieux n'avait pas suffi, le juge sans pitié était demeuré en elle et avait continué à dénigrer tout ce qu'elle faisait. Il était évidemment bien plus puissant qu'un simple objet.

FEDES MINOR

C'est vers la fin de l'été que je commence à me demander si les chasses n'ont pas laissé une empreinte, pas seulement une empreinte historique, sociale, comme le mépris des femmes seules ou la peur des vieilles femmes, mais quelque chose d'autre, une trace plus profonde, une empreinte occulte dans la psyché des femmes. Quelque chose qui expliquerait ces associations qui se produisent chaque fois que je lis une histoire qui n'a rien à voir avec la mienne. Puisque les histoires que je lis sont celles de femmes accusées d'avoir passé un pacte avec le diable parce qu'un veau est tombé malade. Les histoires que je lis sont celles de femmes qui soignent alors qu'elles n'ont pas le droit d'exercer la médecine, celles de femmes soupçonnées de faire tomber la grêle ou de recracher une hostie à la sortie de la messe. Et moi, je revois le cartable que m'a acheté ma mère pour la rentrée de sixième, un beau cartable en cuir, alors que j'aurais voulu l'un de ces sacs en toile que les autres gosses portent sur une seule épaule, avec une désinvolture dont il me semble déjà que je ne serai jamais capable. Je revois mon père tenant ma mère par la taille un soir d'été, je le revois nous dire, à mon frère et à moi, ce soir, c'est le 14 Juillet, ça vous dirait d'aller voir le feu d'artifice ? Cette contraction du temps qui se met à résonner, cet afflux de souvenirs que j'avais d'abord pris pour un phénomène passager, non seulement ne s'arrête pas, mais est en train de s'amplifier. Je commence à prendre ces résonances au sérieux, au point que je décide, un soir de septembre, d'en parler à Claire, qui me propose de la retrouver chez elle après le départ de son dernier patient.

J'ai fait la connaissance de Claire il y a huit ans, elle venait d'écrire un livre sur l'intuition qui m'avait bouleversée et j'avais trouvé un prétexte pour la rencontrer. Aujourd'hui Claire, comme Sarah, fait partie de ces amies avec qui j'entretiens un lien qu'il faut bien qualifier de spirituel puisque chaque fois que nous nous voyons, et après quelques brefs échanges sur ce que nous appelons la météo du jour – comment va ton compagnon, comment se sont passées les vacances, que fais-tu en ce moment – nous entrons dans le vif du sujet. À savoir ce que nous cherchons. L'intégrité, l'éveil, l'amour, les mots peuvent varier mais ce qui ne varie pas, c'est l'importance centrale de cette recherche dans nos vies. C'est ce qui fait que je ne pourrais pas me passer de mes amies femmes. Même s'il m'arrive d'avoir le même genre d'échanges avec des hommes, avec Frédéric, avec mon frère, avec quelques amis intimes, ce n'est pas pareil avec eux. J'ai toujours le sentiment que les hommes sont du côté officiel de la force. Leur chemin me fait l'effet d'une route bien éclairée, goudronnée même, une route avec des panneaux partout. Les pères s'adressent aux fils, les frères éclairent les frères, les maîtres parlent aux disciples. Et nous devons faire comme si nous suivions la même autoroute, alors que nous marchons sur une piste en pleine nuit. Tout en supportant ces allusions à une époque imprécise, flottante comme un voile, époque où les femmes étaient exclues de l'enseignement spirituel, exclusion dont le remède serait on ne peut plus simple, puisqu'il suffirait de s'imaginer que le fils est une fille, que le frère est une sœur, que le père est une mère, pour retrouver son chemin et la fameuse route principale. Mais non, ce n'est pas si simple. Non, je ne m'y retrouve pas. Tout le problème est là.

Je trouve Claire abattue, ce soir-là, dans son bel appartement pas loin des Halles. Son dernier patient l'a quittée une demi-heure plus tôt, elle me dit qu'il y a eu un moment de grâce durant la séance. « Heureusement qu'il y a eu ce patient. Au moins, la journée s'est bien terminée. » Claire n'est pas quelqu'un qui se plaint facilement, on pourrait même la prendre pour une femme sévère, avec ses chemises au col fermé et ses cheveux blonds toujours relevés en chignon. Elle est malgré tout assez bouleversée pour me dire qu'elle se sent idiote, qu'elle voudrait effacer cet après-midi de sa mémoire. Quelques heures plus tôt, elle avait rendez-vous avec la directrice d'un cabinet de conseil. Même si Claire est d'abord psychanalyste, il lui arrive aussi d'intervenir en entreprise, et je sais qu'elle fait peu de différence entre ses patients et ses clients. Le but pour elle est toujours le même. Se connaître. Être libre. « Si je parviens à donner ce genre d'envie à quelqu'un, alors que sa boîte me contacte pour qu'il soit plus efficace, j'estime que j'ai accompli ma mission. » Souvent tout le monde y gagne, même si Claire me fait parfois l'effet d'une chamane infiltrée dans le monde de la performance, souvent ça se passe bien. Mais pas cette fois-ci.

Sa cliente lui a demandé des détails sur la façon dont elle pensait créer une cohésion d'équipe. Et Claire a fait l'erreur, l'erreur fatale, dit-elle, de lui dire qu'elle commencerait la journée par une méditation. « Je ne sais pas ce qui m'a pris. » Ce n'est pas tant la méditation qui a choqué sa cliente que le mot. Claire m'explique que méditation, ça ne se dit pas dans le milieu de l'entreprise. Pas comme ça. Pas tout seul. Méditation pleine conscience, à la rigueur, ça fait moins radical. Mais l'expression consacrée, me dit-elle, c'est temps de centrage, pour montrer que c'est technique et que ça ne dure pas longtemps. Elle n'a pas dit ce qu'il fallait dire. Sa cliente a froncé les sourcils, suspicieuse tout d'un coup, doutant de ses compétences, lui posant des questions sur son CV. Le pire, c'est que Claire s'est justifiée. C'est ça qu'elle ne se pardonne pas. La façon dont elle a éprouvé le besoin de rappeler qu'elle était membre d'une société de psychanalyse, inscrite à l'association française de coaching. Comme si l'autre avait raison de douter, comme si elle devait lui donner des preuves de sa bonne foi. Même si elle savait déjà que quelques heures plus tard, elle recevrait un message lui disant que la mission était reportée, qu'on la rappellerait.

Quand même, temps de centrage, je trouve ça formidable. C'est sûr que ça passe mieux sur une présentation PowerPoint que Samatha-Vipassanà. Mais quand je dis ça à Claire, ça ne la fait pas rire du tout. En ce moment, sa fille cherche du travail, elle essaie de l'aider à préparer ses entretiens. « Comment veux-tu qu'elle se sente sûre d'elle alors que sa mère, sa mère psy, je précise, se justifie comme une débutante ? »

Une femme cache toujours quelque chose. Il y a quelque chose de faillible en elle, quelque chose d'erroné. Elle a beau croire qu'elle ne ment pas, elle ne dit pas la vérité. Comme l'écrivent les inquisiteurs Krämer et Sprenger dans le *Malleus Maleficarum* : « *Femina* vient de *Fe* et *minus*, car toujours elle a et garde moins de foi ». L'erreur d'étymologie est grossière, elle fait penser à un jeu de mots, *femina*, foi en moins. Mais je commence à me dire que cette erreur grossière et les deux siècles de persécutions qui ont suivi ont laissé une trace. Une trace toujours active, toujours blessante et toujours signifiante.

Alors que nous finissons de dîner, j'essaie d'expliquer à Claire mon hypothèse sorcière, ce que je commence à percevoir de l'empreinte que les chasses auraient peut-être, je dis peut-être, laissée dans ma mémoire. « C'est comme une dissonance, dis-je à Claire, comme un sentiment d'illégitimité, une sensation de ne pas être à sa place. Il y a aussi la peur de mentir, de mentir sans s'en rendre compte, d'avoir commis une erreur dont on ne se souvient pas. » Ce ne sont que des premières impressions, je sens bien qu'elles sont reliées, je sens bien qu'il y a autre chose. Mais je n'arrive pas à savoir ce que c'est. Claire m'écoute avec une attention presque gênante, je suppose que c'est l'attention qu'elle accorde à ses patients. Et puis elle me demande ce que j'attends d'elle. Ce que je veux surtout savoir, c'est si elle croit possible que quelque chose se soit transmis. « Sachant que les chasses aux sorcières ont duré plus de deux siècles et qu'elles ont eu lieu dans toute l'Europe, crois-tu qu'elles pourraient avoir laissé une sorte d'empreinte psychique ? »

Lorsque Claire reformule ma question et me demande si je veux parler d'un traumatisme, parce qu'une trace laissée par quelque chose de grave, une trace toujours active, ça s'appelle un traumatisme, c'est moi qui garde le silence. Et puis je finis par répondre que oui, c'est bien ce que je veux dire. Est-ce que le traumatisme des chasses pourrait, d'une façon ou d'une autre, s'être transmis aux générations suivantes ? Et en particulier, aux femmes ? Claire me dévisage, je sens bien que nous sommes troublées toutes les deux. À sa connaissance, il n'existe pas d'étude qui se soit penchée sur l'impact des chasses aux sorcières sur le psychisme des femmes. Mais il y a un champ de recherches qui pourrait me permettre de confirmer mon hypothèse, c'est celui de l'analyse transgénérationnelle. Claire me conseille les livres d'Anne Ancelin-Schützenberger, la pionnière de cette discipline. « C'est une femme extraordinaire, elle a passé sa vie à analyser les arbres généalogiques de ses patients. Elle a prouvé que les secrets de famille et les traumatismes, souvent ça va ensemble, pouvaient se transmettre d'une génération à l'autre. » Claire me dit aussi qu'à sa connaissance, l'analyse transgénérationnelle s'arrête aux arrière-grands-parents. Il est difficile en pratique de remonter plus haut. « Même s'il paraît probable que les exécutions dont tu parles aient marqué les esprits, elles sont vieilles de plusieurs siècles. C'est toute la difficulté. D'autres évènements sont survenus depuis, d'autres souvenirs se sont inscrits. La façon la plus simple de remonter cette trace, ce serait encore de l'observer en soi-même. » À nouveau ce regard presque inquisiteur. « C'est ce que tu es en train de faire, je me trompe ? »

Je ne m'en étais pas rendu compte avant que Claire le formule, mais oui, c'est bien ce qui est en train de se passer. Je n'ai même pas le sentiment que ce processus soit volontaire. Depuis l'apparition de la sorcière, on dirait qu'il s'est enclenché tout seul. Tous ces souvenirs, toutes ces associations comme si ma mémoire se lançait sur une piste. Claire me demande si j'ai peur. Je dois avouer que je ne m'étais pas posé la question. Peur d'être hantée par des scènes de supplice, comme celui des brodequins auquel je pense depuis des jours, oui, sans aucun doute. Peur de réveiller des choses douloureuses aussi, même si je ne me l'étais pas formulé jusqu'à ce soir. Oui, ce soir-là, j'avoue que j'ai peur. Tout en étant aimantée par quelque chose d'irrésistible. Claire croit que je peux faire confiance à mon inconscient. J'aimerais en être aussi sûre. Claire insiste, ce n'est pas comme si je n'avais jamais fait d'analyse, ce n'est pas comme si je ne me connaissais pas moi-même. « Ce n'est pas si fréquent quelque chose d'irrésistible. Tu peux faire confiance à ça. » Avant d'ajouter : « De toute façon, je ne crois pas que tu aies le choix. » Au moins sur ce point, je suis d'accord avec elle.

La torture des brodequins consistait à écraser les jambes de l'accusée entre deux planches, que le bourreau resserrait à l'aide de coins et d'un marteau.

Il arrivait aussi que les sorcières soient plongées dans des bains d'acide, ou qu'on leur verse de l'alcool enflammé sur le crâne.

NON-RETOUR

Au début du mois de septembre, je commence à éprouver un sentiment d'anxiété chaque fois que je m'installe à ma table de travail, et plus précisément au voisinage des livres que j'ai commandés le mois précédent. Parmi ces livres se trouvent le *Malleus Maleficarum* de Jakob Sprenger et Heinrich Krämer, et une réédition du cinquième livre du *Formicarius* de Jean Nider. Durant une semaine entière, l'angoisse me réveille au milieu de la nuit, j'ouvre les yeux vers trois heures du matin, pensant à ce que j'ai lu quelques heures plus tôt, comme si une scène horrible m'avait suivie dans mon sommeil. Je finis par faire des cauchemars si atroces que j'envisage de mettre un terme à ce qui est en train de se passer, cette enquête, mais pas seulement, cette enquête et les réminiscences, les émotions qui vont avec. Disons, cette histoire. J'envisage d'en écrire une autre, celle d'une femme qui se rend compte que les chasses la concernent, une femme qui ne serait pas moi, mais cette mise à distance ne fonctionne pas, mes lectures me ramènent implacablement à des souvenirs et mes nuits à des cauchemars m'incitant à renoncer.

Deux choses vont m'en dissuader. La première est une conversation avec ma mère qui a lieu à la mi-septembre, le jour de mon anniversaire. Elle m'a invitée dans un petit restaurant où nous avons nos habitudes, juste derrière chez elle. Il fait beau ce jour-là, ma mère a réservé une table moitié à l'intérieur et moitié en terrasse, cela fait longtemps qu'elle n'avait pas déjeuné au soleil. Voilà trois mois qu'elle a cessé sa chimiothérapie, son cancer n'évolue plus, ma mère a fait le choix de vivre sans traitements aussi longtemps qu'elle le pourra, un an, peut-être plus, les médecins ne savent pas dire ces choses exactement. Comme elle n'a pas envie de parler de sa maladie, je lui parle des sorcières. Je lui parle des innocentes qui finissaient par croire ce dont on les accusait, je lui parle des exécutions. Je lui raconte ce qui m'arrive. Je lui dis que ces histoires me rappellent des souvenirs qui n'ont rien à voir avec les chasses elles-mêmes. Quand elle me demande de quels souvenirs il s'agit, j'hésite un peu et je finis par évoquer des souvenirs d'adolescence. Son sourire me rassure, ma mère et moi nous aimons d'un amour que la maladie a encore approfondi, mais notre relation n'a pas toujours été aussi sereine qu'aujourd'hui. Ma mère sourit comme si elle se perdait dans ses propres réminiscences, puis elle me regarde, comme si elle ne voyait pas seulement les souvenirs dont je parle mais d'autres auxquels je ne pense pas sur le moment, d'autres qui reviendront plus tard. « Raconte tout, dit-elle. Ne t'inquiète pas pour moi. » Comme je reste silencieuse, elle insiste. Ces souvenirs m'appartiennent, je n'ai pas à en avoir peur. Elle a toujours pensé qu'ils avaient du sens. « En tout cas, me dit-elle, ils ont du sens pour moi. » Puis nous parlons d'autre chose, des livres qu'elle est en train de relire, elle m'avoue s'être plongée dans *Le carnet d'or* parce qu'il lui rappelle la jeune femme qu'elle était lorsqu'elle le lut pour la première fois. « Tu étais encore toute petite, dit-elle, tu venais d'entrer à l'école primaire. » Ma mère et moi nous ressemblons, lorsque nous sommes émues, nous parlons de livres ou bien de choses concrètes. Avant que le déjeuner se termine, elle me rappelle qu'elle a rangé ses papiers, ses papiers importants, dans le meuble de l'entrée, si jamais un jour je devais en avoir besoin, tout est là, dans ce meuble. Je sais que ça la rassure de me le répéter, je lui promets comme chaque fois que je m'en souviendrai – c'est notre rituel d'évoquer ainsi le jour de sa mort, rituel tendre, délicat, dont je finis par penser qu'il contribue à allonger sa vie. Au moment où je la serre dans mes bras, ma mère me dit que ce serait dommage, tout de même, d'abandonner cette histoire de sorcière. Quelques jours plus tôt, Claire et Sarah m'ont dit à peu près la même chose. Comme si les femmes de mon entourage, ma mère, mes plus proches amies, étaient du côté de la prisonnière.

L'autre chose, c'est un sentiment de manque, comme s'il m'était impossible d'abandonner cette femme, impossible de laisser l'obscurité se refermer sur elle, maintenant que nos regards se sont croisés. Je reprends donc mes lectures malgré mon sentiment d'anxiété, et les cauchemars et les réveils nocturnes finissent par s'arrêter, comme des chiens devant une porte qui tout d'un coup cessent d'aboyer.

ENCORE UN PEU D'HISTOIRE

Formicarius, la fourmilière, est le premier livre montrant des sorcières d'un genre nouveau, des sorcières qui ne sont plus simples magiciennes, herboristes ou sages-femmes, mais des femmes dangereuses ayant passé un pacte, un pacte démoniaque. Son auteur, Jean Nider, un prêtre dominicain, entame en 1436 la rédaction de ce volumineux traité de morale, s'inspirant, pour l'écriture du livre V consacré aux sorcières, des récits des juges – eux-mêmes inspirés de légendes, de on-dit et d'aveux faits sous la torture. Mais Jean Nider est bien plus qu'un moraliste, c'est un conteur hors pair. De tous ces témoignages, de toutes ces sources éparses, vont naître les épisodes d'une saga terrifiante, où les sorcières font cuire les enfants « jusqu'à ce que, les os enlevés, la chair soit presque entièrement absorbable et buvable », profanent les tombes, ont le pouvoir de rendre les gens malades, de tuer à distance, tout cela grâce au pacte qu'elles ont passé avec le diable.

Ce que Nider écrit avec la collaboration de ses témoins ressemble aux épisodes d'une série hallucinante, une série appelée sabbat. Jean Nider est souvent considéré comme l'inventeur du sabbat, mais invente-t-il ? intuitif, documenté, excessif, je le vois davantage comme un script-doctor, agrégeant superstitions, témoignages et fantasmes pour fabriquer une nouvelle légende, imaginant ce scénario où des femmes mangent des enfants et baisent avec le diable. Car les sorcières ont passé un pacte pour détruire le genre humain, c'est de Satan en personne qu'elles tiennent leur pouvoir. Tel est le grand récit conçu par ce maître du fantastique qui, malheureusement, n'a pas conscience d'en être un.

Au moment où Nider s'attelle à la rédaction du *Formicarius*, au début du quinzième siècle, sorcier, c'est encore un métier d'homme. Même si les sages-femmes jettent des sorts à l'occasion, même si les guérisseuses connaissent l'usage des plantes, la magie demeure une carrière masculine. Surtout il n'est pas question de pacte. Car c'est là que l'histoire bascule – et c'est là que le genre change. La différence entre sorciers à l'ancienne et sorcières d'un genre nouveau, entre *sorcerer* et *witch*, entre *zauberer* et *hexe*, c'est le pacte démoniaque. Le contrat sexuel passé avec le diable qui fait des femmes les ennemies potentielles du genre humain. À cause de leur faiblesse, de leur aptitude au mensonge, de leur sensualité, tout ce qui les prédispose, selon Nider et ses témoins, à pactiser.

Malgré son scénario fascinant, le *Formicarius* ne connaît pas tout de suite un immense retentissement. Le récit de Nider est encore trop proche de la fiction, il lui manque ce côté systématique qui emporte les convictions. Et puis une histoire ne prend jamais la première fois qu'on la raconte, il faut qu'elle se répète – le contrat sexuel, le pacte avec le diable, le sabbat – qu'elle se redise des dizaines, des centaines de fois pour acquérir la consistance inquiétante du réel. Ce qui va répandre la légende de la femme diabolique, ce qui va l'inscrire dans les esprits, c'est la rencontre de cette histoire et d'une technologie.

Le *Malleus Maleficarum* de Heinrich Krämer et Jakob Sprenger est le premier best-seller de l'époque moderne, le livre qui va transformer la vision des décideurs laïques et religieux en matière de sorcellerie. Rédigé d'une façon méthodique, il voit le jour en même temps que l'imprimerie. Un propos efficace, une diffusion sans précédent, ainsi les historiens expliquent-ils son succès. À ces causes rationnelles, j'ai toutefois envie d'ajouter un ingrédient plus sombre : c'est l'humiliation. Le *Malleus Maleficarum* a été inspiré par un ressentiment mortel. Krämer et Sprenger, ses auteurs, ne sont pas des inquisiteurs ordinaires, ils ne se contentent pas de traquer les hérétiques. Ce sont d'infatigables tueurs de femmes. Deux ans avant la rédaction de leur grand œuvre, en 1484, ils ont chassé les sorcières de la ville de Ravensburg, arrêtant, condamnant et brûlant une cinquantaine de ses habitantes. L'année suivante, Krämer décide de s'attaquer aux sorcières d'Innsbruck. Mais il rencontre la résistance inattendue de l'évêque qui, non content de faire libérer toutes les prisonnières de la ville, en chasse l'inquisiteur après l'avoir traité de gâteux. C'est à la suite de cet affront que Heinrich Krämer s'attaque à la rédaction du *Malleus Maleficarum* avec l'appui de Sprenger. L'appel au crime d'un ego mortifié s'apprête à être amplifié sur plusieurs centaines de pages, en plusieurs milliers d'exemplaires, pour la première fois de l'histoire. Ce ne sera pas la dernière.

« Au milieu des calamités d'un siècle qui s'écroule… » Dès les premières lignes, le ton est donné. Les choses vont mal. Très mal. Une nouvelle hérésie a fait son apparition. C'est l'hérésie des sorcières. Leur but ? Détruire l'humanité. Où sont-elles ? Partout. De qui tiennent-elles leur puissance ? Du diable. Le livre de Krämer tire sa force de conviction de centaines de témoignages récoltés sur le terrain, c'est-à-dire lors de séances d'interrogatoire. Il n'est pas rédigé comme une fiction mais comme un manuel visant à partager un savoir technique. « Les sorcières peuvent-elles empêcher l'acte de la puissance génitale ? » (Partie I, Question VIII) « Les sorcières peuvent-elles illusionner jusqu'à faire croire que le membre viril est enlevé ou séparé du corps ? » (Partie I, Question IX) « Les sages-femmes sorcières font-elles périr les enfants et offrent-elles les autres aux démons ? » (Partie I, Question XI) Présenté comme une démonstration implacable, ce traité de plus de cinq cents pages va transformer la position des juges et même celle de l'Église, pour qui le pouvoir du diable avait jusqu'ici relevé du fantasme. Cette fois, il n'est plus question de fantasme. Il est question de sorcières. Le monde court à sa perte et c'est un complot de femmes. Elles sont d'autant plus redoutables qu'elles baisent avec le diable. Et ça marche. Ça marche même très bien.

Le *Malleus Maleficarum* est publié pour la première fois à Strasbourg en 1487. Réédité neuf fois en Rhénanie, six fois en France et en Italie. En moins de cinquante ans, plus de trente mille exemplaires du manuel des inquisiteurs circulent dans toute l'Europe. Sans compter les éditions imprimées du *Formicarius* qui va connaître un regain de succès, tout comme les traités de démonologie qui vont désormais surfer sur la vague du *Marteau des sorcières*.

Il faut imaginer ce que ça veut dire pour celle qui fait face à son juge. Les livres sont bien plus rares qu'aujourd'hui. La population est beaucoup moins nombreuse. Trente mille exemplaires au seizième siècle, ça veut dire partout. Le portrait de la sorcière est partout. Les jeunes, les vieilles, les filles qui tournent la tête aux hommes, celles qui les font débander, celles qui ne vont pas à la messe, celles qui y vont trop souvent, les veuves, les célibataires, les femmes mariées, toutes cachent un maléfice. Le plomb est fondu pour fabriquer des caractères mobiles, les veaux écorchés pour fabriquer ce papier au nom cruel et magnifique de vélin, les arbres abattus pour bâtir les presses, les pages imprimées à Strasbourg, Paris, Lyon, Venise, et les mots incendiaires allument les bûchers. Il existe un lien de feu entre la sorcière et les livres.

INQUISITEUR ÉCLAIRÉ

J'ai achevé la lecture du *Malleus Maleficarum* en pleine nuit, il devait être quatre heures du matin, je tournais les dernières pages dans un état second, écœurée mais décidée à lire jusqu'à la fin. Parvenue aux derniers mots « Louange soit à Dieu, ruine à l'hérésie, paix aux vivants, repos éternel aux défunts, Amen », j'ai refermé le livre. La traduction française du *Marteau des sorcières* est publiée aux éditions Jérôme Millon, la couverture reproduit un tableau de Goya, *Le Sabbat*, où un immense démon trône au milieu de femmes hagardes. Malgré la fatigue et l'envie d'aller dormir, je n'arrivais pas à détacher mon regard de cette image. Tombant sur ce livre par hasard, apercevant sa couverture, me serais-je doutée de quelque chose ? Aurais-je deviné sa longue carrière sanglante ? Non, j'aurais cru que c'était un roman. Voyant le diable au milieu des sorcières, j'aurais cru que ce roman se passait au Moyen Âge. Et j'aurais commis une double erreur.

Puisque les chasses aux sorcières sont une réalité. Puisque celles que les historiens qualifient de grandes, à cause de leur caractère systématique et du nombre de mortes, les grandes chasses, n'ont pas eu lieu au Moyen Âge. Des milliers de femmes ont été condamnées, torturées et brûlées aux Temps modernes. Derrière cet adjectif, grandes, se cachent plusieurs vagues d'exécutions de masse qui toutes eurent lieu après l'invention de l'imprimerie.

Le sentiment que j'éprouve dans les jours qui suivent est difficile à décrire. Ce n'est pas juste ma vision de l'histoire qui est touchée, c'est la vision de mes origines. Comme si on m'avait en quelque sorte menti. Tu as cru que tu étais d'ici, mais non, tu viens d'ailleurs. Comme une Américaine découvrant tout d'un coup que ses ancêtres ne viennent pas d'ici, qu'ils ont été fouettés, enchaînés et tués. C'est la comparaison qui me vient à l'esprit après la lecture du *Malleus Maleficarum*. Je croyais être blanche, je suis noire. Je croyais être une femme intelligente mais l'intelligence, une certaine forme d'intelligence, a tué des milliers de femmes. Et moi, je viens de ce meurtre. Je porte en moi cette contradiction, cette déchirure. Je suppose que c'est ce qu'on appelle une blessure narcissique. Mais personne ne parle jamais de cette blessure-là, personne ne dit ce que ça fait, on dirait qu'il ne faut rien dire.

À l'automne deux mille dix-sept, j'ai le sentiment que la sorcière partage ma vie. La femme au crâne rasé m'attend chaque soir dans ma bibliothèque, je me couche tard après l'avoir quittée et je me réveille à l'aube pour la retrouver. Je passe mes matinées à noter les souvenirs qui me reviennent, il commence à y en avoir beaucoup, et mes soirées plongée dans les récits de procès. Frédéric comprend ça. Il comprend même très bien. Lorsque nous nous sommes rencontrés, il y a dix-sept ans, il était grand reporter. Il sait ce que c'est d'être obsédé par un sujet. Même si aujourd'hui, ce sont les idées qui l'intéressent plutôt que les révolutions ou les guerres, il reste un enquêteur. Depuis le début de cette histoire, j'ai le sentiment qu'il me soutient. Et voilà que ce soir-là, alors qu'il est en train de préparer le dîner – j'ai la chance de vivre avec l'un de ces hommes qui ne trouvent pas que faire la cuisine ou partager les tâches ménagères soit incompatible avec la virilité – je lui demande s'il savait. « Tu savais que les chasses aux sorcières avaient eu lieu à la Renaissance ? » Pour dire la vérité, je viens d'appeler Sarah pour lui poser la même question. Elle savait sans savoir, comme moi, elle connaissait à peu près les dates, après l'imprimerie et avant les Lumières, entre Gutenberg et Voltaire, mais elle n'avait pas fait le rapport avec les Temps modernes. Comme s'il y avait les grandes découvertes d'un côté, les chasses aux sorcières de l'autre, mais que les deux histoires ne se mélangeaient pas, qu'elles s'étaient déroulées dans deux mondes parallèles dont l'un avait plus d'importance que l'autre. Je raconte ça à Frédéric. Je lui dis que l'une des choses qui me choque le plus, c'est la façon dont certains livres d'histoire, en fait presque tous, présentent la mort de milliers de femmes comme un dégât collatéral de la modernité. Dans l'*Histoire de l'Inquisition au Moyen Âge*, Henry Charles Lea évoque une Europe aux racines chaotiques. À peine les hommes sortaient d'une guerre qu'une épidémie de peste leur tombait dessus, ensuite la guerre recommençait. Lea explique que l'Inquisition a été inventée pour mettre de l'ordre. Les religieux et les législateurs avaient besoin de procédures pour savoir qui était hérétique et qui ne l'était pas. La torture faisait partie de la procédure. Et au seizième siècle, puis au dix-septième, elle fut appliquée à des milliers de femmes.

Frédéric commence par me dire qu'il trouve ça terrible, c'est le mot qu'il emploie, terrible. Et dès qu'il prononce ce mot-là, je ne sais pas pourquoi, je devine la suite. Il va me dire que les historiens n'ont pas tort, que les hommes de l'époque ont fait ce qu'ils ont pu, qu'il faut être réaliste.

— C'est terrible, mais il faut se remettre dans le contexte.

Je crois presque voir dans son regard une lueur attendrie, comme s'il se trouvait face à une adolescente idéaliste à qui il devait expliquer la vie. Je l'écoute, sidérée, m'expliquer que ces hommes-là tentaient sans doute de maintenir la paix, que c'est difficile de juger des siècles plus tard. Mais juger quoi ? Je ne juge rien. Je dis juste qu'elles sont mortes. Des milliers de femmes sont mortes.

— Je suis d'accord avec toi, dit Frédéric, c'est terrible. Mais il s'est passé tant de choses à cette époque. On ne peut quand même pas dire qu'elle se résume à ça.

Ce n'est pas tant ce qu'il dit, je cite ce dialogue de mémoire, sans doute d'une façon approximative, ce n'est pas tant ce qu'il dit mais la façon dont il le dit, cette condescendance qui me donne envie de le blesser à mon tour. Cette condescendance tendre, presque érotique, comme si le fait que je sois choquée par des exécutions de masse était une chose émouvante, excitante peut-être, mais en aucun cas digne d'être prise au sérieux. Cette condescendance aussi envers ses propres sentiments. Comment peut-on dire qu'une chose est terrible, et l'instant d'après qu'elle est normale ? Lui si inquiet pour l'avenir de la planète, lui qui a interviewé plusieurs fois des climatologues, lui qui croit aux prises de conscience, il ne se rend pas compte qu'il raisonne comme ceux qu'il traite d'inconscients ? C'est dans l'ordre des choses. Remettons-nous dans le contexte. C'est terrible. N'y pensons plus.

— Des milliers de femmes sont mortes. Tu trouves que c'est un détail ?

— Je crois que ton sujet te touche, dit Frédéric.

— Tu crois que ne rien ressentir te rend plus intelligent ?

Le coup était bas, je l'ai lu dans son regard. Nous nous sommes dit encore deux ou trois choses blessantes, puis nous avons terminé notre repas rapidement, nous ne supportions plus de nous trouver dans la même pièce. Lorsqu'il m'a proposé de dormir sur le canapé, je lui ai dit que ça n'était pas la peine, il pouvait garder la chambre, le canapé se trouve dans mon bureau et j'aimais autant passer la nuit au milieu de mes livres.

Ouvrant le canapé dépliable, jetant un coup d'œil à l'étagère de la sorcière, j'ai le sentiment désagréable de m'être fait avoir, comme si elle avait participé à la conversation à mon insu et qu'elle me le faisait remarquer avec une sorte d'ironie. À moins qu'il ne se soit passé autre chose. Allongée dans l'obscurité, c'est à peine si j'ose regarder les livres rangés le long du mur, tant ils me font l'effet d'une assemblée de femmes invisibles et vigilantes. Ni Frédéric ni moi n'aimons l'affrontement, nous aurions même tendance à éviter les conflits, une tendance parfois source de malentendus, nous ne nous disputons que si nous y sommes forcés. À moins que l'inquisiteur et la sorcière n'aient le pouvoir de nous posséder. Tout d'un coup, j'ai cru l'avoir devant moi, un inquisiteur intelligent, éclairé, peut-être, mais au fond de lui arrogant, inflexible, ne tolérant aucune contradiction, aucune éraflure à sa logique. J'ai vu Frédéric par ses yeux à elle. Et lui, quelle sorcière a-t-il vue en moi ? Peut-être sommes-nous d'autant plus vulnérables à la possession que nous n'y croyons plus. Nous ne les voyons pas et pourtant, ils sont là, l'inquisiteur et la sorcière, s'immisçant dans les conversations dès qu'un homme et une femme se retrouvent ensemble, comme deux revenants guettant le moment de parler par leur bouche, se jetant encore et encore les mêmes reproches au visage, se haïssant encore et encore avec férocité, nous laissant abasourdis et pantelants lorsqu'ils se retirent. S'ils se retirent.

L'inquisiteur et la sorcière. Ces disputes, c'étaient les pires, où ma mère reprochait sa froideur à mon père et où mon père lui reprochait sa véhémence.

Au début, pourtant, mes parents s'aimaient. Sur les photos prises après ma naissance, ils rayonnent de sensualité, ma mère avec ses longs cheveux noirs, ses pendentifs en argent, ses pantalons serrés à la taille, mon père avec ses chemises blanches, sa coupe en brosse et son demi-sourire. Même si ensuite, les choses se sont gâtées, je suis la fille de ces amants-là, des amants qui se haïssaient chaque fois que l'une perdait son calme et que l'autre le gardait comme pour l'exaspérer.

L'inquisiteur. Le succès de *50 Shades of Grey*. La romance d'E.L. James a au moins trois points communs avec le *Malleus Maleficarum*. D'abord le scénario. Une femme se fait punir par un homme psychorigide. Encore et encore. Ensuite le lieu. L'action se déroule dans une chambre des tortures. Encore et encore. Enfin le résultat. C'est un best-seller.

La sorcière. Virginie Despentes. Dans une interview qui m'avait beaucoup impressionnée, Despentes disait que ne plus être hétérosexuelle avait été un soulagement pour elle. Tomber amoureuse d'un homme sans ressusciter d'anciens conditionnements, sans jouer la femme soumise, sans perdre sa force psychique lui paraissait mission quasi impossible. Quand j'avais lu cette interview, une partie de moi était profondément d'accord avec elle. Mais une autre partie de moi n'avait pas envie de l'être parce que je reste attirée par les hommes, et sans doute aussi par les missions impossibles. Entre les hommes et les femmes, l'amour est-il hanté, hanté par quelque chose que nous ne voulons pas reconnaître ? Pourrait-il ne plus l'être ?

Lorsque j'ai retrouvé Frédéric pour le petit déjeuner le lendemain, il avait les yeux aussi cernés que moi. Lui aussi avait peu dormi. Avant que j'aie le temps de dire un mot, il m'a dit qu'il était désolé pour la veille. J'étais sur le point de lui dire que tout n'était pas de sa faute, moi aussi, je m'étais énervée. Mais ce n'était pas de la dispute qu'il voulait parler. Je n'avais pas compris que ça me touchait moi aussi, a dit Frédéric, moi aussi, ça me bouleverse ces milliers de femmes tuées, je ne peux pas m'empêcher de penser que ça nous concerne tous. Le plus étrange, c'est que je me suis mise à pleurer, comme si une part de moi, souterraine et sensible, se sentait comprise alors qu'elle n'avait pas l'habitude de l'être. Comme je me sentais incapable de me concentrer après toutes ces émotions, j'ai décidé d'aller à la piscine. J'ai nagé assez de longueurs pour me fatiguer. C'est en me remettant au travail beaucoup plus tard, alors que la nuit commençait à tomber, que je me suis résolue à envisager sérieusement l'hypothèse que la sorcière soit l'une de mes ancêtres. Qu'une femme de ma famille ait pu, entre l'invention de l'imprimerie et le siècle des Lumières, être soupçonnée et questionnée. Et que sa blessure se soit transmise sans être jamais nommée.

MAGIE TRANSGÉNÉRATIONNELLE

Il faut dire que la lecture des livres d'Anne Ancelin-Schützenberger m'a remuée. J'ai commencé par celui qui l'a fait connaître au grand public, *Aïe, mes aïeux !*, le best-seller de la psychogénéalogie. Puis j'ai eu envie d'en savoir un peu plus sur elle. Et la première question que je me pose après avoir refermé son autobiographie, c'est : De quel côté ? Si la grande dame de l'analyse transgénérationnelle venait me rendre visite, si elle se trouvait avec moi dans cette pièce, de quel côté voudrait-elle que je range ses livres ? Team psy, avec Jung, Freud et Frankl ? Ou team sorcières, avec les magiciennes et les fortes têtes ? Anne Ancelin est née en 1919, la même année que ma grand-mère. Au moment où je tiens ses livres entre mes mains, elle est encore en vie. J'ai très envie de lui écrire pour lui demander ce qu'elle pense de mon hypothèse sorcière, mais je n'ose pas. Je ne suis pas sûre d'avoir la légitimité nécessaire pour m'adresser à elle, je ne suis pas médecin, je ne suis pas psychiatre. Donc je me dis que je vais attendre un peu, le temps d'avancer dans cette histoire, le temps de mieux formuler les choses.

Ce qui est un tort. Tout ce qu'on se prive de faire par peur de manquer de légitimité est un tort. Peut-être que la grande dame m'aurait regardée en haussant le sourcil, si je lui avais demandé de but en blanc : « Croyez-vous qu'une sorcière puisse hanter mon arbre généalogique ? »

Peut-être qu'elle m'aurait dit la même chose que Claire. Que c'était impossible à savoir, que ça remontait trop loin. Ou peut-être pas. Quoi qu'il en soit, je ne saurai jamais ce qu'Anne Ancelin m'aurait répondu parce qu'elle est morte quelques semaines après que j'ai annoté les pages de ses livres. Il ne faudrait jamais attendre pour consulter les magiciennes. Parce que bien sûr, c'est côté sorcières que je range les œuvres de la grande dame. Ne serait-ce que parce qu'elle écrit dans son autobiographie que toute sa vie a suivi un principe de sérendipité, c'est-à-dire qu'elle s'est laissé guider par une suite de hasards heureux. Ce qui lui vaut d'habiter l'étagère consacrée, entre *Rêver l'obscur* et *Les femmes mystiques*, où je crois qu'elle se trouve à sa place.

Le principe de base de la psychogénéalogie, c'est que nos parents nous transmettent sans le savoir une « chose » qu'eux-mêmes ignorent avoir héritée de leurs parents, qui eux-mêmes ignorent en avoir hérité, un peu comme on se refile le mistigri ou une patate chaude. Bien sûr la « chose » peut aussi être un don et il existe des transmissions inconscientes positives. Mais si les descendants atterrissent dans le cabinet d'Anne Ancelin ou de ses confrères, c'est en général parce que la « chose » fait peur. Très peur. Il y a des cauchemars, des angoisses, des maladies, même des accidents inexpliqués. Anne Ancelin raconte, par exemple, l'histoire d'une femme qui souffre d'attaques de panique et fait des cauchemars sanglants. Durant sa thérapie, elle se rend compte que ses cauchemars se produisent à la date anniversaire de la bataille de Verdun. Elle se souvient alors que son grand-père, âgé de six ans à peine, avait assisté au massacre. Et les cauchemars s'arrêtent. Même genre d'histoire avec une autre patiente dont la fille, venue au monde avec le cou tordu, est décédée quelques heures après sa naissance. Sa nièce, elle, est née avec une hernie cervicale, elle ne peut pas tenir sa tête droite. Et la patiente se souvient que sa grand-mère a vu enfant, durant le génocide arménien, les têtes de sa mère et de ses sœurs promenées sur des piques.

Un autre exemple frappant cité par Anne Ancelin est celui d'Alphonse de Bourbon. Un mois après avoir été reconnu comme l'héritier dynastique de Louis XVI, à l'issue d'un long procès contre son cousin, ce prince est mort décapité dans un accident de ski. À quelques jours près, l'accident s'est produit à la date anniversaire de la mort du roi.

Certaines images fatales ont le pouvoir de se transmettre par-delà les générations. Certaines dates aussi.

Mais le plus mystérieux, le plus magique d'après moi, c'est que les psys n'ont aucune idée de la façon dont ces images, parce que ce sont bien des images qui voyagent d'une génération à l'autre pour se manifester dans la vie ou les rêves des descendants de ceux qu'elles ont blessés ou tués, les psys n'ont aucune idée de la façon dont ces images se transmettent. La seule chose certaine, c'est qu'elles se transmettent d'inconscient à inconscient. Comme une photo passée sous le manteau, comme une carte que personne ne veut retourner, comme un spectre qui hante une pièce fermée à clé. *Comme une sorcière aux yeux limpides et au crâne rasé*. La grande découverte de la psychogénéalogie, c'est que certaines angoisses des patients, certaines coïncidences, certains accidents inexplicables s'expliquent par « l'héritage involontaire et inconscient de traumatismes d'évènements affreux, donc indicibles (trop terribles ou terrifiants pour pouvoir être parlés, comme Hiroshima ou Verdun, les massacres arméniens ou les *tortures*), traumatismes non dits, ébranlants, non élaborés par la parole, non métabolisés et devenus ensuite impensés, mais se manifestant de façon psychosomatique, souvenirs de traumatismes qu'ils n'ont pas vécus, mais qui ont *filtré* ou ont *suinté* de génération en génération et qu'on surmonte en les exprimant ». Les mots tortures, filtré, suinté sont ceux que j'ai soulignés lorsque j'ai lu ce passage.

Lorsque je me suis souvenue, parce que personne ne m'a jamais trompée sur les dates, personne ne m'a jamais dit que des milliers de femmes avaient été tuées au Moyen Âge, lorsque je me suis rappelé ce qu'au fond de moi j'ai toujours su, les grandes chasses aux sorcières n'ont pas eu lieu au Moyen Âge mais aux Temps modernes, ce n'est pas une colère contre la technologie et le rationalisme qui m'a saisie – je ne suis pas un humaniste de sexe masculin, ma crypte n'est pas la même, ni mes précieux souvenirs occultes – mais trois images qui sont revenues. La première correspond à un souvenir honteux, la seconde à un souvenir douloureux et la troisième à un souvenir étrange.

TROIS SOUVENIRS OCCULTES

Souvenir honteux. Paris, 1982. 1453. Monsieur Zenouda, qui enseigne l'histoire à notre classe de quatrième, écrit la date au tableau. Il nous parle de la prise de Constantinople par les Turcs et de cette date qui marque, nous explique-t-il, la fin du Moyen Âge. Au programme d'histoire cette année-là, la découverte de l'imprimerie et celle de l'Amérique, les conquistadors et les peintres du clair-obscur. Pendant que monsieur Zenouda écrit sous la date mythique des choses comme « Empire ottoman » et « Mort de Constantin XI », je fais un effort surhumain pour ne pas fixer son visage percé de trous minuscules au point qu'il semble, surtout du côté gauche, ne plus avoir de contours. Je sais que c'est la variole qui a dû lui laisser ces marques, je sais aussi que cette maladie n'existe plus parce que désormais tout le monde est vacciné. Depuis le premier cours, son visage troué me fascine, j'ai pris l'habitude de l'observer à la dérobée chaque fois qu'il note des dates au tableau. 1453. Et voilà qu'il se retourne. Le jour de la fin du Moyen Âge, monsieur Zenouda s'est retourné tout d'un coup. Son regard plonge jusqu'au fond de la classe, jusqu'au dernier rang, où il accroche le mien comme un hameçon : « Qu'est-ce qui vous fait rire ? dit-il d'une voix étranglée. – Rien. » Tout le monde me jette des regards horrifiés. Je ne m'étais même pas rendu compte que je souriais. Je voudrais dire quelque chose mais les mots ne sortent pas. Je passe le reste du cours à me retenir de pleurer.

Guy Bechtel écrit dans *La sorcière et l'Occident* qu'une femme nommée Reine Percheval a été accusée d'être sorcière pour avoir ri à un enterrement.

Souvenir douloureux. Même année, 1982. Cette fois en cours de français. Le *Lagarde et Michard du seizième siècle* est ouvert sur mon pupitre. Les autres élèves ont une édition neuve, moi, un vieil exemplaire qui appartenait à ma mère. Heureusement qu'il n'y a pas eu beaucoup de mises à jour apportées en trente ans au *Lagarde et Michard du seizième siècle*. Je suis assise au dernier rang. L'une des élèves les plus jolies de la classe est en train de lire à haute voix *Mignonne, allons voir si la rose*. Je suis assise au fond, aussi invisible que possible, aussi loin que possible des rangs du milieu où s'installent les élèves populaires. Cette partie effervescente et lumineuse de la salle me fait l'effet d'une première classe sur un paquebot imaginaire. Je sais, aussi bien que si je voyais une pancarte m'interdisant d'y entrer, que je n'y suis pas admise. Les Temps modernes sont associés pour moi aux conquistadors, aux grandes découvertes, aux poèmes de Ronsard, et au fait que mignonne, je n'arrive pas à l'être. Les filles mignonnes portent des jeans et leurs cheveux lâchés. Ma mère veut que j'attache les miens et je ne porte que des jupes bleu marine. Ma mère dit que c'est comme ça que s'habillent les filles bien. Lorsque j'essaie de lui dire que je n'ai pas d'amies, elle me dit qu'elle non plus n'en avait pas à mon âge, que je ne dois pas m'inquiéter, que ça viendra l'année prochaine.

Souvenir étrange. Alsace, juillet 1975. Nous passons les vacances d'été chez mon grand-père paternel. Je dors avec mon frère dans la chambre où mon père dormait autrefois avec son propre frère alors que les soldats allemands occupaient le village. En 1942, les deux cousins de mon père avaient dix-huit et vingt ans, ils ont été enrôlés de force dans la Wehrmacht. C'est l'un des grands sujets de discussion entre mon père et mon grand-père. Ils se racontent en alsacien des histoires de « ce temps-là », c'est-à-dire de la guerre, histoires que mon père traduit ensuite en français à ma mère. Mon petit frère et moi faisons semblant de ne pas les écouter, mais c'est pour mieux entendre des phrases comme : « Lorsqu'ils sont revenus du front russe, ils ressemblaient à des squelettes. » « Gérard a passé plusieurs mois dans un camp à Tambov. » « Bernard a reçu un éclat d'obus dans la tête. Depuis il est un peu bizarre. » L'œil droit de Bernard pleure sans arrêt, il est obligé de l'essuyer en permanence avec un mouchoir. Les deux cousins nous offrent des bonbons et des bandes dessinées mais ils nous font peur, à mon frère et à moi. Surtout celui qui n'arrête pas de s'essuyer l'œil. Seule notre mère ne semble pas souffrir de l'atmosphère de gravité qui règne dans sa belle-famille. Elle se sent dépaysée ici, entre la Forêt-Noire et le château du Haut-Kœnigsbourg. Et puis, elle s'entend bien avec son beau-père. Avec sa beauté italienne, ma mère produit un certain effet sur les gens du village. Mon père est fier de sa femme du Sud. Et de ses enfants qui, comme tous les gosses, s'adaptent vite entre le jardin du grand-père et les balades en forêt. Sans doute est-ce mon père qui souffre le plus des souvenirs que son père et ses cousins ne cessent pas d'évoquer. Aussi décide-t-il de profiter de la fête nationale pour passer la soirée seul avec sa femme et ses enfants. Il laisse son père à la maison et nous emmène sur la place du village. Il nous commande des limonades, la nuit est tombée, un bal doit avoir lieu un peu plus loin. Et voilà qu'arrivent des hommes qui portent des flambeaux. Ils sont une vingtaine, ils chantent, ils vont rejoindre la fête. Je me lève si vite que je fais tomber mon verre. Et je me mets à courir. Derrière moi, mes parents crient, mon petit frère pleure. Je ne me retourne pas, je cours me cacher sous une voiture verte. Je me souviens encore de sa couleur, je revois le bas de sa carrosserie, pas les vitres, je ne dois pas être plus haute que la portière. Je me couche sous la voiture. Mes parents disent des choses que je n'essaie même pas d'entendre. Je ne veux pas sortir. Je regarde leurs pieds qui ressemblent à des animaux perplexes. Ma mère a peint en rouge les ongles de ses orteils. Mon père finit par se mettre à quatre pattes. Je refuse de prendre sa main. Je reste couchée sous la voiture tant que les hommes aux flambeaux n'ont pas disparu à l'angle de la place. Alors je sors. Et je surprends le regard de mon père, triste, horrifié comme s'il revoyait l'un des souvenirs qu'il voulait justement fuir en quittant la maison de son père. Et ma mère demande d'une voix presque dure : « Mais enfin qu'est-ce qui t'a pris ? » Mon petit frère essuie ses larmes. Et je dis : « J'ai eu peur. » Parce que je n'ai rien d'autre à dire.

L'avantage de raconter une histoire vraie, c'est de pouvoir dire des choses qu'on n'oserait jamais inventer. Parce que l'histoire de la gosse qui court se cacher sous une voiture parce qu'elle a peur d'être brûlée vive, franchement je n'aurais jamais osé. Je me souviens de l'avoir évoquée lors de ma psychanalyse, mais le souvenir bizarre était resté en suspens, je ne savais pas quoi en faire. À part sa bizarrerie, à vrai dire, il ne me dérangeait pas, je ne souffrais pas de phobie du feu et j'avais des affaires plus urgentes à régler. Bref, un épisode classé sans suite dans les dossiers de l'enfance. Vous me direz que la terreur qui s'empare d'une gosse devant une vingtaine d'hommes qui portent des flambeaux peut avoir beaucoup d'origines. Une peur instinctive, par exemple. Une peur engrammée dans la mémoire parce qu'on peut supposer qu'à beaucoup d'époques, voir débarquer une foule armée de torches n'était pas bon signe. Sauf qu'en disant ça, on ne dit toujours rien de l'image initiale, de la scène engrammée. Imaginons que mes arrière-grands-parents aient vu autrefois quelqu'un se faire brûler vif, dans ce même village d'Alsace, sur cette même place, aux alentours de 1870. Et que la « chose » se soit transmise. Puisque ce jour-là, personne ne me dit rien. Mon père me dévisage avec un regard éperdu, le visage de ma mère s'est fermé. Et puis on me console. On me dit qu'ils sont partis. Que c'est quand même idiot d'avoir peur comme ça (je sens bien que j'ai un peu gâché la soirée). Et on retourne boire des limonades. Mais personne ne me dit : « C'est le 14 Juillet. Personne ne va être brûlé. » Personne ne me dit que personne ne va être brûlé. Parce que quelqu'un l'a été. C'est ce que dirait Anne Ancelin. Quelqu'un l'a été sous les yeux de quelqu'un d'autre. Et c'était si horrible que l'image s'est transmise. Qu'il n'y a pas de mots pour le dire. Et qu'on ne sait plus d'où elle vient.

Sauf que c'était vrai pour mes deux parents. Parce qu'aucun d'eux ne trouve les mots. L'image existe dans l'esprit de mes deux parents.

Elle vient donc de plus loin.

Vu l'étendue des chasses aux sorcières et leur durée, il me paraît plausible que la même image indicible ait pu hanter les femmes de ma lignée maternelle et celles de ma lignée paternelle. Tout comme il paraît plausible que l'horreur de cette image se soit ravivée et reproduite lors de persécutions et de guerres successives. Mais l'image originelle, la scène répétée d'Est en Ouest, la scène créatrice du cauchemar, ça reste celle de la sorcière qu'on brûle.

DEUX CONVERSATIONS

« Tu es en train de faire une analyse avec une sorcière », dit Betty. Nous venons de terminer de dîner, il doit être environ onze heures du soir. Je viens de raconter à Betty et à Sarah ces souvenirs d'enfance qui surgissent, chaque fois que je pense à cette femme sur le point d'être questionnée. Les images, les détails qui apparaissent comme des traces révélées par une lumière ultraviolette. Nous nous sommes retrouvées chez moi ce soir d'octobre, nous sommes seules toutes les trois, Frédéric est parti quelques jours au Portugal rejoindre de vieux amis, je n'ai pas voulu l'accompagner. Je n'avais pas envie d'interrompre le dialogue avec la sorcière. Et voilà que Betty a parlé d'analyse.

La remarque me prend au dépourvu, sans doute qu'elle m'inquiète un peu. Sarah aussi reste silencieuse, contrairement à nous, elle n'a jamais fait d'analyse, sa thérapie à elle, c'est la méditation. Comme nous ne disons rien, Betty insiste. « Tu le dis toi-même. Tu parles de souvenirs et d'associations, tu dis que des passages s'ouvrent dans ta mémoire, pour moi, tu fais une analyse avec une sorcière. J'espère pour toi qu'elle est douée. » Sarah sourit. Moi aussi, mais mon sourire est un peu forcé. Betty est la plus âgée de notre bande, journaliste, deux grands enfants, son humour corrosif ne l'a pas empêchée d'interviewer des psychanalystes, des philosophes et même des religieux du monde entier. Sa remarque m'inquiète d'autant plus que Betty est une femme pragmatique.

Elle sous-entend que je prends un risque. Et parce que je crains qu'elle n'ait raison, je me sens obligée de lui rappeler que même si cette femme aux yeux limpides représente pour moi une vérité profonde, ce n'est pas quelqu'un en chair et en os. Qu'elle n'existe que dans mon imagination fait quand même une différence, elle ne peut pas dire le contraire. « Tu veux dire que ce n'est pas un transfert qui est en train de se produire ? » dit Betty. « C'est quelque chose d'imaginaire. Tu ne crois pas que tu ferais hurler tes amis psys, si tu leur disais qu'une transmission imaginaire revient au même qu'une transmission entre deux personnes ? » Mais Sarah qui jusqu'ici nous écoutait sans rien dire n'est pas convaincue par mon argument. « Une transmission n'a pas besoin de se produire entre deux personnes pour être réelle. Quelque chose d'imaginaire peut t'apprendre des choses qui ne le sont pas. Je sais que vous n'êtes bouddhistes ni l'une ni l'autre, mais ce genre de choses arrive lorsqu'on médite sur un mandala. » Au début de la méditation, il semble qu'on se relie à soi-même, mais très vite, selon Sarah, il se passe autre chose. On éprouve le sentiment de communiquer avec tous ceux qui ont médité sur la même image durant des siècles, un peu comme dans ces églises où on sent la présence de ceux qui ont contemplé les mêmes vitraux ou marché sur les mêmes pierres. « Mettons que tu sois en train de méditer sur une sorcière, dit Sarah. Mettons que tu contemples l'image de cette femme. Peu importe qu'elle provienne de ton imagination ou d'une réminiscence, tu ne peux pas nier qu'elle te transmet quelque chose. Même si tu revisites tes propres souvenirs, elle te fait passer par un autre chemin. Et c'est un chemin dont tu ne sais rien. Je crois qu'il faut prendre ça au sérieux. »

Sarah et Betty ont eu raison de me rappeler à l'ordre. La sorcière est une chose sérieuse. L'imagination est une chose sérieuse lorsqu'elle se met au service de la mémoire, un peu comme un détective privé qui se voit confier une mission. Mais qui a appelé le détective ? Qui est venu frapper à sa porte ? Comment ces choses-là se décident-elles ? Je préfère me retenir de poser ces questions, Betty n'ajoute rien de plus et nous parlons d'autre chose.

Un peu plus tard dans la soirée, Sarah nous raconte qu'elle a proposé à ses élèves de quatrième de les initier à la méditation. Elle ne s'attendait pas à avoir beaucoup de volontaires, surtout après les cours, mais ils sont tous venus. La salle qu'elle avait réservée était trop petite pour les accueillir tous, ils ont dû faire la session dans la cour. Sarah ne peut s'empêcher de voir un lien entre l'intérêt de ses élèves pour la méditation et leur inquiétude pour la planète. Cette inquiétude transparaît, nous dit-elle, dans la plupart de leurs rédactions. Comme s'ils ressentaient avec une acuité inédite le besoin d'une transformation affectant leur intériorité autant que l'environnement face aux bouleversements, aux secousses, aux disparitions d'espèces annoncés à des échéances de plus en plus angoissantes et brèves.

Après le départ de Betty et de Sarah, je note : Psychanalyse avec sorcière, méditation sur la sorcière, dialogue avec cette partie de nous-mêmes qui a le pouvoir de nous transformer.

Une autre conversation importante pour cette histoire a lieu avec Frédéric à son retour du Portugal. Il me confie avoir été ému par un aveu de son ami Elia qui s'est ouvert à lui un soir, alors qu'ils rentraient de la plage sauvage où Elia a l'habitude de se baigner presque chaque jour, malgré les courants et la fraîcheur de l'Atlantique. Anja, sa femme, n'était pas avec eux. Elia en a profité pour raconter à Frédéric une histoire qui lui pesait depuis des mois. Il avait éprouvé, un an plus tôt, une passion platonique pour l'une de ses élèves. Elia a vécu en Chine, en Inde et au Népal avant de devenir un maître de qi gong renommé, il enseigne aujourd'hui dans le monde entier. La jeune femme s'était inscrite à l'une de ses retraites puis à son cours hebdomadaire. Très vite, l'attirance qu'il a éprouvée pour elle l'a poussé à lui écrire. Elle a répondu à ses SMS et à ses mails, Elia lui a alors envoyé de longues lettres d'amour. Son élève avait commencé par y répondre mais au bout de trois semaines, Elia a raconté qu'elle était venue le voir après le cours. Elle lui avait demandé d'arrêter avec un sourire si inquiet, si angoissé qu'il y avait repensé durant des semaines. Ce qui l'avait le plus troublé, avait-il avoué à Frédéric, était le temps qu'il avait mis, lui dont le but était pourtant d'être conscient, empathique, lucide, le temps qu'il avait mis à mesurer l'anxiété que ses déclarations avaient engendrée chez une jeune femme qu'il pensait flatter tout en assouvissant sans faire de mal à personne, croyait-il, le désir et sans doute aussi l'amour qu'il éprouvait.

Et puis il s'était mis à sa place.

Frédéric dit que la faculté de se mettre à la place des femmes, de s'y mettre au point de se voir eux-mêmes sous un autre angle n'est pas si habituelle pour les hommes, même si elle s'est développée depuis le mouvement #Metoo. Elia et lui n'étaient pas loin de penser qu'il y avait là une sorte de cadeau, même si c'était un cadeau inconfortable. Bien sûr, sur le moment, Elia s'était senti minable. Mais il y avait gagné une perception différente, comme si son champ de vision s'approfondissait. C'était de cela qu'ils avaient parlé ensemble sur la plage, de cette capacité de se mettre à la place de ceux qui sont différents de nous. Et comme le soleil se couchait, ils s'étaient demandé jusqu'où cette faculté pouvait aller.

Plus je repense à cette histoire de champ de vision, plus je me dis que Frédéric et Elia ont vu juste. Que les hommes se mettent à la place des femmes à ce point – au point de se sentir transformés – n'est pas une chose ordinaire. L'inverse est bien plus habituel, mais est-ce une chose ordinaire pour autant ? Rien de plus facile pour une femme que de s'identifier au narrateur ou de se glisser dans la peau du héros, nous nous transformons en homme presque sans y penser, chaque fois que nous nous souvenons – chaque fois qu'on nous rappelle – que l'homme est synonyme d'humanité. L'homme qui a découvert le feu, l'homme qui a inventé l'imprimerie, cette union avec l'absolu qui est le plus haut degré de conscience de l'homme… Pour dire la vérité, cette gymnastique ne m'a jamais dérangée, au contraire, j'ai toujours pensé qu'elle donnait aux femmes un supplément de plasticité. Quelque chose que les hommes n'ont pas la chance de développer ou du moins pas si tôt, pas si vite. Notre entraînement commence dès que nous apprenons à parler. C'est le grand avantage que le masculin l'emporte. Entraînées à nous mettre à la place de l'autre, nous sommes.

Serait-il possible que cette faculté de s'imaginer autre, de se mettre à la place de, soit aussi ce qui favorise les transmissions inconscientes, les phénomènes transgénérationnels et l'accès à des souvenirs qui ne sont pas les nôtres ?

Les hommes à l'arrière-plan ont disparu. Les instruments de torture aussi. Je ne vois plus les murs de la pièce, je ne vois même plus sa silhouette. Je ne vois plus que ses yeux immenses, d'une transparence mystique, comme si la sorcière s'était rapprochée.

COMPLEXE DE LA SORCIÈRE

Chaque fois que je lis l'histoire d'une femme condamnée, j'ai l'impression d'entendre le craquement effroyable de sa conscience au moment où elle commence à croire que l'accusateur a raison. Au moment où elle accepte sa version de la vérité. Chaque fois que je lis un nouveau prénom de femme, Reine Percheval, Anna Eve, Jaquette

Pelorinaz, Apollonia Haan, Anna Brokotsky, Beck-Grietsche, Jeanne Bachy et tant d'autres, tant d'autres… chaque fois que je lis une histoire de sorcière, je me demande comment elle est morte. Pas de quoi, ça, on ne le sait que trop. Torture. Bûcher. Pas de quoi, mais comment. Est-ce que la conscience a craqué ou pas ? Est-ce que le fantasme de l'inquisiteur, le coït diabolique, l'anthropophagie, est-ce que tout ça a eu raison de son esprit ? Ou pas ?

Comment est-elle morte ?

Plusieurs fois, je me suis posé la question de savoir si l'apparition venait du Nord ou du Sud, si mon ancêtre sorcière présumée était celle de mon père ou de ma mère. Les yeux très clairs pourraient indiquer une origine rhénane plutôt qu'italienne. Mais mon arrière-grand-père maternel avait des yeux aussi limpides que ceux de mon père et les enfants aux yeux clairs, descendants des anciennes invasions normandes, ne sont pas rares en Sicile. J'en suis venue à penser que l'origine de l'apparition était indécidable. Vu l'ampleur des chasses aux sorcières, il y a de fortes chances qu'au Nord comme au Sud, des femmes de ma famille en aient été soit les victimes, soit les témoins. Assister à des choses horribles peut être aussi douloureux que d'y survivre, c'est ce que les psys appellent les traumatismes transmis. Que ressentait celle qui voyait brûler sa voisine, que ressentait celle dont la mère avouait ? Comment ne pas douter à jamais de soi-même, comment être sûre de ne pas s'être vouée au diable, de ne pas porter en soi la même faille terrifiante, celle qui vous damne à votre insu ?

Alors la question n'est pas de savoir d'où elle vient. La seule question qui compte, c'est comment elle est morte. Savoir si une femme de sa famille est morte en entendant le craquement de sa propre conscience, morte en se demandant si elle n'était pas sorcière, si toutes ses perceptions n'étaient pas entièrement fausses, si ceux qui l'accusaient n'avaient pas raison, savoir ça a une importance extrême. Parce qu'une conscience qui craque, ne me dites pas que ça ne laisse pas de traces. Ne me dites pas que ça ne résonne pas dans l'esprit de la sœur, de la fille ou de l'arrière-petite-fille. Ne me dites pas que ça ne change rien. Et ne me dites surtout pas qu'un expert en histoire, ou un expert en psychologie, ou un expert en quoi que ce soit, peut décider parce qu'il ne la voit pas, ne la ressent pas, ou juste parce qu'il voudrait que ce ne soit pas vrai, que cette trace n'existe pas.

Je pense des choses bizarres en ce début d'hiver 2018, je fais des associations bizarres. Je me dis par exemple que George Orwell, pour être à ce point terrifié par le moment où une conscience bascule, pour décrire ça aussi bien dans *1984*, pour en connaître les signes a dû lui aussi avoir une grand-mère sorcière. Mais je ne creuse pas cette piste, je ne prolonge pas cette digression, je n'ai pas le temps d'écrire une nouvelle à ce sujet, mon image intérieure me rappelle à l'ordre comme si la sorcière fronçait légèrement les sourcils, oh à peine, l'air de dire, reste avec moi, ne t'éloigne pas.

Il y a des femmes qui ne craquent pas sous la torture. Qui non seulement ne croient à aucun moment ce qu'on les force à avouer, mais n'avouent pas du tout. Ces femmes-là sont des personnages assez exceptionnels pour terrifier ceux qui les questionnent. Comme Anna Eve, une habitante de Leipzig, accusée en 1658 d'avoir causé la mort d'un enfant et, pendant qu'on y est, d'élever des dragons. La procédure commence et les magistrats l'interrogent en présence du bourreau. Anna Eve se contente de dire qu'elle est innocente. Le bourreau lui broie les jambes entre deux planches qu'il serre à coups de marteau. Anna Eve dit qu'elle est innocente. La procédure se poursuit. Le bourreau entame les brûlements. Anna Eve n'avoue toujours pas. Elle prie. Elle sourit. Ce sourire effraie les tortionnaires au point qu'il parvient jusqu'à nous – le magistrat en prend note et la procédure se poursuit. On lui brûle le crâne et la moitié du corps. Anna Eve dit : « Fils de David, aie pitié de moi. » Au moment où elle rend l'âme, un papillon rouge et noir se met à voleter dans la salle des tortures, par où est-il entré, nul ne le sait, avant de disparaître. Ce qui terrifie assez les témoins pour qu'ils consignent le fait dans le procès-verbal et décident d'enterrer le corps à l'écart de la ville. Et non de le brûler, je me permets de le souligner.

En lisant le récit de son agonie, je ne peux m'empêcher de penser que Anna Eve devait être une sorte de mystique ou de chamane, quelqu'un qui avait des pouvoirs spirituels bien réels que ses tortionnaires reconnurent trop tard. Mais les femmes ordinaires alors ? Les femmes ordinaires, en plus d'avoir mal, mouraient de peur. Comme cette fille de Palerme qui écrivit sur le mur de sa prison : « *Cavuru e friddu sentu ca, mi piglia la terzuru, tremunu li vudella, lu cori e l'alma s'assuttiglia* ». J'ai froid et j'ai chaud, la fièvre me dévore, je tremble jusqu'aux entrailles, et mon cœur et mon âme se désagrègent. Ce graffiti d'une femme condamnée au bûcher peut encore se lire sur l'un des murs du rez-de-chaussée du palais Steri. Le palais abrite aujourd'hui un musée de l'Inquisition, il en fut autrefois le quartier général. Nul ne sait ce que devint la femme qui tremblait jusqu'aux entrailles.

Il y a aussi les femmes silencieuses et observatrices, les vieilles qui ne disent rien mais qui n'en pensent pas moins. Les vieilles prudentes, prudentes à force d'en avoir trop vu, les vieilles qui tissent dans leur for intérieur une autre version de l'histoire, dont un fil lumineux apparaît tout d'un coup, là où on s'y attendrait le moins. Comme la vieille religieuse qui tient tête à Jean Nider, oui, Jean Nider, l'auteur du *Formicarius*, ne peut s'empêcher de rapporter au livre III de son œuvre meurtrière les paroles d'une vieille dominicaine : « Vous les hommes, vous écrivez et parlez contre nous les femmes… Mais si la faculté d'écrire et de parler nous était donnée, nous pourrions vous rendre la pareille. » Je ne sais pas pourquoi la vieille dominicaine me fait penser à mes deux grands-mères, à la mère de ma mère et à celle de mon père. Toutes deux étaient nées entre deux guerres, c'étaient ce genre de femmes sachant interpréter les rêves, sachant mettre des enfants au monde, sachant soigner les hommes et se défendre contre eux, sachant beaucoup de choses mais ne disant pas tout, oh ça non. Mais tout ce qu'elles avaient vu donnait à leur regard un éclat bizarre, même si Maria-Yolanda qui était née à Tunis n'avait rien en commun avec Rose qui était née à Klingenthal, même si les yeux de l'une étaient aussi sombres que ceux de l'autre étaient clairs, mes deux grands-mères avaient ce même regard qui impressionnait les hommes autant que les autres femmes. Pétillant et inflexible, un regard de sauvage qui n'est pas dupe du civilisateur. Nous pourrions vous rendre la pareille. Mais prudentes, prudentes, ayant appris les bonnes manières, tenant trop à la vie et à leur sens de l'humour. Mes grands-mères. La vieille dominicaine, donc.

Et puis il y a l'histoire de la conscience qui craque. L'une des histoires de sorcières qui me bouleverse le plus est celle d'une paysanne appelée Jeanne Bachy. Elle est racontée par Robert Muchembled dans *Les derniers bûchers, un village de Flandre et ses sorcières sous Louis XIV*. L'auteur analyse en détail un épisode de chasse relativement tardif, puisqu'il se produisit à la fin du dix-septième siècle dans la région de Cambrai, au village de Bouvignies. L'évènement déclenchant est le viol d'une femme par quatre soldats. Son mari fait l'erreur de porter plainte, sous-estimant le soutien des magistrats aux agresseurs. L'un des soldats accuse la femme d'être sorcière. Elle est questionnée, torturée et on l'exécute en la brûlant à moitié. L'autre moitié de son corps est exposée sur une pique, pour bien montrer que la justice ne plaisante pas avec les sorcières (ni avec les femmes qui se plaignent des soldats). Avant de mourir, la malheureuse a dénoncé une autre femme qui mourra de la même façon. Et qui, avant d'être brûlée, en dénoncera d'autres. Jeanne Bachy en fait partie. Au début de la procédure, elle fait preuve de courage. Sûre de son innocence, elle peut se permettre – croit-elle – de nier. Et même de prendre les magistrats de haut. Robert Muchembled rapporte qu'elle leur déclare : « Hé bien si je suis sorcière, que Dieu permette que j'en eusse connaissance et que je sache si j'ai fait mal au moins ! » Naïve ? Grande gueule ? J'imagine un mélange des deux. Mais plutôt grande gueule quand même. Vu que ce sont ses voisins qui ont demandé son arrestation, reprenant à leur compte les accusations émises par la femme exécutée quelques semaines plus tôt. Grande gueule. Les bûchers viennent à peine de s'éteindre, les corps suppliciés de se décomposer et malgré ça, Jeanne Bachy tient tête. Et la procédure commence.

Le bourreau, venu exprès de la ville, cherche la marque diabolique sur son corps, cette fameuse marque insensible qui prouve le pacte avec le diable. Il ne la trouve pas. En théorie, cela devrait suffire à disculper Jeanne. En pratique, cela ne suffit pas à ses juges qui sont persuadés qu'ils tiennent une sorcière. Ont-ils lu le *Malleus Maleficarum ?* Probablement. Les juges ordonnent donc que la marque soit cherchée de nouveau, cette fois sur toutes les parties du corps. Jeanne Bachy est rasée de la tête aux pieds et le bourreau cherche à nouveau la marque à l'aide de sa longue aiguille. Les archives sont muettes sur ce qu'il trouve, c'est-à-dire qu'il ne trouve rien.

Pas de marque insensible.

Les histoires de sorcières doivent être lues lentement, pour que le non-dit vous dresse les cheveux sur la tête. Le bourreau ne trouve pas de marque diabolique alors qu'il a piqué partout, y compris dans les parties intimes. Il n'a rien trouvé d'insensible, voilà ce qui est dit. La douleur, voilà le non-dit. Jusqu'où ? Quelles parties du corps ? Nous n'en savons rien. Nous savons juste que le bourreau n'a pas trouvé la marque et qu'après ça, Jeanne Bachy devient folle. Sa conscience craque.

Après cet examen, ce « cérémonial », écrit Robert Muchembled, ce cérémonial du rasage et de la recherche de la marque sous l'œil soupçonneux des juges et du bourreau, et par-delà les murs, sous l'œil soupçonneux et hostile de toute la communauté, après ça, Jeanne se condamne elle-même. Comme si le soupçon était entré en elle en même temps que l'aiguille du bourreau. Elle se voit désormais comme eux la voient. Et à quoi ressemble-t-elle, avec son crâne rasé et ses cicatrices, à quoi ressemble-t-elle si ce n'est à ce qu'ils disent ? Une damnée. « Elle s'est aperçue, depuis qu'elle a été rasée qu'elle avait peur d'être sorcière et que depuis ce temps-là, elle n'a pas été à la confesse. » Ceux qui la haïssent détiennent une vérité sur son compte. Une vérité qu'elle-même ignore. Désormais elle y croit. Elle croit qu'il y a « quelque chose à dire en elle » même « sans savoir ce que ce peut être ». Elle avoue avoir fréquenté le démon à son insu. Aux accusations, elle répond « qu'il y a apparence que ça ait été elle ou encore qu'elle s'attend que ça ait été elle ». Elle n'a plus rien d'une grande gueule. Elle n'a plus rien d'elle-même. Elle n'est plus qu'une chose docile qui prend la forme qu'on lui donne. Jeanne Bachy est brûlée vive en septembre 1679, trois semaines après son arrestation. Elle est morte en se croyant coupable et damnée.

Ce qui me bouleverse dans l'histoire de Jeanne, c'est son attachement à la vérité. Parce que l'ex-grande gueule du village n'invente pas une histoire délirante d'anthropophagie et d'orgie diabolique pour faire plaisir à ceux qui l'interrogent. Elle n'invente rien. Elle valide le conte qu'on lui impose. Mais comme elle ne se souvient pas d'avoir fait ce qu'on lui reproche, comme elle ne peut se souvenir de rien, elle dit « qu'elle s'attend à ce que ça ait été elle ».

Vous savez mieux que moi qui je suis.

Voilà ce qu'en vérité la sorcière avoue. Il y a dans ma conscience un principe trompeur. Je ne peux croire en moi. Je ne peux croire qu'en vous. Ma conscience est incompétente. Je renonce à ma conscience.

Et aussi : Dire la vérité, la vraie, c'est dire la vôtre. Dire la vérité, c'est me condamner. La vérité est ma condamnation, la vérité me hait.

Ce soupçon permanent de soi et la façon dont il surgit, comme soudain observée du dedans par un œil extérieur à soi-même, un œil à la fois glacé et hostile, ce soupçon permanent de soi qui va d'un sentiment d'illégitimité, oh pas grand-chose, une gêne, un caillou dans la chaussure, le lointain sentiment de cacher quelque chose, une chose que vous ignorez, une chose qui vous ruinerait si elle se savait, ce lointain sentiment d'illégitimité qui parfois se rapproche comme si le temps s'abolissait, se rapproche et s'amplifie, et pourrait s'amplifier encore jusqu'à la haine de soi et à la confusion.

Ce discret soupçon de soi-même, si adorable n'est-ce pas, parce que c'est adorable une femme qui doute alors qu'une femme qui ne doute pas... ce soupçon de soi, si léger soit-il, est l'écho d'un craquement. D'une conscience qui craque en même temps que le bois fendu sous la hache du bourreau qui s'occupait aussi de la fourniture du matériel, c'est-à-dire, entre autres, des bûches. Bûches qui étaient facturées à la famille de la sorcière, aux filles et aux sœurs que parfois elle dénonçait dans le délire de la douleur.

Ce permanent soupçon de soi comme un reproche qui fredonne, musique dissonante du doute, écho des cris et du craquement.

Ce permanent soupçon de soi et tout ce qui s'ensuit, j'appelle ça complexe de la sorcière.

Parce que j'ai beau chercher, je ne vois pas comment appeler ça autrement.

DES SOUVENIRS

Un souvenir d'enfance, raconté lors d'une de mes premières séances d'analyse, réapparaît tout d'un coup sous une autre lumière. Je dois avoir cinq ans. Je suis inscrite à l'école maternelle juste à côté de la maison. Ma mère m'a acheté une canadienne avec des boutons en bois que je m'amuse à faire tourner. Je suis une enfant heureuse, heureuse mais solitaire. À la récréation, je passe mon temps à ramasser les feuilles tombées des arbres ou, depuis quelques jours, à faire tourner les boutons de ma canadienne. Et voilà que trois gamins surgissent du fond de la cour, s'approchent de moi et les arrachent. Toc. Toc. Et toc. Je suis si sidérée que je ne pleure même pas. Je raconte ça à ma mère venue me chercher après l'école. Elle est si contrariée qu'elle ne dit presque rien. Aujourd'hui je devine que sa contrariété et même son inquiétude viennent du fait qu'elle ne travaille pas. Ma mère demande chaque mois l'argent du ménage à mon père, et la canadienne était un vêtement cher. Elle lui raconte l'histoire le soir alors que nous sommes à table. Mon frère me sourit du haut de sa chaise pour enfant, il n'a pas encore deux ans. Je ne me rappelle pas ce que mon père dit à ma mère. Je me souviens que je suis inquiète et qu'il ne s'adresse pas à moi tout de suite. Il écoute ma mère puis se tourne vers moi : « C'étaient des filles ou des garçons ? » Tout d'un coup, le fait que mon père plonge ses yeux dans les miens me terrifie. Je me dis que j'ai dû faire une bêtise sans le savoir. Que le fait que trois garçons aient surgi de nulle part pour arracher mes boutons, toc, toc et toc, est quelque chose de grave. Et je mens. Je dis : « Des filles. » Alors le visage de mon père se ferme : « Mais si c'étaient des filles, il fallait te défendre ! » Je comprends que c'est grave de m'être laissé faire. Que c'est encore plus grave parce que c'étaient des filles. Je n'essaie même pas de me défendre, je ne dis pas la vérité parce qu'il faudrait que j'explique que je viens de mentir, c'est trop tard, c'est impossible. Alors je deviens muette. Je me couche ce soir-là avec un sentiment d'effroi.

Vingt-cinq ans plus tard, sur le divan du psy, j'ai dit que j'avais compris, oh cette compréhension enfantine faite de présages et de tremblements, compris que mon père méprisait la faiblesse. Il pensait que les filles étaient plus faibles que les garçons. Et ma mère ne m'avait pas défendue, ma mère était d'accord avec lui. Chaque fois que je me rappellerais cette scène par la suite, le couple de mes parents, leurs visages contrariés apparaîtraient au premier plan, justifiant le souvenir.

Mais aujourd'hui, c'est un autre détail qui apparaît. Un détail si essentiel que je me demande comment il avait pu m'échapper. L'histoire que je viens de raconter est celle de mon premier mensonge. Je l'ai dit pour ne pas soutenir le regard de mon père. Mon premier mensonge portait sur une agression et sur le genre des agresseurs. *J'ai accusé des filles à tort et j'ai été condamnée quand même. Comme les femmes terrifiées qui en dénonçaient d'autres.* Ce qui s'est passé ce jour-là, ce qui s'est vraiment passé, c'est que j'ai bifurqué. Comme si la sorcière révélait l'image entière, détails minuscules et arrière-plan compris : J'étais un enfant contemplatif, trois gamins ont surgi de nulle part. Et j'ai bifurqué avec violence sur la route des filles qui ne peuvent pas dire la vérité. Mon chemin est soudain devenu sexué.

Et l'été suivant, je courrais me cacher sous une voiture parce que j'avais peur des flambeaux.

Que se serait-il passé si je n'avais pas menti le jour des boutons ? Je n'en sais trop rien. Mais je ne peux pas m'empêcher de penser que la suite de ma vie, et en particulier mon adolescence, aurait été différente. Ce mensonge me fait l'effet de l'un de ces carrefours où tout compte, la direction du regard, la vitesse des battements de cœur, la couleur de l'œil du père, et même celle de la nappe, tout compte. Mais je crois aussi que si je n'avais pas menti ce jour-là, j'aurais menti le lendemain. Ou le surlendemain. J'aurais menti un jour ou l'autre, à cause d'un œil froid regardant de haut la petite fille que j'étais. Celui de mon père ou d'un autre. Et j'aurais bifurqué. Parce que la route d'une femme bifurque tôt ou tard. Elle croise tôt ou tard le chemin des sorcières.

Une sorcière. C'est comme ça que ça s'appelle. C'était comme ça qu'on les appelait. Les guérisseuses, les thérapeutes, les mystiques. Toutes celles qui cherchaient la vérité. Et même les femmes ordinaires qui comme Jeanne Bachy voulaient juste la dire.

QUI SUIS-JE ?
AS-TU ÉTÉ AU SABBAT ?

Je retrouve Claire en février, juste après l'épisode de gel et de neige, qui comme toujours à Paris semble arriver au moment où on se croit enfin sortis de l'hiver. Je suis devenue très sensible à la météo depuis que je sais l'importance que le gel pouvait avoir dans certains épisodes de chasse. Claire arrive à l'heure du café, tout en me suivant dans la cuisine, elle m'avoue qu'elle est fière d'avoir pu préserver son après-midi pour me retrouver. Elle a du mal, me dit-elle, à s'accorder du temps libre, il suffit qu'un patient lui demande une séance à la dernière minute pour qu'elle choisisse d'être disponible, plutôt que de garder son temps pour elle.

Je vois bien ce qu'elle veut dire, soigner, guérir, est un métier si ancien qu'il est difficile de ne pas s'y consacrer entière, c'est comme un équilibre toujours renégocié. Si je suis aussi consciente des dilemmes des femmes thérapeutes, c'est à cause de ma grand-mère, Maria-Yolanda. Toujours en retard aux repas de famille, ne cachant pas que la santé de ses patients – elle était infirmière – passait avant des détails aussi triviaux que l'heure exacte d'un déjeuner, ma grand-mère, pour se faire pardonner, me parlait de la sienne. Qui était encore pire, selon elle, encore plus dévouée à sa vocation, puisque Apollonia, ma trisaïeule, ne prenait jamais de vacances. Tout en aidant son mari à diriger la grande ferme de Sedjoumi, tout en élevant ses deux garçons et ses quatre filles, Apollonia avait pour métier d'interpréter les rêves. Ma grand-mère m'a souvent raconté qu'elle avait une sorte de clientèle. Des hommes d'affaires français ou italiens qui faisaient toute la route de Tunis à Sedjoumi pour comprendre ce que leurs rêves voulaient dire. Les ados du coin, arabes, gitanes ou italiennes – à qui Apollonia ne demandait pas d'argent mais des paiements en nature, œufs, poèmes ou chatons pour ses petits-enfants – les jeunes gens qui venaient lui demander conseil au moment de se marier, ou sa bénédiction pour s'inscrire à l'université. Un marabout renommé lui aurait même rendu régulièrement visite. Une fois par mois, le vieil homme en djellaba blanche et ma trisaïeule s'enfermaient dans la cuisine où Apollonia recevait ses clients. Ma grand-mère, qui eut un jour le privilège de rester avec eux, me raconta qu'ils avaient parlé tout l'après-midi de la meilleure façon de soigner les gens en leur faisant contempler des images. Malheureusement elle n'avait pas tout compris. Elle n'avait que six ans et elle soupçonnait sa grand-mère d'avoir parlé en arabe exprès, une langue qu'elle ne maîtrisait pas assez pour saisir toutes les nuances d'une conversation sur la puissance de la visualisation. Si Apollonia avait vécu à Vienne ou à New York, elle serait sans doute devenue psychanalyste et aurait reçu ses clients sur un divan. Au lieu de ça, ils venaient de toute la région pour s'asseoir dans sa cuisine. Dans la campagne brûlante des environs de Tunis, elle devint l'une de ces thérapeutes dont Freud lui-même reconnaît l'importance dans *La question de l'analyse profane*, ces thérapeutes qui ne sont pas médecins.

Et voilà que cent ans plus tard, je me retrouve dans une cuisine avec une amie psychanalyste, et je lui demande si parler de complexe de la sorcière lui semble une chose pertinente.

« Si tu me disais d'abord en quoi, selon toi, consiste le complexe ? » dit Claire. Je suis si émue tout d'un coup que j'avale de travers et que je me mets à tousser. Claire me regarde avec intensité, comme si l'émotion était contagieuse. « Je t'écoute », me dit-elle. Alors je lui dis ce que j'en suis venue à croire : le complexe de la sorcière serait ce soupçon permanent de soi instillé aux femmes torturées, ou aux femmes témoins de la torture d'autres femmes de leur famille ou de leur entourage. L'interdit portant sur la vérité, qu'elles ne peuvent ni chercher ni dire, sous peine de torture. Et je répète plusieurs fois le mot torture, car il me paraît essentiel pour comprendre comment la peur a pu se transmettre. Comment l'Inquisiteur, avec une majuscule, l'Inquisiteur a pu être assimilé, intériorisé, *enfoncé à coups de marteau, imprimé au fer rouge*, puis oublié mais conservé à l'intérieur de la psyché comme un corps étranger après une opération chirurgicale, transmis de mère en fille et de grand-mère en petite fille, comme un juge toujours en exercice, toujours prêt à mettre en doute, à haïr et à condamner la conscience d'une femme.

Claire blêmit. Je devine qu'elle se sent concernée. Mais quelle femme ne l'est pas ? Quelle femme européenne n'a jamais entendu résonner la condamnation de l'Inquisiteur ? Jamais perçu son murmure dubitatif et haineux ? Aucune, je suppose.

Et je vois bien que Claire voudrait se dire que ce n'est pas vrai, qu'elle joue avec la bague qu'elle porte à l'annulaire, qu'elle cherche des arguments, comme je l'ai fait moi-même, qui infirment la mémoire terrifiante qu'elle sent remuer au fond d'elle. « Quelle différence avec l'ancienne vision de la femme trompeuse, la figure d'Ève ou de Circé, par exemple ? Ou avec celle de Cassandre qui ne peut pas être crue lorsqu'elle dit la vérité ? » Je sais, j'entends qu'elle pose ces questions sans y croire, sans doute devine-t-elle que je me les suis posées aussi. Qu'est-ce que les siècles de chasses aux sorcières ont ajouté de nouveau à l'image de la femme qu'on ne doit jamais croire ? Qu'elle ne peut pas se croire elle-même. Parce que c'est ça qui se fabrique dans les chambres de torture. L'interdiction de l'identité. D'un côté « Je pense donc je suis. » De l'autre « Qui suis-je ? As-tu été au sabbat ? » Tout ça se produit au même moment. Au moment où l'identité devient synonyme d'humanité, au moment où Descartes écrit *Le discours de la méthode*, entre les bûchers de Bamberg qui viennent à peine de s'éteindre et ceux de Bouvignies qui ne sont pas encore allumés. Ce qui se fabrique en dehors des chambres de torture, à ce moment-là, c'est un être humain qui affirme son identité. Ce qui se fabrique à l'intérieur, c'est un être à peine humain, censé mendier une identité à ceux qui la lui refusent.

— Notre conscience a été tordue, dis-je à Claire.

Claire me demande un verre d'eau. Elle boit avec précaution comme si elle avait peur de se mettre à tousser et à pleurer. Et puis elle me dit que c'est le sens primaire du mot torture. L'action de tordre. Cette torsion de la conscience des femmes au moment où l'homme affirme « je pense, donc je suis », elle trouve ça horrible. Moi non. Peut-être parce que j'ai déjà passé la phase horrible. Ça fait des semaines que mes cheveux se dressent sur ma tête et que des souvenirs ahurissants me reviennent. Alors je trouve ça fou, plutôt qu'horrible. Fou comme une sorte de grand puzzle cosmique que je commence à avoir envie de résoudre (folle que je suis). Je ne peux m'empêcher de penser que la torsion est réversible. La possibilité même de la torsion suppose une plasticité, une faculté psychique dont je ne sais pas grand-chose mais qui était peut-être le vrai pouvoir des sorcières, un pouvoir spirituel tout court.

Claire reste une brève minute sans rien dire, à la fois songeuse et grave, puis avale encore une gorgée d'eau. « J'ai toujours pensé lorsque je recevais des patientes que nous, les femmes, avions beaucoup de mérite à être saines d'esprit. Un mérite que les hommes, même les plus résilients, n'imaginent même pas. » Avant d'ajouter : « Au fond, c'est le contraire qui serait extraordinaire. Je vois mal comment ces choses-là pourraient n'avoir laissé aucune trace. »

La définition d'un complexe – telle que je la comprends après avoir interviewé Claire mais aussi deux autres amis psychanalystes, le premier, Stéphane, d'obédience jungienne et le second, Georges, freudien pratiquant aussi l'analyse existentielle et soignant les gens en leur faisant retrouver d'anciennes vérités philosophiques – la définition d'un complexe est très semblable à celle d'une constellation. Certaines étoiles sont visibles, d'autres ne le sont pas. Et d'autres sont des trous noirs à ne pas approcher de trop près. Il est impossible de décrire la constellation de façon exhaustive parce que nous ne la voyons pas tous de la même façon, suivant l'endroit où nous nous trouvons. Certaines étoiles demeurent cachées, mais en décrire quelques-unes suffit à donner une idée de l'endroit où on se trouve. Car ces étoiles sont toutes reliées les unes aux autres. En apercevoir une, c'est deviner, pressentir, imaginer la constellation entière.

Constellation de la sorcière côté sombre : étoile de l'illégitimité, étoile de la méfiance envers les autres femmes, étoile de la fascination pour les hommes rigides. Et cette possession par un juge impitoyable, l'étoile de l'Inquisiteur. Celle-ci serait la plus dangereuse. Le trou noir. La chose à ne pas approcher de trop près.

Et puis il y a le côté lumineux : étoile de la mutabilité, étoile de la sororité, étoile de la résilience.

Étoile de l'exploration. Résoudre le complexe serait comme allumer la lumière en grand dans la voûte céleste pour voir le dessin entier. Et se rendre compte que les étoiles sombres brillent beaucoup moins que les autres, qu'elles n'étaient que des prétextes pour tout illuminer.

Le problème, c'est que je ne sais pas comment m'y prendre.

C'est au printemps que je me rends compte que le complexe de la sorcière n'est pas qu'une vérité psychologique. C'est un pacte. Un pacte que j'ai passé avec mon image intérieure. Je me suis encore rapprochée d'elle ou elle s'est encore rapprochée de moi. J'imagine de petites rides à l'angle de ses paupières, comme si la sorcière plissait les yeux, à la fois satisfaite et amusée. Je t'ai bien eue, dit-elle. Tu ne t'en es pas rendu compte mais tu as signé. Si, si, je t'assure. Tu as signé. Ton inconscient et moi, ta mémoire et moi. Toi et moi avons passé un pacte. Depuis quand ? Dès la première fois que nos yeux se sont croisés.

Mais au bout de plusieurs mois de recherches historiques, alors que les jours rallongent et que les arbres se couvrent de feuilles, je me sens épuisée et désemparée. Aussi désemparée qu'Apollonia devait l'être dans sa cuisine lorsqu'elle se retrouvait devant une femme malheureuse qu'elle ne savait pas comment aider. Et néanmoins, me racontait ma grand-mère, elle parvenait toujours à faire quelque chose pour ceux qui venaient la voir. Au point qu'une trentaine d'inconnus se présentèrent à ses funérailles. La plupart étaient des femmes, mais il y avait aussi quelques hommes. Parlant arabe, français, italien ou espagnol. Certains étaient même venus avec leurs enfants. C'étaient les jeunes gens qu'elle avait aidés autrefois à voir clair en eux-mêmes.

Tout ça devrait me rassurer sur la faculté des femmes de ma famille à résoudre les problèmes insolubles. Mais tout ce que je parviens à penser, c'est qu'à une autre époque, Apollonia aurait été brûlée.

DÉPRESSION, DÉPRÉCIATION, POSSESSION

Les souvenirs qui reviennent au printemps 2018 sont les plus terrifiants. Peut-être parce que je suis épuisée par les nuits blanches des dernières semaines. Peut-être parce que ces souvenirs concernent le tortionnaire caché dans la conscience des femmes. Quand ai-je fait sa connaissance ? Quand me suis-je rendu compte pour la première fois qu'il existait en moi une voix destructrice, qu'un assassin tapi derrière mes pensées guettait la moindre faute, attendait la moindre occasion pour m'accabler et me condamner ? À vingt-cinq ans, je souffrais de ce que les spécialistes appellent si joliment des troubles alimentaires. Et je trouvais cette expression drôlement énervante avec son petit côté charmant et désaxé, troubles alimentaires, comme si ma souffrance devait rester troublante et ne pas dépasser la hauteur du panier de courses. Moi je mangeais n'importe quoi. Je ne me faisais pas vomir. Ma boulimie n'avait rien à voir avec une histoire de poids idéal ou de régime qui aurait mal tourné. Chaque fois qu'une certaine angoisse commençait à monter, je mangeais. Et ce qui me faisait le plus mal n'était pas la quantité de nourriture pour jeunes, ultra sucrée ou ultra salée – pizzas, chips, barres Mars – avalée dans un état second. Ce qui me faisait le plus mal quand je craquais, décidément l'expression consacrée pour les femmes, on dirait, ce qui me faisait le plus mal, c'était cette voix qui me répétait avant, pendant et après le craquage : « Tu ne vaux rien, tu es nulle, tu ne vaux rien, tu es nulle... »

Et la terreur, la terreur que je ressentais pendant que ça tournait en boucle.

Et puis un soir, il s'est passé autre chose. Mon petit ami de l'époque venait de me quitter, ça faisait quelques semaines que je tenais un journal, et je commençais à comprendre que le problème n'était pas la nourriture mais cette vague d'angoisse inouïe qui montait dès que la voix assassine se faisait entendre. Cette voix que je tentais d'étouffer avec les moyens du bord – pizzas, chips, chocolat – cette voix qui me dévorait, je commençais à m'en rendre compte. Ce soir-là, donc, prise d'une sorte d'audace, je me dis que je veux en avoir le cœur net. Je veux savoir ce que fredonne la petite musique à l'arrière de ma tête. Mon frigo est vide, ça tombe bien. Parce que je n'irai pas le remplir tant que radio assassin n'aura pas craché le morceau. Je prends une feuille de papier et un stylo. Je suis prête. Je suis même prête à ne pas dormir de la nuit s'il le faut. Vas-y, saloperie, je t'attends. Montre-moi ce que tu as dans le ventre. Quelle inconscience, quand j'y pense maintenant. La chose qui hait les femmes est tellement dangereuse, elle est tellement plus puissante qu'une fille de vingt-cinq ans qui n'a même pas fait de psychanalyse, qui ne sait rien. Mais l'apprentie sorcière veut en découdre. Et elle provoque, provoque le spectre. Vas-y, je t'écoute. Montre-toi si tu l'oses. Et je commence à écrire ce que j'entends d'habitude dans les moments où je me déteste : « Tu ne vaux rien, tu es nulle… » Je suis si concentrée que j'écris un peu plus vite. Et tout d'un coup, il se passe cette chose terrifiante, je me mets à écrire des choses de plus en plus horribles, jusqu'à remplir toute la feuille et ça se termine par « et je veux que tu crèves, que tu crèves, que tu crèves… » À ce moment-là, j'ai lâché le stylo et j'ai déchiré la feuille. Après avoir ouvert en grand la fenêtre du studio pour que la sale atmosphère se dissipe, j'ai enfilé une veste et j'ai filé chez Sarah. Quand je suis arrivée chez elle, je tremblais comme une feuille, j'étais aussi bouleversée qu'après une agression. Comme si j'avais été attaquée par ma haine de moi-même et que j'avais mesuré combien elle était violente, même si violente n'était pas le bon mot. C'était bien pire que ça. On a parlé toute la soirée. D'abord de cette haine de soi que je reliais à mes années d'adolescence. Ensuite des « troubles alimentaires ». On a quand même ri, ce soir-là, à cause du côté dérisoire de l'expression, je m'en souviens parce que nos rires tremblaient un peu. Et puis Sarah m'a avoué qu'elle souffrait du même démon que moi. Ces choses qui nous faisaient honte, ces choses qui nous faisaient peur et qu'on ne comprenait pas, on appelait ça nos démons, parfois nos névroses mais c'était plus rare. Je me dis aujourd'hui que la terminologie n'est jamais innocente. Donc à l'époque, Sarah aussi souffrait régulièrement de crises de boulimie qui n'avaient pas la même origine – ces soudaines montées d'angoisse et de terreur – que les miennes. À vingt-cinq ans, elle se trouvait en surpoids et il paraissait clair que son appétit déréglé était une réaction à des régimes trop sévères. Et pourtant, au moment où elle craquait, elle aussi se sentait envahie par la haine, une haine d'elle-même aussi sauvage qu'une tentative de meurtre. C'étaient cette haine et ce sentiment de panique qui la poussaient à manger de nouveau.

Nous en avons conclu ce soir-là qu'il était hautement imprudent d'attaquer cette haine de soi de front, comme je l'avais fait avec tant de témérité.

Et tout aussi imprudent de l'affronter seule.

Surtout nous avons convenu en cas de prochaine « attaque » de nous appeler d'urgence. Et pour que l'autre comprenne tout de suite de quoi il s'agissait, Sarah a proposé de donner un nom au phénomène. Sa haine de soi lui faisait penser à un militaire – mange, ne mange pas, regarde-toi, déteste-toi – alors elle avait bien envie de l'appeler Le Colonel. Mais moi qui venais de voir combien cette chose-là était malveillante, capable de s'amplifier, je craignais qu'un nom sérieux ne fasse qu'augmenter le pouvoir du tortionnaire. Alors j'ai proposé d'appeler le mien Charlot. Et Sarah a décidé de baptiser le sien Régis (qui était le protagoniste d'une série de sketchs absurdes). En cas d'attaque de Charlot ou de Régis, on s'appelait pour sortir ou se changer les idées. Parce que la seule chose à ne pas faire, c'était de rester seule face à ça.

Ensuite j'ai pris le dernier métro pour retrouver mon studio glacé, j'ai ouvert le clic-clac et j'ai dormi comme une souche.

Aujourd'hui je dirais que pour des apprenties sorcières, on ne se débrouillait pas si mal. Il me paraît clair, alors que j'écris ces lignes, que les « troubles alimentaires » sont en réalité des expériences de possession. Ils sont l'une des manifestations les plus répandues de la présence de l'Inquisiteur dans la psyché des femmes. Et le fait que ces « troubles » soient si communs montre que ces attaques assassines sont une chose commune, alors même que leur cause demeure inavouable. Car tout cela n'a rien à voir avec des histoires d'apparence, même si réduire l'expérience intérieure des femmes à des problèmes d'apparence a l'air de rassurer un certain nombre de gens.

Ce qui me sidère alors que ces souvenirs me reviennent, c'est le secret, c'est le tabou. L'impact des chasses aux sorcières sur le psychisme semble frappé d'omerta. Je ne parle même pas d'admettre le complexe, ni une chose aussi terrifiante que la possession par l'Inquisiteur. Juste un petit mot de reconnaissance. Au moins faire l'hypothèse que la psyché des femmes pourrait être influencée par deux siècles de terreur. Mais non. Silence radio. Même Anne Ancelin qui n'hésite pas à remonter jusqu'à la Terreur ou à la bataille des Champs du Kosovo, 1389 quand même, lorsqu'elle évoque les évènements susceptibles de nous hanter, même Anne Ancelin ne mentionne pas les grandes chasses. Et pourtant, le dernier chapitre de *Aïe, mes aïeux !* se termine par un paragraphe consacré à l'âme de la femme, comme si c'était la prochaine question obscure, transgénérationnelle par excellence, cette âme dont l'auteure rappelle ce qu'en dit au quatrième siècle le concile de Nicée : « la femme a une espèce d'âme comme les animaux ou les fleurs ». Mais rien sur la torsion de conscience.

Nulle part aucune étude, aucune hypothèse d'une empreinte sur le psychisme. Comme s'il ne s'était rien passé. Ou plutôt, comme si cela s'était passé mais n'avait pas laissé de traces *en moi*. Comme si c'était impensable. Que des évènements survenus en Europe, des meurtres commis entre l'invention de l'imprimerie et le siècle des Lumières, aient pu laisser d'autres traces en moi que les traces officielles, les traces racontées dans les livres d'histoire, on dirait que c'est impensable, indicible, comme une cicatrice à la forme étrange dont on préférerait ne jamais connaître l'origine. Je commence à me demander si cette omerta ne fait pas partie du complexe. Ce refus d'un héritage dont on ne veut rien savoir. Cette habitude de jeter la chose – la femme – qui dérange aux oubliettes. N'est-ce pas ce que font ceux qui survivent, n'est-ce pas ce qu'ont fait les survivants une fois le dernier bûcher éteint ? Les veuves, les vieilles, celles qui se demandaient quand leur tour viendrait. Mais aussi les filles, les sœurs, les belles-filles. Mais aussi les frères, les amants, les voisins. Ces hommes qui n'osaient ni pleurer ni hurler, ces enfants qui assistaient au supplice de leur mère. Qu'ont-ils fait, le lendemain, les survivants et les témoins ? Ce que font les rescapés d'une guerre civile. Ce que font les enfants témoins d'un désastre. Ce que font les victimes de traumatismes. Ils font avec. Ils font comme d'habitude. Ils ne disent rien. Pour vivre, mieux vaut se taire. Pour vivre ensemble, mieux vaut oublier. Comme si cette amnésie pouvait ne pas laisser de traces.

Comme si elle n'était pas une trace en soi.

La faculté de jeter quelque chose aux oubliettes fait partie du complexe. Je dis « quelque chose » mais je veux dire une femme. La femme dont on a honte. La partie de soi dont on a honte, et qui est une femme.

Toujours au printemps, je suis envahie d'une grande tristesse. Il m'arrive de pleurer le matin sans raison quand je me réveille. Frédéric est inquiet. Il a peur que je travaille trop. Peur que je prenne les choses trop à cœur. Je le rassure. Je lui dis que ça va passer. Et puis j'évite de pleurer devant lui, parce que son inquiétude m'énerve un peu. « Ça va, je te dis. » (Cette femme revêche que je peux être parfois.) J'ai confiance en ces larmes, même si je suis épuisée. Il se passe quelque chose. J'assimile quelque chose. À ce moment-là, j'abandonne aussi une certaine vision romantique du processus en cours. Même si je persiste à penser que l'apparition est celle d'une guérisseuse avec ses yeux lucides, même si je crois hautement probable qu'une ou plusieurs psychanalystes profanes, thérapeutes, herboristes et autres sorcières présumées aient fait partie de ma lignée de femmes, ce que je cesse d'imaginer romantiquement, c'est que cela fait de moi quelqu'un de spécial. Parce que : deux cent mille femmes accusées sur une période de deux siècles en Europe. Parce que : cent mille condamnées. Sans compter celles qui mouraient sous la torture, ou se suicidaient pour y échapper. Sans compter celles qui étaient lynchées. La population était bien moins nombreuse qu'aujourd'hui, c'est un détail qu'on oublie lorsqu'on fait parler les chiffres, mais deux cent mille accusées entre le quinzième et le dix-septième siècle, cela signifie que l'accusation pouvait toucher n'importe quelle femme. Même si votre ancêtre n'a pas été brûlée, vous pouvez être sûr qu'elle a vécu dans la terreur. La sorcière vous regarde, cela n'a rien de surnaturel. C'est européen.

Je me suis toujours sentie plus européenne que française. Entre ma mère née à Tunis de parents siciliens (avec quelques aïeux bolognais) et mon père né à Marlenheim (avec quelques aïeux allemands), moi, je me sens européenne. Même mes chats ont toujours été européens.

Et puis je trace la ligne Palerme-Marlenheim sur une carte.

Et partout autour, j'imagine des bûchers.

L'INDICE QUI MANQUE

Durant tout le printemps, un printemps fait de journées pluvieuses anormalement douces pour la saison, je cherche des indices, des références, des études psychologiques sur le complexe de la sorcière. Et je ne trouve rien. Rien sur ces terrifiantes expériences de possession, rien sur l'anéantissement ou le danger d'anéantissement par un spectre assassin de femmes. J'imagine même le titre d'un bouquin de développement personnel – *Combattre son inquisiteur intérieur en douze étapes* – pour m'assurer de son inexistence sur Internet. Bien sûr que ce livre ne peut pas exister, puisque l'assassin ne laisse pas de traces, puisqu'il demeure dans l'ombre, puisque son nom n'est jamais prononcé.

Une chose que Sarah et moi nous étions demandée, au moment de baptiser nos côtés obscurs Charlot et Régis, c'est si Charlot et Régis étaient deux spectres différents ou s'ils n'étaient qu'une seule et même puissance meurtrière, capable de nous posséder toutes les deux. Comme nous n'avions aucun moyen de le savoir, nous avions vite renoncé à nous poser la question. Sans doute aussi avions-nous peur de la réponse, comme si nous pressentions qu'elle serait à double tranchant. Une face obscure : un spectre haïssant les femmes, un trouble de l'identité. Une face lumineuse : le fond sur lequel le meurtrier se détache n'est autre que cette mémoire plus grande que nos souvenirs, cet esprit océanique qui nous relie les uns aux autres. Une porte existe où l'identité s'ouvre. Si ça n'est pas magique.

À condition, bien sûr, de résoudre le complexe.

S'ensuit une période d'épuisement. Je décide d'abandonner provisoirement les recherches et d'accepter l'invitation de Claire qui me laisse les clés de sa maison en Bretagne. Elle pensait prendre quelques jours de vacances, elle ne peut pas. « Profites-en », me dit-elle. Je sais que la semaine passera vite malgré un programme simple. Repos, promenades et lecture. Mais pas de tortures ni de procès, je profite de ces quelques jours loin de la sorcière pour oublier les psys et les historiens, et pour mettre dans ma valise deux romans que je veux lire depuis des semaines. Le premier, c'est *La cité promise*, le dernier tome du cycle des *Enfants de la violence* de Doris Lessing, je l'ai emprunté à ma mère la dernière fois que je suis allée la voir. Comme elle ne retrouvait pas les deux tomes précédents, elle n'avait pas envie de le relire. Commencer une trilogie par la fin ne me dérange pas, alors je l'ai pris. Le deuxième roman que j'emporte avec moi n'est pas étranger à la sorcière puisqu'il m'a été conseillé par mon amie Mara, un jour où je lui confiais ma peur d'être submergée par les associations et les réminiscences. Mara est une écrivaine surdouée et son esprit est l'un des plus rapides que je connaisse. Alors que je lui confiais ma peur de ne pas résoudre l'énigme posée par la sorcière, Mara a dit : « Christa Wolf » sans autre commentaire, comme on donnerait le nom d'un médecin. Puis comme si elle ajoutait aussi le nom du remède : « *Trame d'enfance*. C'est un de mes romans préférés. » Je l'avais commandé le soir même, en même temps que *Cassandre* lorsque j'avais lu sous la « description du produit » qu'il s'agissait de cinq conférences sur la prophétesse condamnée à ne jamais être crue. C'est *Cassandre* que j'emmène avec moi sur la Côte des Sables. Et c'est en lisant *Cassandre*, le premier soir où je me retrouve seule dans la maison, que je découvre Ingeborg Bachmann. Et parce que les extraits cités par Wolf me dressent les cheveux sur la tête, je commande en pleine nuit deux romans de Bachmann, *Malina* et *Franza*, en exemplaires d'occasion, puisqu'ils n'ont pas été réédités en France depuis leur publication. Je dors peu en Bretagne. Puisque je termine *La cité promise* et *Cassandre* juste avant de retrouver Ingeborg Bachmann à Paris. Je dors peu mais je dors bien. Je marche tous les jours. Je nourris les chats de la maison. C'est une semaine de vacances, même si la sorcière m'a suivie.

LES MOIRES

Doris Lessing. Christa Wolf. Ingeborg Bachmann.

La confirmation que je cherchais, je ne la trouve pas du côté des psys mais du côté des magiciennes.

La première m'a été recommandée par ma mère, la deuxième par une amie, la troisième par la deuxième. La sorcière n'est pas qu'indissociable de mes liens avec les autres femmes, il est possible qu'elle soit ce lien.

Lessing, Wolf et Bachmann. Je ne peux m'empêcher de penser que les psys et les romanciers, et à plus forte raison les psys et les romancières, entretiennent un rapport analogue à celui des flics et des privés dans les films noirs. Les privés vont plus loin parce qu'ils ne sont pas tenus d'obéir aux règles officielles. Pour arriver à leurs fins, ils ont recours à des moyens violents et illégaux – entrer par effraction, harceler le suspect, mettre sa peau sur la table – qu'une institution ne permettrait jamais. *Carnets, grimoires, pages tachées de subjectivité.* Leurs notes ont quelque chose d'occulte, elles sont plus proches du crime.

Contrepartie de cette soif violente d'aboutir : les privés prennent un risque que l'enquêteur officiel ne prend pas.

Et voici les indices laissés par les trois grandes dames, voici ce qui me bouleverse, voici ce qui me fait penser qu'elles ont enquêté sur le même crime :

Premier indice. Doris Lessing. Dans *La cité promise* (le titre anglais, *The Four-Gated City*, la cité aux quatre portes, me semble bien plus fidèle à la mystique soufie omniprésente dans le roman), le dernier tome du cycle des *Enfants de la violence*, Martha, l'héroïne, se rend compte qu'elle doit faire face à un *self-hater*, littéralement un haïsseur, qui semble avoir donné beaucoup de fil à retordre au traducteur. Tantôt il le traduit par « l'être de haine intérieure », tantôt par « l'en-soi haineux », tantôt par « la haine de soi », ce qui est une façon d'escamoter l'aspect possession. Doris Lessing relie l'en-soi haineux au mal et à la Seconde Guerre mondiale, le roman paraît en 1958, rien sur un traumatisme spécifique aux chasses aux sorcières donc. Mais quand même quelques empreintes : « elle rencontra brusquement l'être de haine intérieure et si violemment »... « on ne pouvait pas dire qu'elle eût vaincu l'en-soi haineux du premier coup ou définitivement »... « quel ennemi puissant, quelle force horrible et contraignante, quel effort de lutter »...

Traduire *the self-hater* par l'inquisiteur serait bien sûr iconoclaste mais me donne la chair de poule. Comme si le visage de l'assassin se précisait tout d'un coup.

Deuxième indice. Christa Wolf. *Cassandre* paraît en 1983, six ans avant la chute du mur de Berlin. Le livre se présente sous la forme de quatre conférences et d'un récit consacrés au personnage de Cassandre, qui incarne pour Wolf une femme consciente que le langage des hommes, conçu pour perpétuer leur souveraineté, l'est aussi pour la faire taire. L'indice se trouve dans la quatrième conférence, conférence qui prend la forme, je le souligne, d'une lettre à une amie. Voici ce que Wolf écrit à son amie A. : « Quelle place occupe la peur, je te le demande, pas la peur qu'on étudie dans les manuels de psychiatrie, mais la peur nue et blanche avec laquelle une femme se retrouve seule, membres flageolants, sans pouvoir dormir, et à laquelle personne ne croit. » À part ça, rien sur les chasses aux sorcières. Après tout il s'agit de Cassandre. Rien sur la torsion de conscience qui fait qu'en plus de ne pas être crue, la femme qui dit la vérité ne se croit pas elle-même. Au risque de se haïr. Au risque de devenir folle. Rien sauf le nom d'Ingeborg Bachmann.

J'ai le sentiment que Christa Wolf me le donne, exactement comme si j'avais frappé à sa porte avec mon carnet de détective et qu'elle m'avait dit, penchant sa belle tête élégante : « Vous devriez parler de tout ça à Ingeborg. Dites-lui bien que vous venez de ma part. »

Troisième indice. Ingeborg Bachmann. Jeune poétesse brillante, elle fait partie après-guerre du groupe 47 où se retrouvent les plus engagés des écrivains de langue allemande. Très vite, elle en devient l'étoile montante, disons ça comme ça. Mais très vite aussi, alors même que le succès de ses premiers recueils lui vaut une chaire à l'université de Francfort, très vite aussi, Bachmann abandonne la poésie pour une écriture romanesque expérimentale qui lui fait perdre son public. *Malina* est publié en 1971, deux ans avant sa mort. Bachmann y raconte l'histoire d'une femme vivant avec une sorte d'entité masculine qui finit par l'éliminer en la faisant disparaître dans le mur de leur appartement. La femme est emmurée et Malina, le principe masculin, reste seul maître des lieux. Autre roman, *Franza*, publié à titre posthume en 1979, l'histoire d'une femme mariée à un psychiatre qui dissèque et désapprouve chaque facette de sa personnalité jusqu'à ce qu'elle n'ait plus la force de vivre. Il y a un an encore, j'aurais lu dans ce roman la description atroce et en avance sur son temps d'un phénomène d'emprise psychique. Sauf que les sorcières sont passées par là. Et je lis autre chose entre les lignes de *Franza*, qui ne raconte pas l'histoire d'une chasse mais où Bachmann écrit : « c'est moi le fossile, lui est l'exemplaire qui règne aujourd'hui, qui réussit aujourd'hui, qui a la cruauté d'aujourd'hui, qui attaque et pour cette raison vit. Je n'ai jamais vu d'être humain ayant autant d'agressivité. On pourrait le sertir, comme une pierre, il représenterait de façon éclatante le rapace de ces années, la harde de loups de ces années, il n'y a pas là de procès, et j'ai compris cela, je suis de basse race. Ou bien ne faudrait-il pas dire classe ? On ne peut vraiment voler que ceux qui vivent magiquement et pour moi tout a une signification ».

Lorsque je lis ces lignes, je ne peux m'empêcher de penser que Bachmann écrit mot pour mot ce que devait ressentir au seizième siècle une femme dont la conscience craquait, face à la logique méthodique des magistrats et des bourreaux.

Ingerborg Bachmann est morte brûlée vive.

Vous avez bien lu. Ingeborg Bachmann est morte brûlée vive à l'âge de quarante-sept ans dans son appartement de Rome. Les circonstances de sa mort sont restées mystérieuses. Accident ou suicide ? Personne ne l'a jamais su. Il paraît qu'elle souffrait de dépression. Il paraît qu'elle ressemblait à ses personnages. Alors je ne crois pas à l'accident. Je ne crois pas non plus au suicide. Je crois au crime.

Je crois que l'Inquisiteur l'a tuée.

Au mois de mai 2018, je suis persuadée que le haïsseur de Doris Lessing, Malina, Charlot et Régis sont un seul et même principe assassin qui a été inculqué aux femmes durant les chasses aux sorcières.

DES SOUVENIRS

Les colères de ma mère ont débuté aux alentours de ma onzième année. Nos parents ne s'entendaient plus, ils ne nous parlaient pas, à mon frère et à moi, de cette mésentente, eux-mêmes ne semblaient pas conscients de sa gravité ni de sa profondeur. Mais nous sentions planer comme un nuage sombre, gorgé d'électricité, une accumulation de charges dangereuses – et la colère de ma mère finissait par éclater. Elle commençait par s'en prendre à elle-même, toujours, ça commençait comme ça. Ma mère disait qu'elle était idiote. Ou bien qu'une fois de plus, on – mon père d'abord, mon père toujours durant les années de leur mariage, puis lorsqu'ils se séparèrent, ses collègues de travail ou bien mon frère ou, le plus souvent, moi – on la prenait pour une idiote. Je me souviens d'un dimanche matin où elle m'a demandé de ranger ma chambre. Rien qu'à son regard sombre, j'ai compris que l'orage grondait. Alors j'ai vite classé les feuilles volantes qui traînaient, mis les livres en piles, rangé stylos, cahiers et autres dans les tiroirs de mon bureau. L'orage gronde depuis le début de la matinée où mon père a dû repasser à son bureau pour boucler un dossier. Du moins, c'est ce qu'il a dit. L'heure du déjeuner approche et il n'est toujours pas là. Et voilà que ma mère entre dans ma chambre. Voilà qu'elle renverse les piles de livres. Qu'elle ouvre les tiroirs les uns après les autres, vide tout ce qui est à l'intérieur, tout ce qu'ils contiennent se répand sur le sol et un petit cheval en verre se fracasse sur le plancher. Elle dit : « Tu te fous de moi ? Tu appelles ça ranger ? » Elle dit : « Toi aussi, tu me prends pour une idiote ? » Son menton tremble. Je ne sais pas si c'est de colère ou parce qu'elle se retient de pleurer.

Il arrivait que plusieurs crises de rage éclatent la même semaine, il arrivait qu'elles cessent durant un mois entier. Ma mère n'a jamais bu une goutte d'alcool mais dans ces moments-là, j'avais l'impression qu'elle était ivre.

Devenue adulte, j'ai fini par admettre qu'il y avait un travail sur elle que ma mère n'avait pas fait, qu'elle ne ferait sans doute jamais, que ce travail, je ne pouvais pas le faire à sa place. Bref, j'ai commencé à me raconter une histoire classique, une histoire qui se raconte en suivant l'ordre chronologique. Ma mère avait tout juste un an lorsque la guerre a éclaté. Mes grands-parents habitaient Tunis, et ma grand-mère venait d'être admise à l'école d'infirmières d'Alger. Quant à mon grand-père, mobilisé par l'armée française en tant que traducteur – on évitait d'envoyer sur le front africain les Italiens naturalisés de peur qu'ils ne soient incapables de tirer sur leurs compatriotes – il n'était pas en mesure de s'occuper d'un enfant en bas âge. Ma mère a donc passé les premières années de sa vie privée de ses parents, ne les retrouvant que par intermittence, dans des circonstances forcément angoissantes et imprévisibles. Et surtout, surtout ma mère avait été confiée à sa grand-mère maternelle – la fille aînée de la chamane Apollonia – qui ne cachait ni sa préférence pour les cousins de ma mère, ni qu'elle les préférait parce qu'ils étaient des garçons. Car mon arrière-grand-mère était, comme me le dit bien des fois ma mère par la suite, « une femme dure », « une femme qui ne supportait pas les larmes », « une femme qui n'aimait pas les femmes ». Une femme à qui ma grand-mère avait par nécessité ou par aveuglement, ou pour tout autre motif obscur dans la grande obscurité de ces années, confié sa propre fille. Cette précoce expérience d'abandon, associée au mépris de son propre sexe transmis par « une femme qui n'aimait pas les femmes », avait fait de ma mère une femme qui ne tolérait pas de se sentir vulnérable, dont la colère explosait sans prévenir, lui donnant une addictive sensation de puissance. Telle est l'histoire classique que je me suis longtemps racontée. Cette version des faits me paraissait presque suspecte à force de classicisme, en même temps, c'était la seule que j'avais.

Après que je fus devenue adulte, les colères de ma mère prirent une autre forme. Lorsque j'allais la voir chez elle, il arrivait qu'elle dise des choses comme : « Lorsque j'ai divorcé, j'aurais pu avoir une dépression. Quelqu'un d'autre aurait craqué à ma place. Mais moi j'ai tenu bon. Je ne suis pas comme ces bonnes femmes qui craquent pour un rien. » Ma mère disait souvent ça, les bonnes femmes, pour parler des autres femmes. Au sujet d'une voisine : « Cette bonne femme a alerté le syndic pour rien. » Ou d'une collègue de travail : « Cette bonne femme se laisse toujours faire. » Alors on se disputait, parce que je ne supportais pas cette expression et le mépris qu'il y avait dedans. Et ma mère me disait qu'il n'y avait pas de mépris, que c'était juste la vérité, que ces bonnes femmes étaient idiotes. Je savais qu'elle disait ça pour me mettre en colère. Je crois que le fait qu'on se dispute de temps en temps la rassurait. À ce moment-là, je commençais à écrire, elle sentait bien que je m'éloignais. Alors ces réflexions sur les bonnes femmes, moi qui faisais une psychanalyse, moi qui écrivais des livres, moi qui croyais comprendre tant de choses, je savais bien d'où elles venaient. Ma mère haïssait sa vie. Et sa haine était si grande qu'elle retombait sur toutes les femmes. Du moins, c'était ce que je pensais à l'époque. Il n'y a pas si longtemps, c'est ce que je pensais.

Jusqu'au moment où j'ai lu dans *La sorcière et l'Occident* que les sorcières étaient appelées bonnes femmes.

Ce qui retient mon attention aujourd'hui, ce que la sorcière fait apparaître, ce ne sont pas les circonstances. C'est la peur. La peur est l'indice. La peur que je ressentais, la peur que j'essayais de me cacher à moi-même, la peur qui tout d'un coup faisait blêmir ma mère, lorsque le mépris des femmes la submergeait : « Il n'y a que des grands peintres. Il n'y a que des grands écrivains. Il n'y a que des grands voyageurs. Tu vois bien que les bonnes femmes ne valent rien. » Un jour, je devais avoir trente ans, je me souviens que j'ai crié : « Alors je ne vaux rien ? Alors tu ne vaux rien ? C'est ça que tu veux dire ? » Et elle : « Mais non... Bien sûr que non... Mais qu'est-ce que je raconte ? » Comme si je l'avais giflée et qu'elle revenait à elle. *L'Inquisiteur s'était enfui*. Ce jour-là, j'avais pensé que ma mère était folle. En même temps je savais bien qu'elle ne l'était pas. Mais j'ai espacé mes visites durant les semaines qui ont suivi. J'avais peur que sa haine d'elle-même soit contagieuse. J'avais peur de repartir possédée à mon tour.

Ma mère m'a souvent dit que c'était tard, très tard, à l'occasion de sa maladie, qu'elle avait compris l'impact de la misogynie dans sa vie. Impact destructeur et surtout sournois car la chose, selon elle, avançait masquée. Une femme ne se rend pas compte qu'elle n'aime pas les femmes, elle croit que ça ne peut pas se retourner contre elle. Mais la misogynie la blesse, l'abîme, l'étouffe à son insu. Exactement, me dit un jour ma mère, comme le cancer des ovaires qu'elle n'avait pas vu venir, jusqu'à ce que le mal lui coupe le souffle, provoquant l'embolie pulmonaire à la suite de laquelle il fut diagnostiqué.

Après l'annonce de sa maladie, ma mère a commencé à me parler plus souvent des femmes de sa famille, de la misogynie de sa grand-mère qu'elle reliait à sa fascination pour un certain type d'homme, dur et dominateur, héros brutal qu'incarnaient les fascistes aux yeux de ma bisaïeule, à une époque où le fascisme n'était pas encore associé aux horreurs de la guerre, plutôt à une sorte d'Italie mythique qui devait la faire d'autant plus rêver qu'elle n'avait jamais mis les pieds à Rome et parlait mieux le sicilien et l'arabe que l'italien. Mais je ne peux m'empêcher de voir aussi, dans cette fascination de mon arrière-grand-mère pour les chemises noires – fascination qui occasionnait, paraît-il, de violentes disputes avec son mari socialiste – et dans le mépris qu'elle avait pour les femmes de sa propre famille, la trace effrayante d'une possession par un spectre.

Alors que j'écris ces lignes, je sens rôder une question inquiétante, une question à laquelle je ne trouve pas de réponse : Pourquoi, dans une même famille, l'Inquisiteur possède certaines femmes et pas d'autres ? Dans la mienne, on dirait que l'ombre saute une génération sur deux. Mon arrière-grand-mère misogyne était la fille de cette psychanalyste profane d'Apollonia qui tenait conclave avec les marabouts. Ma grand-mère résolut le risque de possession à sa façon, misant tout sur son travail – sage-femme puis infirmière, une vraie carrière de sorcière – et pas grand-chose sur le romantisme, mon grand-père fut le seul homme qu'elle connut et leurs relations étaient plus amicales qu'amoureuses. Ce qui explique peut-être, par contraste, la soif d'absolu de ma mère et la relation passionnée qu'elle entretint avec mon père. Relation où l'homme du Nord incarnait l'ordre et la raison, tandis que la femme du Sud incarnait l'émotion. Au fond, mes parents vécurent une passion classique d'inquisiteur et de sorcière, avec un début flamboyant et une fin amère. Et moi, je suis l'enfant de tout ça.

Plus j'avance dans cette histoire, plus l'Europe me fait l'effet d'une vieille famille dysfonctionnelle dont les sorcières sont le secret.

LA NUIT

En plein milieu de la nuit, je me réveille pour noter ces phrases sur mon carnet :

— Ne pas rester isolées.

— Ne pas avoir honte de notre mémoire.

— Ne pas craindre nos souvenirs étranges si nous voulons protéger nos filles. (Je n'ai pas de fille mais écrivant cela, je pense à Pauline, Raphaëlle et Eva, ma nièce et mes deux filleules.)

Puis je relis ces lignes qui sur le moment m'ont paru cruciales, et je me demande quoi en faire. Et l'impression très nette que la sorcière me dit quelque chose comme, recopie ça, c'est tout. N'en fais pas tout un chapitre.

À trois heures du matin, il me semble la voir sourire.

LES HOMMES AUSSI

C'est vers l'été que l'image de la sorcière se transforme, comme si l'apparition avait définitivement quitté la salle des tortures. Elle sourit. Ou plutôt, ce sont ses yeux, lumineux, scintillants, pailletés comme une eau bleue sous un soleil oblique. Je n'imagine toujours pas les traits de son visage, mais ses yeux sourient et ce changement me semble assez significatif pour que je le note. Parallèlement à cette évolution imaginaire se produit un phénomène qui concerne mon entourage, et plus précisément les hommes de mon entourage qui semblent s'être donné le mot pour me faire comprendre que cette histoire les concerne autant que moi. Cela commence par mon frère qui, un jour où nous sommes au téléphone, me demande sur quoi je travaille. Je lui dis : « Les chasses aux sorcières. » Et je précise : « Je raconte des histoires de sorcières et aussi les souvenirs que ces histoires réveillent. » Je lui dis que je parle de nos parents et de l'atmosphère misogyne qui régnait dans notre famille. Je lui demande si ça ne le choque pas que je parle quelquefois de lui. Je connais mon frère, intelligence hors norme, pudeur – son métier lui va bien, il crée des systèmes informatiques et résout en des temps record, pour le plus grand bonheur de ses amis geeks, les scénarios de jeux vidéo les plus retors – mais quand je lui pose la question, il me dit que ça ne le choque pas à condition de ne faire que quelques brèves apparitions. Quelques jours plus tard, il rappelle pourtant pour me dire autre chose. « Tu sais, la misogynie, ça fait aussi du mal aux hommes. Je crois que tu devrais le dire. Tu devrais dire que ça nous fait du mal. Il y a une vision militaire de la virilité qui m'a fait beaucoup de mal. »

Comme souvent avec mon frère, je suis bouleversée par sa façon très simple de dire la vérité. J'y repense les jours qui suivent. Je me dis qu'il a raison. Voir leurs sœurs, leurs femmes, leurs mères exécutées a forcément eu un impact sur les hommes. Quel qu'ait été cet impact, ça s'est passé comme pour les femmes : il a été jeté aux oubliettes. Je ne doute pas que la possession par un juge intérieur sadique et vertueux, ce que mon frère appelle la vision militaire de la virilité, représente un danger tout aussi réel pour la psyché masculine. Ces choses étant dites, j'aime autant m'arrêter là. Parce que le point de vue que moi je connais de l'intérieur, c'est l'autre. C'est celui de la sorcière. C'est de l'intérieur qu'on peut comprendre et changer. Sans quoi on commet cette erreur de parler à la place des autres, cette erreur de projeter nos fantasmes sur eux, cette erreur de tordre la vérité pour qu'elle ressemble à ce qu'on croit savoir. L'erreur de l'inquisiteur. Celle qui commence par une théorie et se termine par une séance de torture.

Avec Frédéric, le débat est plus animé. Chaque fois que nous parlons des chasses, il éprouve le besoin de me rappeler que des hommes aussi furent suppliciés et accusés à tort, même s'ils furent bien moins nombreux que les femmes. L'histoire de Johannes Junius, torturé lors des grandes chasses de Bamberg, l'a particulièrement bouleversé. Frédéric m'avoue y avoir pensé durant des jours après que je lui ai lu la lettre écrite par le bourgmestre à sa fille, lettre qui précéda de quelques heures l'aveu complet de ses « crimes », la dénonciation de ses « complices », et la mise à mort de Junius après une semaine de torture. « Je suis arrivé innocent en prison, j'ai été torturé innocent, je dois mourir innocent. Car quiconque arrive dans cette maison doit être un sorcier, ou bien il est torturé si longtemps qu'il doit inventer quelque chose ou, que Dieu ait pitié de lui, imaginer quelque chose. » L'histoire de Friedrich Spee, le jésuite horrifié par les supplices au point que ses cheveux devinrent blancs, l'a bouleversé aussi. Mais plus Frédéric me répète que la souffrance de ces hommes compte, que je « dois » me souvenir d'eux, que je ne « dois » pas les oublier, plus j'ai le sentiment que ce n'est pas d'eux qu'il me parle mais de lui (comme si les chasses aux sorcières mettaient les hommes dans cette position habituellement réservée aux femmes, cette position minoritaire qui vous force à réclamer l'attention et donc à vous mettre à nu). Alors un soir je lui demande :

— Est-ce que tu t'identifies à ces hommes-là ?

Frédéric me regarde avec attention et puis il baisse la tête. « Non, pas à ces hommes-là, dit-il, ces hommes-là, ce sont des justes et moi… » Sa voix baisse d'un ton : « Je ne suis pas sûr qu'à leur place, j'aurais fait preuve du même courage. » Les hommes auxquels il s'identifie sont des hommes sans nom. Ce sont ces pères, ces maris, ces fils qui assistaient à l'exécution d'une femme. Ce qu'ils devaient ressentir au moment où les flammes montaient, c'était un terrible sentiment d'impuissance. « Après ça, dit Frédéric, l'impuissance ne devait plus jamais les quitter. Ils étaient condamnés à penser qu'ils ne pouvaient rien faire. Puisque ce jour-là, ils n'avaient rien fait. La magie de la vie, c'était fini pour eux. » Ce terrible sentiment d'impuissance, me dit-il, est celui qu'il éprouve chaque fois qu'il interviewe un climatologue, chaque fois qu'il apprend qu'une forêt brûle, qu'une nouvelle espèce d'oiseaux est sur le point de disparaître. Chaque fois qu'il entend le mot réchauffement, il se sent impuissant comme un homme qui voit brûler la magie de la vie, la vie même et ne fait rien, parce que tel est désormais l'ordre des choses, un ordre où il ne peut rien faire.

L'impuissance. Telle est la malédiction des survivants. Les chasses aux sorcières ont tué des milliers de femmes, et ont privé les survivants de cette force secrète, inexplicable, qui nous assure que nos sentiments, nos émotions, ont un pouvoir sur l'extérieur, et que cet ordre des choses si écrasant, si fatal en apparence, pourrait n'être qu'une illusion.

Remontons un peu le temps. L'imprimerie n'existe pas encore. Maître Eckhart prêche les mystères d'un Dieu sans forme aux béguines de Strasbourg. En Italie s'épanouissent les communautés franciscaines. Entre le treizième et le quatorzième siècle, la spiritualité en Europe se décline au pluriel, les spiritualités fleurissent. Il arrive que des femmes choisissent de mener une vie religieuse sans pour autant entrer dans les ordres. Et il arrive que ces femmes-là deviennent ce qu'on appellerait aujourd'hui des maîtres. Les treizième et quatorzième siècles ont été ceux des saintes vivantes. Leur réputation s'étend parfois à une région entière, les gens viennent des villages alentour pour leur demander conseil ou pour qu'elles guérissent un proche. Il arrive même que des religieux, impressionnés par leur piété, entreprennent d'écrire leur vie. Pourtant il existe une différence entre ces saintes-là et les saints officiels : leur sainteté n'est pas reconnue à l'issue d'un procès en canonisation en bonne et due forme. Souvent ces femmes-là ne sont même pas religieuses, ce sont des laïques ou des célibataires qui vivent en béguinage. Ce sont les gens ordinaires, les paysans, les voisines, les enfants qui se passent le mot. Un peu comme dans ces villages d'Inde ou de Sicile où l'on se pose quelques jours, un peu plus longtemps que prévu, et où il arrive que quelqu'un vous dise : « Au bout de la rue, là-bas, il y a une vieille qui sait des choses. Tu devrais peut-être aller la voir. On ne sait jamais… » *Non si sa mai. You never know*. Il arrive que le vieux ou la vieille ait surtout besoin d'un peu d'argent. Mais il arrive aussi qu'il vous regarde un long moment, comme ce petit vieux assis sur une chaise pliante dans une ruelle de Trapani qui après m'avoir dévisagée durant un bon quart d'heure n'a prononcé qu'un mot : « *Gioia.* » J'ai eu le sentiment que ma poitrine se dilatait.

Ce que les saintes vivantes disent, racontent, murmurent à ceux qui les appellent à l'aide, c'est que la quête de sens rend libre. La recherche spirituelle n'est pas réservée à une élite religieuse, elle n'est pas réservée aux hommes. C'est une responsabilité qui peut se prendre à tout moment, dans les pires conditions. Leur vie en est la preuve dans cette Europe du quatorzième siècle ravagée par les guerres, où les imposteurs sont aussi nombreux que les maîtres authentiques et où l'indépendance spirituelle devient de plus en plus suspecte. C'est cela qui s'arrête avec les chasses aux sorcières. Pas seulement la florescence de communautés alternatives que l'Église entend désormais contrôler mais la possibilité pour ceux qui ne possèdent rien – comme les femmes, comme les paysans expropriés – d'explorer leur propre conscience. Les mêmes femmes qui deux siècles plus tôt auraient été considérées comme des maîtres spirituels ou des chamanes seront brûlées deux siècles plus tard. Et avec elles, les hommes qui ont fait le même choix, celui de vivre en marge. En marge de l'Église, en marge du mariage, d'une ville ou d'un couvent, suivant un chemin aux couleurs de feuilles, de sang et de ciel.

Une tradition d'exploration s'arrête.

Les jours suivant la conversation avec Frédéric, ou plutôt, les nuits suivantes, je n'arrête pas de penser à ces hommes pétrifiés devant les flammes, à ces hommes contraints à l'impuissance. C'est cela aussi un féminicide, l'impuissance des hommes, la rupture d'une transmission. Ce sentiment nocturne, obsédant, d'une interruption, ce texte effacé dont restent des mots épars, cette transmission manquante, c'est cela aussi, être une femme. Et la sorcière murmure que cet effacement est un sortilège, que l'impuissance est une illusion, qu'il suffit pour le voir de tourner ses yeux dans l'autre sens, en dedans, en dedans, comme les sorcières le font depuis la nuit des temps.

Je me tourne vers les livres qui frémissent sur l'étagère comme pour les prendre à témoin. Voilà des semaines que je tente d'approcher la sorcière, de reconstituer son histoire, d'apprivoiser une vérité psychique qui se dérobe. Mais celle que je cherche n'est pas la victime d'évènements révolus, son nom ne se trouve pas dans un livre d'histoire. C'est une partie de nous, c'est une partie de moi dont la puissance et le désarroi tiennent en un mot : chassée.

II

Chasses

COURANTS DE MÉMOIRE

La sorcière s'est transformée. Ce n'est plus une prisonnière, silhouette fragile dans l'angle d'une cellule, c'est une femme attentive, observatrice que j'imagine. Je distingue mal ses traits, c'est plus une présence qu'un personnage, mais je devine qu'elle est vieille à sa façon de me scruter, il n'y a que les vieilles femmes qui vous regardent avec autant de patience, comme si elles étaient prêtes à espérer dans l'obscurité durant des siècles. Comme si le moment était venu de la laisser me questionner. Ne me suis-je pas plongée dans son histoire à elle, ne l'ai-je pas interrogée et ne m'a-t-elle pas répondu ?

Sarah n'avait pas tort de me dire que les images intérieures doivent être prises au sérieux. Sans doute en est-il de même pour les dialogues imaginaires que nous inspire leur présence, une présence pleine d'attentes et de curiosité.

Ses yeux limpides me scrutent et je sais ce qu'ils demandent. La sorcière veut savoir combien de fois je l'ai chassée.

— Alors quand était-ce ? Le premier cauchemar, le premier effroi sérieux, la première fois qu'une chose étrange t'est apparue, indubitablement apparue et que tu l'as chassée, quand était-ce ?

L'eau limpide, transparente, sort du tuyau d'arrosage, mon frère et moi écartons les bras pour lui offrir nos poitrines nues, c'est l'été soixante-seize, l'été de la sécheresse. Ce mot, sécheresse, est le premier mot d'adulte que j'apprends, le premier que j'associe à des visages fermés et à des voix inquiètes. Mon frère et moi ne pouvons plus jouer dehors, ma mère ne veut pas que nous sortions de la maison aux heures chaudes. Les arbres sont si secs qu'on craint des incendies sur les collines de La Ciotat. Les fleurs que mon père a plantées l'été précédent sont mortes, toutes les herbes du jardin ont jauni. Mon frère a encore l'âge de faire la sieste l'après-midi, mais j'ai presque six ans et malgré la chaleur, je ne tiens pas en place. Alors pour que je ne m'ennuie pas durant ces vacances brûlantes, ma mère m'a acheté un livre. *Le trésor du pirate*. Le titre brille sur la couverture montrant le pirate avec un bandeau sur l'œil et un chapeau à larges bords. Au début de l'histoire, ce n'est encore qu'un enfant à qui sa mère donne, juste avant de mourir, une carte menant à un trésor. Le garçon se fait pirate pour partir à sa recherche. Au bout d'un long voyage, il finit par trouver le trésor au fond d'une grotte. Mais ça n'est pas tout. Au milieu de la vaisselle en or et des colliers de perles qui dégoulinent, le pirate trouve – j'adore ce moment – une lettre signée par le père qu'il n'a jamais connu. Cette lettre lui apprend qu'il est le fils d'un roi. Et le pirate peut alors se marier avec la princesse du coin. *The end.* J'adore cette histoire. Je ne me lasse pas de la relire, je ne sais pas ce qui me plaît le plus, le moment où le pirate trouve le trésor, ou celui où il comprend qu'il est un prince. Je relis ces deux pages, encore, encore et encore. Je relis ça tout l'été. Et vers la fin des vacances, un soir où je ne trouve pas le sommeil tandis que mon frère dort, un soir où je garde les yeux ouverts dans le noir, je décide d'entrer dans l'histoire du pirate. Sauf que. Je ne peux être personne. Sur l'une des illustrations, le pirate enfant ressemble un peu à mon frère. Puis il devient un homme qui ne ressemble pas à mon père, puisque mon père a les cheveux clairs et que ceux du pirate sont noirs. Alors il reste la princesse. Mais elle n'apparaît qu'à la dernière page du livre et elle n'a pas d'histoire. Moi, c'est le moment où le pirate trouve le trésor, le moment où il trouve la lettre qui lui apprend sa vraie identité que j'ai envie de vivre. Et je constate avec angoisse, une angoisse qui grandit dans l'obscurité, que je ne sais pas comment m'y prendre. J'essaie, j'essaie de trouver une façon d'entrer dans la scène. Mais c'est comme si la porte était fermée. Je finis par m'endormir avec un sentiment d'effroi.

Cette nuit-là, je rêve d'une immense araignée.

Le plus terrifiant, ce ne sont pas ses pattes sombres, acérées, c'est son corps noir, noir, noir qui palpite comme un cœur au milieu de la nuit. Cette palpitation me fait hurler de terreur.

Mon père arrive le premier. Il crie : « Il y a quelqu'un ? » La maison est isolée, il n'y a pas d'alarme à l'époque, il a cru qu'un rôdeur était entré. Ma mère me prend dans ses bras, ce n'est rien, dit-elle, juste un cauchemar. Mon petit frère cligne des yeux, mon père file à la cuisine pour me chercher un verre d'eau. Je reprends mes esprits, je demande un autre verre d'eau, puis un biscuit, bon, j'en profite un peu. Le lendemain, ma mère me dira que j'ai dû avoir peur d'une de ces araignées qui se faufilent parfois par l'entrebâillement d'une fenêtre. La maison se trouve au milieu de la pinède et il arrive que ma mère trouve des araignées en déplaçant les meubles. (Mais si noires ?)

Au retour des vacances, j'ai commencé à dévorer les livres d'aventures, m'identifiant à Tom Sawyer, Arthur Gordon Pym, Mowgli, m'imaginant à leur place autant qu'à celle d'Alice ou de Blanche-Neige. Cette fluidité a fini par me paraître naturelle. Mais il y a une étape avant ce naturel. Il y a une étape sombre, secrète, dans la vie des filles, où elles se rendent compte que *le langage n'est pas fait pour qu'elles cherchent le trésor*. Le sentiment qu'on éprouve à ce moment-là, c'est de l'étonnement au sens fort du terme. Comme si on se trouvait devant une énigme effroyable. Et puis on oublie cet effroi. On l'oublie et on fait avec.

— Tu veux dire, on le chasse et on fait avec ?

Une autre image se reflète dans l'œil transparent de la sorcière. Paris. Novembre 2013. Ma mère est allongée dans une chambre d'hôpital. Elle vient d'être hospitalisée pour une embolie pulmonaire qui s'avère être la conséquence d'un cancer des ovaires parvenu à son troisième stade. Il y a peu d'espoir, selon les médecins, qu'elle survive au-delà de l'été. Chaque fois que je vais la voir à l'hôpital, je perçois sa gêne et presque son hostilité. Elle a peur de me déranger dans mon travail, elle a peur que je lui rende visite par devoir plutôt que par amour. Elle ne le dit pas. Mais je le sais. Je ne sais pas comment lui dire qu'elle se trompe. Dans ce moment si douloureux, on ne sait pas comment se parler. « Tu n'es pas obligée de venir, tu sais. — Je veux te voir. — Il n'y a pas d'obligation. — J'ai besoin de te voir, maman. » Alors son visage s'adoucit : « Mais tu n'es pas obligée de venir tous les jours. Avec tout le travail que tu as. » Il est difficile de mentir à quelqu'un de malade. Mais il est tout aussi impossible de se mentir à soi-même devant quelqu'un qui se prépare à mourir (même si ma mère vivra, faisant mentir les prévisions des médecins, nous laissant le temps de partager ces sentiments, de dissiper ces non-dits, d'exprimer cet amour que j'ai si peur cet hiver-là de ne jamais partager, dissiper, exprimer). Je me suis éloignée de ma mère. J'avais des raisons pour ça, en tout cas, je le croyais. Assise à côté de son lit dans une chambre d'hôpital, je mesure la distance qui s'est creusée entre nous. Combien l'une comme l'autre avons besoin de la combler. Mais aucune de nous deux ne sait comment s'y prendre.

J'ai longtemps cru, je crois toujours, que les prières les plus profondes se passent de mots. Mais ce jour-là, lorsque je rentre de l'hôpital Pompidou après que ma mère et moi avons passé une heure entière à nous tenir la main, comme si nos doigts entrelacés, serrés, exprimaient le rapprochement que les mots étaient incapables de formuler, j'éprouve le besoin de prier pour de bon une divinité qui me comprenne. Qui comprenne les rapports mère-fille et combien ils sont compliqués. Qui comprenne la rancœur de ma mère et ses colères. Qui comprenne son amour et mon amour. Qui comprenne son cancer. Qui comprenne tout. Et je ne sais pas comment faire. Je suis seule à la maison, c'est le milieu de l'après-midi, Frédéric n'est pas rentré. S'il avait été là, je ne sais pas si j'aurais osé pleurer comme je l'ai fait. Si j'aurais osé allumer une bougie, si je me serais agenouillée au milieu du salon. Je ne sais plus si j'ai dit ça à voix haute, si je l'ai murmuré ou si je l'ai juste pensé. Ce qui est sûr, c'est que ces mots tournaient en boucle dans ma tête : « Toi que je ne sais pas comment prier, Toi que je ne sais pas comment prier, Toi que je ne sais pas comment prier… » J'avais le sentiment d'appeler au secours de toutes mes forces.

Cette nuit-là, je rêve d'une immense araignée.

Encore plus grande, encore plus noire et palpitante que dans mon premier rêve, je ne vois même pas l'extrémité de ses pattes. Je me redresse dans le lit avec une tachycardie démente. Je ne réveille pas Frédéric, je n'ai pas besoin qu'on me rassure, je ne suis plus une enfant de six ans. Pieds nus dans le noir, c'est tout juste si je ne cours pas jusqu'à mon bureau. Le *Dictionnaire des symboles* de Jean Chevalier et Alain Gheerbrant y est toujours posé sur ma table (ou rangé côté sorcières à l'heure où j'écris ces lignes). Parfois il me sert à interpréter les rêves mais surtout, à quarante ans passés, je trouve la même addiction à le feuilleter que les gamins qui passent des heures plongés dans le dictionnaire Larousse. Araignée. Pour les hindouistes, elle symbolise Maya, la déesse primordiale qui tisse la toile des apparences, pour les Grecs, le fil de l'araignée évoque celui des Parques, pour les peuples d'Afrique, elle représente l'âme qui voyage d'un monde à l'autre. De l'Inde à la Méditerranée, l'araignée est le symbole d'une puissance ambivalente qui file à la fois le tissu des illusions et celui de la réalité. J'ai relu l'article plusieurs fois, je n'arrivais pas à y croire. Pour la première fois, je percevais un fil qui reliait ces évènements en apparence disjoints, ne pas pouvoir se projeter en tant qu'héroïne dans *Le trésor du pirate* et ne pas savoir prier une divinité féminine. Mais le fil s'était mis à vibrer, quelque chose m'avait répondu, quelque chose était apparu. J'avoue que je tremblais. Alors j'ai pensé à des choses bien concrètes et bien pénibles, l'équivalent psychique du seau d'eau froide sur la tête. La taxe d'habitation que je devais payer. Le tas de linge à repasser que j'avais plus ou moins caché sous un paréo. La litière du chat que je devais changer. Comme la chatte était réveillée et se frottait contre mes jambes, on a marchandé cinq minutes pour une rasade de croquettes à quatre heures du matin. Bien sûr j'ai cédé. Et je suis retournée dormir.

À présent je me demande si la sorcière n'était pas déjà là. Tranquille, patiente, cachée dans un angle de mon inconscient. Guettant le bon moment pour se manifester à ma conscience. Et en attendant, pratique, concrète, me recommandant de faire des choses simples après la vision de l'araignée. Des choses de bonnes femmes qui dissipent l'effroi, comme changer la litière du chat. Si la sorcière est cette intelligence pratique qui nous apprend à ne pas séparer les mystères de la vie ordinaire, à ne pas les refuser ni nous laisser submerger, si c'est cette force-là, alors oui, la sorcière m'est apparue ce soir-là sans que je le sache.

Le nombre de fois où je t'ai fait signe, où je t'ai inspirée, où je t'ai même sauvée sans que tu t'en rendes compte. Il me semble que la sorcière dit quelque chose comme ça. Et pourtant, ce ne sont pas ces fois-là qu'elle veut que je raconte. Ce sont d'autres souvenirs qui l'intéressent, les courants de mémoire me mènent à un rivage que je connais bien. Je croyais pourtant avoir fait le tour de cette histoire-là. Il faut croire que ça ne suffisait pas puisque le souvenir se rapproche, se précise comme un rivage révélant peu à peu ses contours. La sorcière veut revisiter cette histoire avec moi, elle veut que j'y redescende, car c'est une histoire qui descend, consciente de sa présence. Parce qu'on se connaît un peu, toutes les deux, depuis tous ces mois, on a appris à se connaître.

— Tu peux le dire, maintenant. Tu as été chassée.

PREMIÈRE APPARITION DU RIVAGE

Les bâtiments gris du lycée, l'automne, la foule des élèves qui attendent l'ouverture des portes, la mode des bandanas, les absences de mon père, la rancœur de ma mère, la toux qui me prive de voix, l'angoisse quotidienne de la récréation, les gifles, les moqueries et les menaces de mort, telle est l'année de mes quatorze ans.

ÉTOILE DE LA DOULEUR

Si la sorcière est une façon de poser la question « Qui suis-je ? », de la laisser résonner avec toute son amplitude, ce sont d'autres questions qui ont longtemps défini mon identité. Pourquoi ? Pourquoi moi ? Pourquoi ma mère qui savait n'a rien fait ? Pourquoi mon père n'a rien vu ? Pourquoi mon frère semblait ne rien voir ? J'ai appris à vivre avec ces questions. Surtout avec les deux premières. Pourquoi ? Pourquoi moi ? Celles-ci ont résonné comme des tambours durant toute ma jeunesse et une grande partie de ma vie d'adulte. Le chant qu'elles rythmaient n'était pas un chant d'innocence. C'était un chant terrifiant. Mon expérience de la chasse tient en quelques mots. J'ai longtemps été le souffre-douleur de ma classe.

Je dis que ce sont des souvenirs terrifiants. Et je vois bien qu'ils le sont puisque j'ai d'abord failli écrire : « J'ai été le souffre-douleur de ma classe de la sixième à la seconde. » Mais ça n'aurait pas été tout à fait vrai, parce que ce qui s'est passé l'année de mes quatorze ans, l'année de la seconde donc, fut bien plus grave que ce qui avait eu lieu les années précédentes. Je sens bien aussi qu'une partie de moi, jeune, muette, est terrifiée à l'idée d'être vue, comme ces bêtes qui courent se cacher dès qu'elles entendent le pas d'un être humain. Et cette partie de moi qui doit avoir, mettons, quatorze ans, cette partie de moi me supplie de ne pas écrire « de la sixième à la seconde ». Parce que sinon, me dit-elle, ceux qui vont lire ça vont faire leur calcul. Ils se diront que ça fait cinq ans en tout. Et ils se diront : c'est quand même bizarre que ça ait duré si longtemps. Et se diront : forcément quelque chose n'allait pas chez elle. Et même si « les gens » – et cette partie de moi pense « les gens » avec un sentiment de terreur comme un animal, peut-être, se représente les humains – même si « les gens » ne pensent pas que cinq ans, c'est bizarre, ils se diront que c'est quand même bien long. Et quelqu'un à qui on fait du mal trop longtemps reste forcément un peu anormal ensuite, non ? Appelons ça l'effet *Mystic River*. Ce roman noir adapté au cinéma par Clint Eastwood raconte l'histoire de trois gamins dont l'un disparaît durant des jours. Il a été enlevé par des tortionnaires. On ne sait pas trop ce qu'ils lui font. Mais lorsqu'il revient, il n'est plus le même. Et des années plus tard, c'est lui qu'on soupçonnera de meurtre. Même s'il est innocent, c'est de lui qu'on voudra se débarrasser. Parce que quelqu'un à qui il est arrivé ça n'est pas censé s'en remettre. Il ne peut pas revenir parmi « les gens ». Il est censé rester là où personne ne peut aller le chercher, au royaume du traumatisme et du silence. Et accepter ça, tout en versant quand même quelques larmichettes parce que la nature humaine est vraiment terrible, mec, accepter ça serait une preuve de maturité. C'est ça, la philosophie *Mystic River*. Aux enfers un jour, aux enfers toujours. Une vision du bien et du mal aussi définitive que celle d'un inquisiteur.

Après on a toujours le droit de préférer les mystères d'Éleusis à la philosophie de Clint Eastwood. Éleusis, c'est l'anti *Mystic River*. Une jeune fille, mettons qu'elle ait le même âge que le gamin dans le film de Clint Eastwood, une jeune fille est enlevée par le roi des enfers. Elle est censée rester là-dessous pour toujours parce que Hadès a agi avec la bénédiction de Zeus, le roi des enfers et le patriarche sont d'accord (tiens, tiens). Sauf que la mère de la disparue, lorsqu'elle découvre l'alliance faite sur le dos de sa fille, décide que plus rien ne poussera sur Terre. C'est la déesse de la fertilité, elle a ce pouvoir-là. Si les hommes disparaissent, ils ne pourront plus prier. Et les dieux disparaîtront avec eux. Devant la catastrophe menaçant l'écosystème cosmique, le patriarche cède et la jeune fille peut remonter. Sauf qu'elle sera désormais initiée aux enfers où elle devra redescendre à intervalles réguliers. Fin de l'histoire, début d'un nouveau cycle. J'adorais la mythologie quand j'étais ado, elle me donnait le sentiment d'être transportée dans un autre monde. Mais j'étais loin d'en comprendre la portée psychique. Les anciens Grecs croyaient que la seule réponse à un passage par les mondes souterrains est de le transformer en connaissance. À se demander pourquoi la philosophie *Mystic River*, aux enfers un jour, aux enfers toujours, qui est de loin la plus désespérante, est aussi la plus pratiquée. Hé bien, c'est simple : c'est la moins magique des deux. Éleusis suppose l'existence d'un mystère – mais comment a-t-elle pu remonter ? Lorsque le mystère est nié, il reste *Mystic River*. Mais n'accablons pas trop ce pauvre Clint Eastwood. Tous ceux qui ont fait un tour aux enfers apprennent très vite qu'on ne peut pas raconter ça à n'importe qui. Entre ceux que ça excite et ceux qui ne veulent rien entendre et ceux qui vous regardent en se demandant comment vous pouvez encore être normale et ceux qui se disent heureusement que ça ne m'est pas arrivé à moi, on apprend vite à repérer les autres. Ceux qui voient dans l'obscurité.

Signes annonciateurs : À la rentrée de sixième, je ne connais personne. J'ai laissé derrière moi mes amies et mon amoureux de l'école primaire que leurs parents ont tous inscrits dans un autre lycée. Ma mère a fait un choix pratique, elle m'a inscrite au collège le plus proche de la maison. Je reste isolée à la récréation. Je n'en souffre pas vraiment. Postée contre la rambarde, j'apprécie particulièrement les jours où nous avons cours au premier étage, rarement au second pour les petits de sixième, j'adore regarder le ciel et les grands arbres dans la cour. Lorsque nous avons cours au rez-de-chaussée, la vue n'est pas la même, alors je tourne un peu en rond et je finis par m'appuyer contre un mur, s'appuyer contre un mur donne une contenance lorsqu'on ne sait pas quoi faire, tous les ados savent ça. Jusqu'au jour, c'est un jour d'hiver juste après les vacances de Noël, où des gens de ma classe m'arrachent le bonnet que j'ai sur la tête et se font des passes avec comme si c'était une balle durant toute la récréation. J'essaie de le rattraper et c'est ça qui les fait rire. Moi qui leur cours derrière pour rattraper mon bonnet, eux, une dizaine de filles et de garçons, qui me barrent la route et se lancent le bonnet en rigolant. Ils finissent par le laisser par terre une fois que la cloche a sonné. Je le ramasse et je constate avec soulagement qu'il n'est pas trop sale. Je le secoue un peu et le soir, je le remets sur ma tête pour rentrer à la maison. C'est un bonnet marron avec un liseré rose que ma mère a acheté au Prisunic. Arrivée chez moi, je ne dis rien à mes parents. Je fais mes devoirs et au moment de passer à table, lorsque mon père me demande si j'ai passé une bonne journée au collège, je dis oui.

Mon père nous dit toujours qu'il ne faut pas se laisser faire. Enfin, c'est à mon frère qu'il le répète, le plus souvent après nous avoir raconté une négociation avec un syndicat ou avec les représentants d'un pays d'Afrique ou du Moyen-Orient. Mon père occupe un poste de direction dans une société spécialisée dans le transport et l'exploitation du pétrole, il est responsable des relations commerciales, il voyage partout dans le monde. Il arrive qu'il rencontre des gens importants, des gens qui l'impressionnent, avoue parfois mon père, mais la morale de l'histoire reste toujours la même. Il faut garder son cap, tenir ses objectifs. « Dans la vie, il ne faut pas se laisser faire. » Je n'ai jamais pensé que ce genre de conseils me concernaient. Lorsque mon père les prodigue, il regarde mon frère dans les yeux et je me sens plus désolée pour lui que jalouse. Mais l'année de la sixième, entendre ce genre de choses me remplit d'angoisse parce que – le jeu du bonnet se répète désormais avec régularité, toutes les semaines avant le cours de sciences naturelles – si mon père apprenait que je fais partie des gens qui se laissent faire, je sens de tout mon être qu'il me mépriserait. Il me regarderait comme les fois où je renverse de l'eau, ou pire, mon chocolat chaud sur la nappe. Se demandant comment une fille si maladroite – une fille qui se laisse faire – peut être la sienne. Malgré tout, ce rituel du dîner qui s'ouvrait immanquablement par les récits de mon père, sur sa journée ou ses voyages lorsqu'il revenait d'un déplacement, mon frère et moi l'attendions avec impatience. C'était le moment où nous nous retrouvions tous les quatre, assis à la table de la cuisine, ma mère en face de mon père, moi en face de mon frère. Et chacun à tour de rôle racontait sa journée, toujours dans le même ordre, d'abord mon père, puis moi, puis mon frère, puis ma mère. Mais à présent, lorsque vient mon tour de parler, je dis : Aujourd'hui, nous avons étudié *Mignonne, allons voir si la rose*. Ou : Aujourd'hui, nous avons étudié les parallélogrammes. Ou : Aujourd'hui, la prof de maths était malade, il y a eu un remplaçant. Je donne des détails sur le contenu des cours, je cite par cœur des extraits de poésie, je joue la bonne élève. J'apprends sans le savoir ce vieil art magique qui consiste à attirer l'attention sur une chose pour escamoter celle que le public ne doit pas voir. J'apprends l'art de me faire disparaître. Sans doute en suis-je quand même un peu consciente parce que je commence à en vouloir à mes parents. Je leur en veux d'être dupes. Chaque soir de cette année de sixième, je crois que j'ai attendu que ma mère ou mon père m'interrompent tout d'un coup et me disent quelque chose comme : « Arrête une minute. Tu nous parles de Ronsard et de parallélogrammes. Mais pourquoi tu ne parles jamais de tes amis ? Pourquoi tu ne nous dis pas leurs noms ? » Mais cette interruption ne vient pas alors je dis : Aujourd'hui, nous avons étudié le système solaire. Aujourd'hui, j'ai eu seize en rédaction. Aujourd'hui, j'ai perdu mon stylo.

JE NE DIS PAS

Aujourd'hui, on m'a bousculée. Aujourd'hui, on a jeté mes livres par terre. Aujourd'hui, on a cassé mon stylo. Aujourd'hui, on m'a donné une gifle. Aujourd'hui on m'a bousculée, aujourd'hui on a vidé mon sac par-dessus la rambarde, aujourd'hui...

ACCÉLÉRATION

Je suis bien embarrassée pour raconter la suite de l'histoire. Je suis bien embarrassée parce que je ne sais pas comment m'y prendre. Je ne sais pas dire « je » pour parler de cette adolescente. Ça n'est pas une figure de style, je ne suis pas en train de raconter que celle que je suis aujourd'hui n'est pas la même que celle que j'étais hier. Le temps qui passe n'a jamais empêché personne de dire « je ». Même si la personnalité évolue, même s'il y a des métamorphoses soudaines, ces transformations font partie de l'identité, elles lui donnent sa forme et ses reliefs. Mais il existe des fractures qui sont d'un autre ordre que les discontinuités habituelles. Celles-ci font partie d'une autre catégorie d'expériences et ce sont celles que « je » ne peut pas contenir. Durant des années, je me suis demandé pourquoi il y avait si peu de témoignages en littérature d'anciens boucs émissaires. Je me disais quand même que ça avait dû arriver à d'autres que moi et que parmi ces autres, il devait bien y avoir quelques artistes. Et parmi ces artistes, forcément quelques auteurs qui avaient mis des mots sur ça. À vingt-huit ans, j'avais lu pleine d'espoir *Les désarrois de l'élève Törless* de Robert Musil, justement parce que ça parlait de ça. Mais j'avais été très déçue de me rendre compte, d'une part, que Törless, le narrateur, fait partie des persécuteurs, même s'il est aussi le lanceur d'alerte, celui qui va arrêter le lynchage de Basini par le reste de la classe. Mais surtout, j'avais été saisie de panique, à mesure que j'arrivais à la fin du livre, ce n'est pas un livre très long, rien à voir avec *L'homme sans qualités*, saisie de panique à mesure que je constatais le mépris indéniable ou du moins l'indifférence que Törless éprouve, une fois devenu adulte, pour l'ancien souffre-douleur, le fameux Basini. On sait juste que le malheureux a été évacué du collège. Ensuite personne n'entendra plus parler de lui. Conclusion de Törless devenu un homme sûr de son intelligence, et de sa supériorité : « Certes, je ne nie point qu'il ne se soit agi d'un avilissement. Et pourquoi pas ? Il est passé. » Cette noble vision du monde m'avait glacé le sang. Un peu comme aujourd'hui la conclusion des livres d'histoire qui vous expliquent que les chasses aux sorcières ont été des dégâts collatéraux de la modernité. La même noble vision du monde. Et le même point aveugle.

Parce que : Si ça n'était pas collatéral ?

À trente ans, la question que je me posais tenait en trois mots : Que devient Basini ? Et ma frustration qu'il n'y ait aucune réponse ne participait pas du tout d'une noble vision du monde. Elle venait du fait que je m'identifiais à Basini. C'est aussi simple que ça. Je me sentais, je me sentirai toujours plus proche de celui à qui les autres font répéter « je suis une bête sournoise » que du noble Törless. Mais le silence total qui pèse sur son destin à la fin du livre me laissait présager le pire. Basini devait souffrir de PTSD recroquevillé quelque part. À moins qu'il ne soit devenu un employé modèle qui sursautait dès que son chef le convoquait dans son bureau. À moins qu'il ne soit mort dans un accident de voiture. Voilà le genre de choses que j'imaginais. À l'époque, je venais de terminer ma psychanalyse et je publiais mon premier roman. J'appréhendais beaucoup de passer à la télévision. Parce que l'une de mes craintes, une crainte que bien sûr je n'osais confier à personne, était qu'à l'occasion d'une émission, des anciens du lycée me reconnaissent et téléphonent – à qui, je n'en savais rien, à mon éditrice, à la direction de la chaîne, aux dieux de la communication – pour dire, mais je la connais, celle-là, elle n'a rien à faire là, j'étais en classe avec elle, tout le monde se foutait de sa gueule. Aujourd'hui, je me sens presque attendrie lorsque je me souviens des angoisses de la fille que j'étais. Je ne dis pas que ses craintes me donnent envie de rire, mais de sourire quand même un peu. À cause de leur côté égocentrique si typique de ce genre de souffrance, la souffrance de ceux qui à un moment ou à un autre ont vu se braquer sur eux des regards hostiles comme autant de projecteurs. Et aussi parce que je peux vivre avec cette vérité. Oui, c'est vrai, en classe, tout le monde se foutait de ma gueule. Et alors ?

Alors continuons. Continuons cette danse en spirale pour approcher de l'ado. Je sais que la sorcière m'inspire la structure de ce récit, je sais qu'elle me guide d'un cercle concentrique à l'autre. Pour être honnête, cette structure circulaire n'est pas un luxe. C'est une nécessité. Le nombre de fois où j'ai essayé de les raconter d'une façon linéaire, les souvenirs de l'ado. Le nombre de fois où j'ai essayé d'enchaîner les effets aux causes et les causes aux effets, le nombre de fois où je me suis dit, cette fois, ça y est, je vais la raconter mon adolescence. Et j'écrivais des bribes de chapitres dont je n'étais jamais satisfaite, tentant de raconter des souvenirs aussi épurés que des faits divers, tentant de leur donner une perspective sociologique avec en toile de fond les absences de mon père, la solitude de ma mère s'efforçant de me transmettre l'éducation bourgeoise qu'elle regrettait de ne pas avoir eue. Mais chaque fois que je relisais ces pages si réalistes, j'avais l'impression qu'il manquait l'essentiel.

— Chaque fois que tu suivais l'ordre chronologique, quelque chose en toi criait que tu mentais.

Je peux encore dire « je » l'année de la sixième. Au bout de plusieurs parties de ballon faites avec mon bonnet, un jour où il a fini piétiné par un type qui se trouve être le délégué de classe, je finis par tout raconter à ma mère. Je me souviens encore de la scène. C'est la fin du mois de février, il a fait froid comme il peut faire froid à Paris juste avant le printemps. Je suis rentrée du collège, mon frère est dans sa chambre, mon père n'est pas encore revenu du travail. Ma mère est en train de lire *Télérama* dans la cuisine, elle sélectionne les films qu'elle veut enregistrer au magnétoscope et puis elle découpe les critiques pour les ranger avec les cassettes. Ma mère est plus que cinéphile. Elle est plus que lectrice. Les films et les romans lui procurent une joie que la réalité ne lui procure pas. « Maman… — Oui ? — En classe, il y a des gens qui se moquent de moi. » Voilà, c'était une phrase aussi simple que ça. Pour l'enfant que j'étais, se moquer ça voulait tout dire. Les rires pendant que je m'agite d'une façon ridicule pour courir après mon bonnet, les rires quand je finis par le ramasser par terre, et puis les rires en classe depuis quelque temps, les gens qui se retournent sans que je comprenne pourquoi, moi qui me demande si j'ai fait quelque chose de bizarre et regarde autour de moi, rires encore. Quand je revois cette enfant à distance, trente-sept ans de distance, je mesure combien tout ça la prenait au dépourvu, d'autant plus qu'à l'école primaire, c'était une gosse entourée d'amis. Elle ne comprend pas ce qui est en train de lui arriver. Elle n'a pas de mots à mettre dessus. Au point que ce soir-là, j'ai peur de la réaction de ma mère. J'ai peur qu'elle raconte tout à mon père et qu'il me reproche de me laisser faire. Aussi suis-je très surprise que ma mère semble à peine surprise. Je me souviens très bien qu'elle m'a regardée comme si tout ça était normal, comme si tout ça faisait partie de la vie. Exactement comme le jour où je lui avais demandé en rentrant de l'école ce qu'étaient les règles, après que mon amie Nadine m'avait dit à la récréation d'un air catastrophé que sa cousine était « réglée » depuis l'âge de neuf ans. C'était l'âge que nous avions. J'avais cru que les règles de la vie vous tombaient dessus comme une cage. Que les filles devenaient adultes du jour au lendemain, qu'elles ne pouvaient plus rêver, ni rire, ni rien. Elles étaient « réglées » jusqu'à la fin de leurs jours. Ma mère avait commencé par me dire que toutes les femmes passaient par là. Puis elle m'avait expliqué la signification biologique des règles et j'avais retenu l'info essentielle : je ne devais pas m'inquiéter le jour où du sang se mettrait à couler. Ce soir-là donc, ma mère me regarde exactement de la même façon, avec une expression navrée et un peu lasse, comme si je découvrais un nouveau mystère pénible de la féminité : « Ces filles sont jalouses de toi, c'est tout. » Je venais de lui dire que deux filles de ma classe étaient de toutes les parties de bonnet. Souvent c'étaient elles qui les initiaient. Elles aussi qui se retournaient en classe et souriaient en me regardant. Mais elles n'étaient pas seules. Il y avait aussi des garçons qui participaient au jeu et qui riaient avec elles. Et je voyais mal de quoi ces filles pouvaient être jalouses. (Est-ce qu'on me traite de monstre à ce moment-là ? Pas encore. On dit que mes vêtements sont ridicules. On dit : « Regarde comme elle est habillée ».) J'ai dû dire à ma mère qu'elle se trompait. Qu'il n'y avait pas que ces filles-là, qu'elles ne pouvaient pas être jalouses. Et puis jalouses de quoi ? « Fais comme si ça t'était égal et ça passera. La prochaine fois qu'elles t'arrachent ton bonnet, fais comme si de rien n'était. » Cette réponse m'a sidérée au point que je lui ai demandé si elle était sûre que ça marcherait. Et ma mère m'a dit oui. Elle en était certaine.

Encore aujourd'hui, l'expression « comme si de rien n'était » me fait l'effet d'une flamme jaillissant d'un briquet. La flamme par laquelle tout s'embrase.

La fois suivante, j'ai fait comme si ça m'était égal. J'ai laissé les autres jouer avec mon bonnet et je suis allée le ramasser à la fin de la récré. La fois d'après, la partie a duré moins longtemps. Et la fois suivante, il n'y en a pas eu. Ma mère avait vu juste. Désormais j'étais tranquille. Je n'avais personne à qui parler le matin, je m'asseyais seule en classe au dernier rang. Mais j'étais tranquille. Jusqu'à la rentrée suivante.

Parmi les films préférés de ma mère s'en trouvent trois dont elle ne me parla que bien après que j'eus quitté la maison et que je les eus vus moi-même, ce sont *L'empire des sens*, *Portier de nuit* et *Le dernier tango à Paris*. « Pour moi, ce sont des contes de fées », me confia-t-elle d'un air grave un jour où j'étais allée lui rendre visite, peu de temps avant l'annonce de son cancer. Les cassettes de ces trois films, rangées dans leur boîtier avec d'anciennes critiques de *Télérama*, se trouvaient encore dans sa bibliothèque – il n'y avait pas chez nous autant de films que de livres, mais assez pour y consacrer un pan de bibliothèque – ma mère avait dû les enregistrer sur le magnétoscope que mon père lui avait offert, à peu près durant mes années de lycée. Et je n'ai pu m'empêcher d'associer le romantisme de ma mère et l'érotisme sadomasochiste de ces films, qui racontent trois histoires de soumission et de mort, avec le fait qu'elle ait trouvé normal, ou du moins pas si alarmant que ça, que sa fille apprenne à souffrir.

Que la jeune femme passionnée qu'elle avait été se soit transformée en femme déçue, qu'elle ait regardé ces films seule après que tout le monde s'était couché de peur de croiser le regard ironique de mon père, que ma souffrance l'ait dans une certaine mesure rassurée, parce que tant que je souffrais comme une enfant, croyait-elle, je ne souffrais pas comme une femme, est aussi un visage de la vérité.

Je peux encore dire « je » en classe de cinquième. Désormais on s'en prend à mes vêtements. On se moque de mes jupes bleu marine et de mes chaussettes blanches. Je me plains à ma mère d'être habillée comme une petite fille modèle. Je voudrais ressembler aux autres filles de ma classe, je voudrais qu'elle m'achète des jeans et des minijupes. Je ne lui dis pas que c'est une question de vie ou de mort. Je suis sûre qu'elle va comprendre. Ce n'est pas possible autrement, n'est-ce pas ? Mais elle me regarde avec des yeux effarés : « Tu n'as que onze ans. Lorsque tu seras grande, tu t'habilleras comme tu voudras. » Je me souviens de lui avoir demandé ce qu'elle voulait dire par grande. Quel âge ? L'année prochaine ? Douze ans ? Il faut croire qu'elle ne s'attendait pas à cette question. Elle hésite un peu avant de répondre : « Non, pas l'année prochaine, non… disons quand tu auras quinze ans. » Je reviens à la charge plusieurs fois cette année-là. Il y a des gens de treize ans dans ma classe, et même de quatorze ans. J'ai l'air d'une petite fille à cause de ma poitrine plate et mes tenues n'arrangent rien. Je répète à ma mère que les autres se moquent de la façon dont je suis habillée. Et elle, comme si ça ne l'étonnait pas, comme si c'était un film qu'elle avait déjà vu et dont elle connaissait la fin : « Fais comme si de rien n'était, tu verras, ça passera. »

TROIS POSSIBILITÉS

Dix-sept ans plus tard, je cherche dans les pages jaunes – oui, il y a encore des annuaires en 1998, tout ça ne me rajeunit pas – l'adresse d'un psychanalyste. Je choisis celui qui se trouve le plus près de chez moi. Je le choisis aussi parce qu'il est psychiatre-psychanalyste et que ces deux titres me rassurent sur sa capacité à ne pas se laisser embobiner par mon esprit retors. J'ai vingt-huit ans. Je suis désespérée. Le cabinet du docteur Georges se trouve boulevard du Montparnasse. Je remarque les tableaux à l'encre de Chine dans sa salle d'attente, l'un d'eux représente un couple, du moins, c'est ce que je crois voir, un couple en train de rouler sur le sol. Le docteur Georges m'invite à m'asseoir dans le fauteuil de cuir qui fait face à celui, en tout point identique, où lui-même est installé. Il me demande ce qui m'amène. Une tristesse dans sa voix, une mélancolie dans son regard m'encouragent à lui faire confiance. Je reconnais cette mélancolie, je reconnais cette marque, c'est la marque des parias, la marque de ceux qui savent. Alors je parle. À vrai dire, c'est assez simple. « Je ne veux plus faire comme si de rien n'était. »

Lorsque j'évoquerai mes souvenirs d'adolescence et la réponse de ma mère, d'abord assise dans le grand fauteuil du docteur Georges, puis allongée sur son divan aux motifs brodés, j'envisagerai trois possibilités qui me paraissent aujourd'hui non pas s'exclure mais se compléter.

Première possibilité : Ma mère ne se rend pas compte de la gravité des choses parce qu'elle a vécu une expérience qu'elle croit identique mais qui ne l'est pas. C'est ce qu'elle me dit un soir après le dîner. « Moi aussi ça m'est arrivé. Il y a toujours une ou deux pestes dans une classe. Ne t'inquiète pas. Ça arrive à tout le monde et ces choses-là finissent par s'arranger toutes seules. » Ma mère veut dédramatiser ce qu'elle prend pour un conflit avec quelques filles moqueuses. Elle croit que ça s'arrête là. Que ce sont des histoires de gosses.

Deuxième possibilité : Ma mère ne se rend pas compte de la gravité des choses parce que durant toutes ces années, je ne pleure jamais devant elle. Pas plus que devant mon père ou mon frère. J'ai trop l'habitude de retenir mes larmes en classe. Question de survie. Durant toutes ces années, je n'ai jamais pleuré devant personne. Pourtant j'ai pleuré. Pas toute seule dans ma chambre, la tête enfouie dans l'oreiller comme une héroïne romantique. Ni le soir au moment de m'endormir parce que je chasse volontairement les images de la journée. Oui, je les chasse. Je sens qu'il faut les chasser. Au retour du lycée, je commence par faire mes devoirs. Ensuite, il y a le dîner durant lequel j'esquive les questions de mon père et m'efforce de rire aux blagues de mon petit frère. Ensuite je lis. Enfin, je ne lis pas, je me dissous, j'abandonne ma peau comme un vêtement dont j'ai honte pour que d'autres histoires m'enveloppent, peu importe lesquelles, pourvu qu'elles soient longues, pourvu que je m'oublie. Il y a les livres que la prof de français nous conseille, il y a ceux que j'emprunte au hasard à la bibliothèque et tous ceux que je trouve chez nous. *Sherlock Holmes*. *Les Trois Mousquetaires*. *Chiens perdus sans collier*. *Le meilleur des mondes*. *1984*. Sans oublier ma collection de comics *Marvel*. Mais au moment de refermer le livre, au moment d'éteindre la lumière, forcément les images de la journée reviennent. C'est le moment où je les chasse. Et pour les chasser, j'appelle d'autres images. Je n'essaie pas d'imaginer mon avenir parce que j'en suis incapable. Je ne crois pas avoir quelque chose comme un avenir. Je n'imagine pas que j'aurai un jour un amoureux (« tiens voilà le monstre », « tiens voilà l'idiote »). Ni une maison. Ni un travail. Ni rien de ce qu'ont « les gens normaux ». La seule image que j'arrive, va savoir pourquoi, à me représenter est celle d'une fête. Je me rends à une fête et je porte une robe rouge. Pourquoi rouge ? Aucune idée. Même si j'ai élaboré pas mal d'hypothèses à ce sujet en analyse, je dois admettre que ce point reste mystérieux. Peut-être que le rouge est la couleur de la vie. Peut-être que pour l'ado, cette couleur représente l'amour. Comme l'ado est incapable d'imaginer le visage qu'elle aura plus tard – à quatorze ans, il lui arrive de voir son reflet déformé dans la glace de la salle de bains, dans ces moments-là, elle ne se voit pas, elle entend ce qu'on dit d'elle, inutile de dire que l'expérience est assez flippante – la robe rouge est une façon d'affirmer son identité. Toujours est-il que l'ado, dans sa rêverie au bord du sommeil, se rend à une fête. Parfois la fête a lieu dans un château, parfois dans une forêt. Le plus apaisant dans ce rêve, c'est que les gens que j'y retrouve savent exactement qui je suis. Ils savent ce qui se passe en classe, ils savent tout ce que je ne dis pas à mes parents. Je ne rêve pas grand-chose de plus. Nous ne nous parlons pas, nous ne nous touchons pas. Ce qui me fait du bien, c'est juste d'imaginer que je n'ai pas besoin de faire semblant.

Quelque part existent des gens qui m'acceptent telle que je suis. Et ces gens ont le bon goût d'organiser des fêtes. Voilà le grand fantasme de mon adolescence.

Lorsque la fête se passe dans un château, c'est un bal très semblable à ceux des films que l'ado a pu voir à la télévision. Aussi n'est-ce pas le scénario que je préfère. Le bal, c'est lorsque la journée a été dure au point que je n'ai même plus la force d'imaginer quoi que ce soit. Mais le scénario que je préfère, c'est celui de la forêt. Peut-être parce qu'il me semble l'avoir inventé. Ce scénario, je le peaufinerai surtout la pire année, celle de la seconde. J'imaginerai la hauteur des arbres et la forme de leurs feuilles, j'imaginerai les gens dansant à leurs pieds, se tenant par la main. Mais le moment que je préfère, celui qui m'apaise le plus n'est pas la ronde, à laquelle dans ma rêverie je ne participe pas. Je me joins aux autres à la fin de la danse, au moment où tout le monde s'assoit par terre. Et nous regardons la lumière qui filtre entre les feuilles des arbres. J'imagine les rayons obliques entre les branches, j'entends le chant des oiseaux. Je vais jusqu'à imaginer les nervures des feuilles et les reflets mordorés du soleil, il me semble presque voir les cellules végétales se nourrir de lumière pour fabriquer la chlorophylle. (Le fait que les plantes se nourrissent de lumière m'a carrément scotchée en cours de sciences naturelles, au point que j'ai oublié une journée entière les ricanements et les sourires en coin.) Et je peux percevoir la bienveillance des gens qui m'entourent, même si je ne distingue pas leurs visages, je sais que nous éprouvons la même émotion bouleversante. Et je parviens à m'endormir.

Il m'arrive de pleurer la nuit. Je me réveille le matin le visage inondé de larmes. Comme si mon cerveau attendait que je sois distraite pour donner l'autorisation au désespoir de s'exprimer. Comme si une part mystérieuse de mon esprit, oui, mon esprit, celui de la femme qui écrit ces lignes, comme si une part de mon esprit échappait au temps, savait ce qu'il fallait faire, mettait l'ado à l'abri, faisait en sorte qu'elle pleure, lui inspirait les bons rêves, prenait soin de sa santé psychique.

Voilà la deuxième possibilité. Je vais si mal que

j'ai l'air d'aller bien. Comme en plus je ramène de bonnes notes à la maison, du moins jusqu'à ma quatorzième année, comme étudier fait partie de mes stratégies pour penser à autre chose, je cache si bien mon jeu que mes parents ne se doutent de rien.

Troisième possibilité : Ma mère savait. Durant toutes ces années, au moins les trois qui allèrent de l'année de quatrième à celle de seconde, elle savait. Et mon père aussi. Et mon frère. Ils savaient tous les trois. Ma condition de bouc émissaire faisait partie de l'équilibre de la famille. Voilà ma conclusion, au bout de deux années passées à m'allonger chaque semaine sur le divan du docteur Georges, entre ma vingt-huitième et ma trentième année. Ils ne pouvaient pas ne pas savoir, ils savaient sans savoir, il y avait trop d'indices. Comme les coups de fil anonymes qui commencèrent à se produire certains soirs ou le week-end, l'année de mes treize ans, au moment où les gens de ma classe se retrouvaient pour fêter des anniversaires ou ce genre de choses. Le téléphone sonne. Nous sommes en train de finir le repas. Mon père décroche. C'est un garçon qui demande à me parler. Mon père me tend le téléphone mais garde l'écouteur. Sans doute qu'il sent quelque chose d'anormal. Il y a un ou deux halètements et je raccroche. Ou bien une voix murmure : « Je veux sortir avec toi. » Il me semble entendre des rires étouffés. Je raccroche. Mon père demande : « Tu sais qui c'est ? » Moi : « Non. » Cela se reproduit. Chaque fois mes mains deviennent moites au moment de décrocher. Chaque fois j'ai peur que mes parents posent des questions. J'ai peur qu'ils devinent tout. Alors chaque fois qu'ils ne demandent rien, j'ai le sentiment de l'avoir échappé belle. Il est aussi possible qu'ils ne sachent pas quoi faire. Qu'ils entendent sans entendre et qu'ils voient sans voir. Qu'ils aient peur pour moi. Qu'ils aient peur de moi. Je me souviens du regard désemparé de mon père chaque fois que se produisaient ces coups de fil. Il finit par répondre à ma place. Cela arriva deux ou trois fois qu'il demande de sa voix d'homme d'action, sa voix autoritaire : « Qui est à l'appareil ? » Et les blagues s'arrêtèrent. Toute l'expérience de souffre-douleur se résume à ces marées montantes et descendantes, au faux espoir que cette fois-ci les choses s'arrêtent pour de bon. On espère toujours que tout va s'arrêter, parce qu'une chose s'arrête. Mais quelques jours plus tard, il se passe autre chose. Ça ne s'arrête jamais. Ça ne peut pas s'arrêter.

L'année de la seconde, il y aura un autre coup de fil, un coup de fil très différent de ceux des années précédentes. L'appel a lieu juste après le conseil de classe du second trimestre. Nous venons de finir de dîner. Le téléphone sonne et ma mère répond. « Bonjour madame. Oui, c'est moi-même. » Rien qu'au ton inquiet de sa voix, rien qu'à la politesse de ma mère, je comprends tout de suite qu'à l'autre bout du fil se trouve quelqu'un qui a vu, entendu, compris quelque chose. Je n'entends pas la conversation. Mon cœur bat à toute allure, je suis tellement exténuée, épuisée que je suis prête à tout raconter. J'ai hâte de tout dire. J'ai hâte d'avouer. Et puis ma mère dit : « C'est très gentil à vous, madame, mais tout va bien. Personne n'a de problèmes dans notre famille. » Puis elle raccroche. Ma mère jette un coup d'œil en direction du salon où mon père est en train de lire – l'autobiographie d'un ministre, je ne sais plus lequel – elle attend que mon frère soit parti dans sa chambre pour refermer la porte de la cuisine derrière nous. « C'est la mère d'un garçon de ta classe qui a appelé. Son fils lui a dit que tu avais des problèmes au lycée. Elle m'a demandé si c'était vrai. Si tu avais des problèmes. Des problèmes, tu te rends compte ? Alors que... » Ma mère avale sa salive. « Si tu avais des problèmes, tu ne pourrais pas avoir de bonnes notes. Voilà ce que je lui ai dit. Ma fille a des bonnes notes, elle n'a pas de problèmes. Mais pour qui se prend-elle cette femme ? Pour qui nous prend-elle ? Elle n'avait pas à dire ça, je... » Soudain ma mère devient pâle comme si elle avait vu un spectre : « Ou il y a quelque chose que tu ne me dis pas ? » Un instant, j'hésite et puis je dis : « Non. »

Ce non, je ne l'ai jamais regretté. Ce n'était pas un mensonge, c'était ce qui me restait d'espoir. Le petit morceau qui restait. Je ne voulais pas faire de mal à ma mère. En allant me coucher, je me sentais moins impuissante que d'habitude, j'avais gagné quelques points de vitalité. Sur le divan du docteur Georges, j'ai dit qu'au moment du coup de fil, je m'étais sentie comme un voyageur encerclé par les loups mais les cavaliers ne le voient pas, comme un naufragé qui allume un feu mais le navire ne s'arrête pas, comme un captif qui entend des pas mais le passant ne l'entend pas. Toutes ces images me sont venues à l'esprit au moment de me coucher. Mais l'ado a aussi pensé que dans les livres d'aventures, si le héros manque les secours, c'est qu'en général la délivrance ne va plus tarder. À trente ans, je me suis sentie obligée de me justifier sur le divan du docteur Georges tant j'étais consciente de l'incongruité de cette pensée. « Je crois que... je ne sais pas comment dire ça, mais je suis... » « Vous êtes ? » a dit doucement le docteur Georges. « Optimiste. » Et j'ai eu le sentiment de lui avouer une chose terrible, bien plus terrible que toutes les choses que je racontais depuis des semaines, bien plus gênante que mes fantasmes sexuels. Parce que ce mot, optimiste, n'avait rien à voir avec la signification qu'on lui prête habituellement, il était bien plus fort que ça, il était bien plus intime. Il parlait de cette partie mystérieuse de l'identité qui peut venir à son propre secours. Il parlait de guérison, il parlait de douleur et de transmutation. Il parlait de magie.

INTERRUPTION

À l'image de mon adolescence, entremêlée à celle du divan du docteur Georges où s'allonge la fille de trente ans, se substitue celle d'une vieille femme. Enfin, je la vois de près. La sorcière ne doit pas faire plus d'un mètre cinquante. Visage ridé comme celui d'une montagnarde, chignon noir comme un œuf millénaire. Ses yeux magnétiques, clairs comme l'eau d'une rivière, je les ai déjà suffisamment décrits. Je ne trouve pas étonnant que ses ongles soient longs. Je trouve plus curieux qu'ils soient vernis de rouge, laqués comme ceux d'une séductrice.

— À mon âge, on peut se permettre quelques artifices. Quoi ? Quelque chose te dérange ?

Comment la sorcière est habillée, j'hésite à le dire. La vieille femme, ou cette partie de mon esprit qui en a pris l'apparence, est nue. Tout à fait à l'aise avec ses mamelles pendantes et ses fesses plates. Une vieille femme aux cheveux noirs, mettons cela aussi sur le compte des artifices, une vieille femme aux yeux clairs comme ceux d'un oiseau de nuit. Voilà comment je me représente cette part de mon esprit qui sait se guérir elle-même. Cent ans. Peut-être plus. J'aurais quand même préféré qu'elle soit habillée.

— C'est pour que tu me regardes dans les yeux.

C'est une blague ?

— Sinon tu n'oserais pas soutenir mon regard. Vous ne levez jamais les yeux, vous autres. Les couleurs éblouissantes, la transparence de la matière, les choses sombres de loin et limpides de près, tout ça vous dresse les cheveux sur la tête. Vous préférez ce monde gris où vous tournez en rond. Je suis nue pour t'aider, si tu veux tout savoir. Tant que tu me regardes dans les yeux, tu es sur le bon chemin.

Ça me rappelle une instruction du *Livre des morts tibétain* qui précise que dans une situation critique, au moment d'un choix crucial, il ne faut pas hésiter à se diriger vers les couleurs ardentes, vers les perspectives inhabituelles, même si elles semblent terriblement dérangeantes. À moins que ce ne soit une publicité pour Wonderbra des années quatre-vingt-dix. « Regardez-moi dans les yeux… j'ai dit, les yeux », susurrait Eva Herzigová du haut de son décolleté vertigineux. Bon. Admettons que je sois sur la bonne voie.

— Raconte-moi quelque chose de drôle.

Je ne suis pas sûre d'en avoir envie. J'étais bien lancée dans mes souvenirs d'adolescence. Si je veux arriver jusqu'à ma quatorzième année, je suis obligée d'écrire sans m'arrêter ni reprendre mon souffle, parce que ces souvenirs sont si angoissants que je ne me vois pas les traverser autrement qu'en apnée. Alors quelque chose de drôle, ce n'est pas le moment.

— Sauf que nous avons passé un pacte. S'il suffisait d'aller tout droit, tu n'aurais pas besoin de moi.

Bien sûr que je pourrais. Je pourrais effacer toute trace de la sorcière, le récit de mon adolescence succéderait à celui de mes recherches et cette histoire suivrait une trame linéaire. Rien de plus facile que de rendre la sorcière invisible, il suffirait que j'appuie sur la touche Suppr du clavier, il suffirait que je garde secrets ces passages imaginaires. Sauf que ces passages secrets sont justement le garant de mon intégrité. Si j'ai passé un pacte au début de cette histoire, un pacte avec les parties les plus blessées de moi-même, celles qui dialoguent dans le noir avec les victimes des chasses, c'est bien de ne rien inventer. Mais c'est aussi de dire toutes les images qui me viendraient à l'esprit chaque fois que je tournerais autour du mot sorcière, comme on tourne autour d'un moulin à prières. Mon pacte ressemble à celui de l'autofiction, mais il ne lui ressemble que dans une certaine mesure : la sorcière est celle qui me l'a fait signer. Cette étrangeté veut dire quelque chose. Elle veut dire non. Non, tout ne se raconte pas en suivant une ligne droite. Non, tout ne s'explique pas par la psychologie. Tout ne s'explique pas.

Je refuse de parler magie dans la langue efficace des bourreaux.

— C'est bon. Quoi c'est bon ?

— Tu m'as fait rire. Maintenant, continue.

ACCALMIE

En classe de quatrième, il y a une sorte d'accalmie qui va durer un trimestre entier. Cette année-là, je me fais même une amie. Elle s'appelle Sandrine, elle est venue me parler juste avant le cours de gymnastique. Comme d'habitude j'attendais à l'écart le moment d'entrer dans les vestiaires, lorsque Sandrine s'est approchée de moi. « Bonjour Isabelle, est-ce que je peux te parler ? » Ce qui m'a carrément donné des frissons. C'est quelque chose que seuls les souffre-douleur peuvent comprendre, mais à partir du moment où tout le monde se fout de votre gueule, vous n'avez plus de prénom. D'abord on vous appelle par votre nom de famille. Ensuite par vos surnoms. Le monstre. L'horreur. Donc cette fille, Sandrine, qui s'approche de moi et m'appelle par mon prénom, c'est si extraordinaire que sur le moment, je me demande si ça n'est pas une blague. Comme la fois où une autre fille, Gwen, qui habite juste à côté de chez moi, m'a invitée chez elle pour raconter à tout le monde le lendemain que la seule chose que je savais faire, c'était dire oui à tout. Elle m'avait demandé si je voulais qu'on écoute de la musique, j'avais dit oui. Si je voulais qu'on regarde des magazines, j'avais dit oui. Si je me trouvais belle… et là, j'avais bien vu son regard briller. J'avais senti le piège. En même temps, très vite, aussi vite que mon cerveau affolé le permettait, j'avais pensé que je ne pouvais pas lui dire la vérité. À savoir qu'il m'arrivait de me voir floue dans la glace comme si mon visage avait perdu son unité et n'était plus qu'un assemblage de muscles et d'organes, oui, j'avais des yeux, des oreilles et un nez, mais ils avaient cessé de former une figure, ça n'était même pas que je me trouvais laide, je ne me voyais plus. Chaque fois que je me regardais dans la glace, je voyais le monstre, la fille dont on conserverait le cadavre pour l'étudier une fois qu'elle se serait enfin suicidée (un garçon d'une autre classe passant près de moi dans la cour de récré). « Est-ce que tu te trouves belle ? » Et moi : « Oui. » Parce que je ne veux pas me soumettre à son jeu, parce que je la déteste, parce qu'à ce moment-là, je voudrais la tuer. Bien sûr l'ado ne tue personne et rentre chez elle, plus que jamais seule dans un monde qui lui apparaît sauvage et chaotique. « Le pire, c'est qu'elle se trouve belle » a fait office de scoop de l'automne, me valant beaucoup de ricanements et de regards en biais. Les plus gentils de la classe, parce qu'il y en a toujours eu, des garçons et des filles qui ne participaient pas, il y en avait toujours quelques-uns, mettons une dizaine qui n'allaient quand même pas jusqu'à prendre ma défense, inutile de se griller, mais enfin les plus gentils se contentaient d'un haussement d'épaules, ils étaient au-dessus de ça. Un peu comme Törless avec Basini, le mal existe, surtout ne nous en mêlons pas. Franchement, je ne leur jette pas la pierre. À douze ans, à treize ans, c'est l'attitude la plus courageuse qu'on puisse avoir. À moins d'avoir été soi-même de l'autre côté. Parce qu'il faut avoir été bête noire pour défendre les bêtes noires. Sinon, il n'y a pas de raison. On ne peut pas savoir que la défense des Noirs est aussi celle des Blancs, on ne sait pas ce qu'est le noir. « Le pire c'est qu'elle se trouve belle. » *Bête. Noire. Sorcière.* Les plus gentils de la classe ont haussé les épaules, les autres ont bien rigolé pendant trois ou quatre semaines. Et puis ça s'est tassé, et au bout d'un petit mois, je me suis retrouvée normalement isolée, ce qui correspondait au maximum de bien-être possible pour l'ado. Ignorée de tous = paradis. Donc Sandrine qui se pointe juste avant le cours de gym et m'appelle Isabelle = montée immédiate d'adrénaline. Mais ma méfiance se dissipe très vite. Sandrine ne perd pas de temps à tourner autour du pot, il y a un contrôle de maths le lendemain, elle voudrait se mettre à côté de moi. Elle veut que je l'aide. Parce que son père la frappe, dit-elle, à coups de ceinturon chaque fois qu'elle n'a pas la moyenne. Je ne sais pas si c'était vrai. Mais ce jour-là, je l'ai crue.

Le lendemain, non seulement je l'ai laissée regarder mes résultats, mais pour être sûre qu'elle ne se trompe pas, je lui ai rédigé un petit mémo que j'ai froissé dans ma main avant de lui passer sous la table. Dessus, je lui avais recommandé de faire au moins deux erreurs, parce que la prof aurait trouvé bizarre qu'elle ait vingt tout d'un coup. Mieux valait qu'elle commence par un quatorze. Sandrine a eu un quinze. Nous sommes devenues amies. Enfin au début.

Donc il y a trois mois d'accalmie relative où j'ai presque l'impression de faire partie des gens normaux. Sandrine vient chez moi et je vais chez elle. Elle s'assoit à côté de moi en classe, sauf les jours où les cours ont lieu en sous-groupes. Ces jours-là, nous ne sommes pas ensemble parce que les premières lettres de nos noms de famille sont éloignées dans l'alphabet, alors je me retrouve dans mon état antérieur d'isolement et de bien-être relatif. Je suis si habituée aux ricanements que je n'y fais plus attention. Et les moqueries sont moins fréquentes depuis que j'ai une amie. Je ne suis plus isolée à la récréation. Je découvre le bonheur de parler de films, de musique et de vidéoclips avec Sandrine, même si je l'écoute elle, bien plus que je ne donne mon avis. Ce n'est pas que je n'ose pas dire ce que je pense – du dernier clip de Michael Jackson ou du film passé la veille au soir – c'est que je n'ose rien en penser. J'ai si peur de dire une bêtise, peur que Sandrine se moque de moi elle aussi, qu'elle se dise que finalement les autres n'ont pas tort. Il arrive que d'autres filles de la classe se joignent à nous. Même si je n'ose rien leur dire, même si la plupart du temps elles ne me calculent pas, disons que je me sens tolérée. Mais je sens aussi la précarité de cette tolérance, un peu comme un pauvre sent la précarité de l'emploi qui pour l'instant lui sauve la vie. À vrai dire, ce n'est même pas un emploi, plutôt une combine. Quelque chose qui se paie au noir (toujours le noir). Acheter un peu de paix en donnant mes résultats de contrôle à Sandrine, marché noir. Faire le plan de ses rédactions – ce qui m'oblige à imaginer un point de vue différent du mien, curieusement, je trouve ça drôle – marché noir. Mais le jour où Sandrine me dit que grâce à moi, ses parents ne l'engueulent plus, c'est autre chose. Le jour où ses yeux se remplissent de larmes parce que cette fois-ci, je lui ai expliqué la leçon de maths et qu'elle a eu quinze sans besoin de copier sur personne, amitié. Les jours où on s'enferme dans sa chambre pour danser le moonwalk en regardant les clips de Michael Jackson, amitié. Même si tout ça reste précaire, quelque chose est en train de changer.

À la même époque, l'année de mes douze ans, les choses changent aussi à la maison. Ma mère est de plus en plus nerveuse, mon père rentre de plus en plus tard du travail. Pour la première fois, ils ne sont pas d'accord sur la destination des vacances.

Chaque été, nous partons faire un voyage dont l'organisation commence à mobiliser mes parents dès le début de l'hiver. Cette année-là, mon père veut partir dans l'Atlas, il veut louer une voiture et parcourir le sud du Maroc. Ma mère refuse. Elle dit qu'elle a grandi dans ces pays-là, qu'elle les connaît par cœur. Mon père hausse le sourcil : « Tu as grandi en Tunisie et passé ta jeunesse en Algérie. — Et alors ? dit ma mère. — Moi je te parle du Maroc. » Ajoutant avec un léger sourire : « Ce n'est pas la même chose, tu sais. » L'ironie de mon père met ma mère hors d'elle. Elle crie. Chaque année c'est la même chose, c'est toujours lui qui choisit notre destination, elle en a assez de le suivre. Mon père crie qu'elle n'a qu'à partir toute seule. C'est à peine si nos parents remarquent que mon frère et moi nous sommes levés de table. Il arrive que mon cœur se serre lorsqu'une dispute dure longtemps ou qu'elle reprend à mots couverts, derrière la porte fermée de leur chambre, plus tard dans la soirée. Mais je suis si angoissée par ce qui se passe en classe – Sandrine est mon amie mais je sais déjà que ça ne durera pas, je sais bien qu'un jour ou l'autre elle aura peur d'être associée à moi, elle aura peur qu'il lui arrive la même chose et elle rejoindra les autres – je suis si angoissée par cette nouvelle donne que je n'ai plus d'angoisse disponible pour le couple de mes parents.

Mon frère, au contraire, se montre de plus en plus inquiet pour notre famille, il n'arrête pas de demander à mes parents s'ils vont divorcer. « Bien sûr que non, dit mon père. — Parfois, les gens qui s'aiment se disputent, dit ma mère. Comme toi avec ta sœur. — C'est normal, dit mon père. » Tout ça travaille mon frère qui est encore à l'école primaire. Il est impatient de grandir, impatient de pénétrer les mystères de la vie d'adulte. Mais lorsqu'il dit qu'il a hâte d'être au lycée l'année prochaine, lorsqu'il me demande ce que ça fait d'avoir plusieurs professeurs ou si c'est difficile de prendre des notes, mon cœur se serre. Bien sûr, je ne lui dis rien. Je n'ai aucune envie d'assombrir sa vision de l'avenir. Et voilà qu'un jour, mon frère rentre de l'école en pleurant. Un garçon plus âgé que lui, un redoublant, lui a donné un coup de pied dans le tibia et l'a traité d'idiot. Ma mère est atterrée. Le soir même, elle raconte toute l'histoire à mon père durant le dîner. Mon père l'écoute sans rien dire. Le visage fermé, il se tourne vers son fils. « Si je comprends bien, tu t'es laissé faire. Tu peux me dire pourquoi ? » Mon frère se tait. Il a l'air si désemparé que mon père s'adoucit. « Désolé, fiston. Ce n'est pas contre toi que je suis en colère. » Après le repas, mon père dit quelques mots à ma mère et entraîne mon frère à sa suite dans le salon. Il écarte la table basse, les fauteuils, et dans ce gymnase provisoire, il demande à mon frère de se mettre pieds nus. « Je vais t'apprendre deux ou trois choses, mon garçon. » Mon père commence à donner à son fils un cours d'autodéfense. Je regarde la scène d'un air sidéré. J'aimerais dire à mon père que j'en ai besoin aussi. Que j'en ai désespérément besoin. Mais ça impliquerait de tout dire. Alors je reste muette. Je regarde.

La leçon dure environ trois quarts d'heure. Mon père apprend à mon frère à donner des coups de pied. « Le truc, dit-il, c'est de viser là où ça fait mal. Si ce type t'embête encore, tu ne dois pas hésiter. » Et tout le monde va se coucher. Le lundi suivant, mon frère revient transformé de l'école. Ses yeux brillent, son visage n'est plus le même. Il dit : « J'ai visé là où ça fait mal. Et je l'ai pas raté. » Le redoublant s'est retenu de chialer mais il paraît que ses yeux ont drôlement brillé. « Personne n'était dupe », dit mon petit frère. Peut-être y a-t-il quand même une pointe d'angoisse dans sa voix. Un regret sur lequel il ne s'étend pas. La sourde inquiétude que l'amour de ses parents ait pu un instant dépendre de l'issue du combat.

SCÈNE JUMELLE CACHÉE DERRIÈRE LA PRÉCÉDENTE

Chaque fois que je me remémore la scène qui précède, je me souviens de l'autre. Elle s'est pourtant passée quelques semaines plus tôt. Ce sont comme deux images jumelles : mon frère qui vise l'entrejambe, et la gifle. La gifle qui claque est l'image la plus ancienne, mais elle apparaît juste après l'autre. Le souvenir le plus vieux suit le plus récent, comme pour les jumeaux où le second à venir au monde est en réalité celui qui fut conçu le premier. De faux jumeaux parce qu'une chose est sûre : ces deux souvenirs n'ont pas le même sexe. Un mois plus tôt, donc, quelques jours avant que Sandrine m'appelle par mon prénom avant le cours de gymnastique, j'attendais comme toujours, cachée derrière un pilier pas loin de la salle de classe, la fin de la récréation. Une fille est venue vers moi, l'une des deux filles qui l'année précédente incitaient les autres à me bousculer et lancer mon bonnet dans les flaques d'eau, une fille à qui on aurait donné le bon Dieu sans confession. Cheveux coupés au carré, serre-tête en velours rose, jean bien repassé. Elle se plante devant moi et me gifle. Moi, sidérée, je ne fais pas un geste. Les larmes me montent aux yeux et je reste là, pétrifiée, immobile comme si on m'avait injecté un venin paralysant, appuyée à mon pilier tandis qu'elle disparaît. Elle réapparaît dix minutes plus tard, juste avant que la cloche sonne la fin de la récré. « Pardon », murmure-t-elle. Et elle m'embrasse sur la joue. À ce moment-là, j'ai couru aux toilettes pour sangloter. C'est la seule fois durant toutes ces années où j'ai pleuré au lycée. Parce que cette fille m'avait demandé pardon. Alors j'ai compris que ça n'était pas seulement pour la gifle. Que ça valait aussi pour les chewing-gums collés sur mon manteau, pour les pages arrachées de mes cahiers, pour les rires qui fusaient en plein milieu de la classe. « Tu as vu sa gueule ? » Les profs faisaient semblant de ne rien entendre. Et moi aussi, dans un sens, je faisais comme eux. Parce que « faire comme si de rien n'était », la stratégie des profs qui était aussi celle de ma mère, laissait planer un doute sur les évènements. Je pouvais toujours me dire qu'ils n'étaient pas si graves. Que c'était une sorte de jeu. Sauf que cette fille m'avait demandé pardon. Et soudain j'ai compris que tout était grave, que ça l'était depuis le début.

Est-ce qu'au moment où je pleure dans les toilettes, je comprends qu'il y aura des séquelles ? Est-ce que j'ai le pressentiment, même si le mot traumatisme n'a aucun sens pour moi, la culture psy est beaucoup moins vulgarisée qu'aujourd'hui et mes parents ne s'y intéressent pas, est-ce que j'ai le pressentiment que la violence des émotions est comme une bombe en train de fragmenter une frontière ? Je serais incapable de formuler les choses de cette façon. Mais je sais que je suis blessée, que la blessure est profonde, je frotte ma joue pour effacer la trace brûlante de la pitié. Je me rince le visage, j'essuie mes yeux gonflés, je sors des toilettes du deuxième étage. Et je suis éblouie par la beauté des arbres. Les grands platanes de la cour de récréation, les nervures de leurs feuilles, toutes ces nuances de vert, c'est comme un signe qui s'élance, comme un mot qui se déroule, comme une phrase qui apparaît. Et le signe c'est ? et le mot c'est pourquoi ? Un jour, je comprendrai pourquoi. Alors je ne prononce pas la phrase à voix haute, les yeux inondés de larmes en brandissant le poing, comme Scarlett O'Hara à la fin de la première partie de *Autant en emporte le vent*. Ce n'est pas une affirmation à l'américaine, quelque chose de flamboyant comme « je jure que plus jamais personne ne se moquera de moi » (ce qui fut loin d'être le cas). Tout cela n'a rien à voir avec une formidable expression de ma volonté de puissance. C'est quelque chose qui a jailli de la couleur éblouissante des arbres. Comme une pensée profonde et verte. Un jour, je comprendrai pourquoi.

Je me suis souvent dit que j'avais eu de la chance, dans cet état de transe, de ne pas apercevoir une autre couleur qui aurait engendré une pensée différente. Par exemple, une pensée rouge comme « Je me vengerai » ou une pensée jaune comme « Tout est fichu ». Je ne peux m'empêcher de penser que ma vie entière aurait été différente, même si sur le moment, vu l'état second de l'ado, tout cela n'était pas bien plus élaboré que de regarder les arbres. Mais il s'est bien passé quelque chose ce jour-là. Je suis arrivée en retard en cours, mais au moment de m'asseoir au dernier rang comme d'habitude, au lieu d'essayer de ne pas entendre les ricanements, je me suis rappelé qu'un jour, je comprendrais. Ma vie avait un sens, même s'il reposait sur l'espoir ténu d'une réponse à un pourquoi. Même si je me sentais incapable de l'atteindre, j'avais une sorte de but.

— Un but ? dit la sorcière. Tu es sûre que c'est l'histoire que tu veux raconter, « comment j'ai atteint mon but » ? Tu ne pourrais pas trouver autre chose ?

Que veut-elle que je dise ?

— Que ce jour-là, tu as compris l'existence de la magie. Qu'on t'avait lancé un sort et que tu en as lancé un autre.

La sorcière n'a pas tort. Nous sommes sensibles aux sortilèges, les mots ont ce pouvoir de pénétrer la chair. La plupart d'entre nous perçoivent les choses cachées, mais rares sont ceux qui osent se l'avouer. Une chose est sûre, si je raconte tout ça, si je prends la peine de redescendre dans les enfers de mon adolescence à mon âge, quarante-huit ans tout de même, c'est à cause de ces points mystérieux où le temps s'abolit. Mais la seule façon de décrire leur pouvoir thérapeutique, c'est de raconter le chemin qui y a conduit.

Le jour de la gifle, courage, désespoir ou mélange des deux, je décide de parler à ma mère. Je suis rentrée tôt, les cours se sont terminés à quinze heures, mon frère n'est pas encore de retour de l'école. Nous sommes assises dans la cuisine et je raconte la fille qui me gifle sans raison. Je raconte le baiser sur la joue (mais je ne dis pas que j'ai pleuré dans les toilettes). Je vois le regard de ma mère se perdre dans le vague. Au bout d'un moment de silence, elle finit par dire : « Ça m'est arrivé à moi aussi, quand j'avais ton âge. » Bizarrement je ne suis pas surprise. Mon statut de souffre-douleur m'est devenu si habituel que je finis par le trouver ordinaire. Ma mère aussi donc. Mais j'ai besoin de savoir jusqu'à quel point. J'ai bien repéré une ou deux filles, au lycée, qui sont dans le même cas que moi. (Pas de garçon tête de Turc, du moins pas dans cet établissement, pas les années où j'y suis moi.) On les reconnaît tout de suite, ces filles-là. Elles sont plus pâles que les autres. C'est quelque chose que j'ai souvent remarqué sans me l'expliquer, même plus tard, chez des personnes harcelées sur leur lieu de travail, la condition de souffre-douleur rend pâle.

Elle vous fait perdre vos couleurs, à croire que le sang n'ose plus circuler. Mais ces deux filles-là, même si elles restent un peu à l'écart, ont une ou deux amies. Leurs mères ne les habillent pas avec des jupes et des chaussettes blanches, elles se fondent plus facilement dans la masse. L'une d'elles m'a même parlé un jour, à la récréation. Une fille plutôt jolie qui m'a expliqué que tout allait mieux depuis que sa mère avait organisé une boum pour son anniversaire. Inimaginable pour moi, vu que même si par miracle ma mère avait envisagé une chose de ce genre, je n'aurais eu personne à inviter. Comme quoi même chez les bêtes noires, il y a des degrés de noir. Et je soupçonne ma mère de ne pas imaginer mon angoisse. « On te donnait des gifles à toi aussi ? — Non. Mais on se moquait de moi. Ça a duré une année entière. » Je ne dis rien. Pour moi, ça dure déjà depuis deux ans. « Je t'assure que la meilleure chose à faire, c'est de feindre l'indifférence », insiste ma mère. « Tu verras que ça passera. Si tu leur réponds, tu te mets à leur niveau. » La noblesse d'âme est un autre argument de ma mère. Il ne faut pas se mettre au niveau de l'agresseur. Il faut être au-dessus de ça. Je sais qu'elle est sincère quand elle dit ces choses-là, l'élégance est une qualité fondamentale aux yeux de ma mère. « Si elle recommence, préviens-moi tout de suite, d'accord ? Mais à mon avis, si elle t'a demandé pardon, ça veut dire qu'elle ne recommencera pas. » De fait, ça n'a pas recommencé tout de suite parce que trois jours plus tard, Sandrine venait me parler avant le contrôle de maths. Mais je savais au fond de moi que c'était une question de temps. Que j'étais en sursis. Que l'indifférence que ma mère me recommandait, et même sa noblesse d'âme, masquait une interdiction, celle de crier, d'attaquer, de ne pas être une fille polie. Cette interdiction comme un aimant caché dans ma poche, un aimant fait pour attirer le pire.

Et voilà que mon frère est agressé par un garçon de sa classe et que mon père lui apprend à viser l'entrejambe. Injuste, non ? Ou plutôt, pourquoi ?

Au bout de deux années d'analyse avec le docteur Georges, j'ai commencé à répondre à mes pourquoi ? par un récit classique. Mes parents pensaient qu'un garçon doit savoir se défendre, la souffrance d'une fille faisait partie de l'ordre des choses. Un garçon était fait pour croître en force et en audace. Pour la fille, ce n'est pas qu'ils ne voulaient pas, c'est qu'ils ne savaient pas comment s'y prendre. C'est une vision de la vérité, la vision gagnée sur le divan de l'analyste, avec les libérations classiques que permet un récit classique lorsqu'il dit les choses au plus près. Colère, indignation, acceptation et la vie continue. Colère mais aussi dialogue, réconciliation avec mes parents que je ne peux m'empêcher d'aimer – ce mot, aimer, surtout quand il s'applique à ceux qui nous ont vus naître, me fait penser à une chaîne de montagnes avec ses dénivelés et ses risques de chute – même si à cette époque, tout occupée à construire ma vie, je les vois peu. Pourtant, malgré son indéniable valeur thérapeutique, ce récit classique – classique parce qu'il ne fait pas exploser les frontières, ni celles de mon histoire familiale ni celles du temps – ce récit ne m'a jamais tout à fait convenu. Même lorsque je l'élabore sur le divan, j'ai le sentiment qu'il ne tombe pas tout à fait juste. Il me fait l'effet d'une pièce de puzzle qui est presque la bonne, mais il faut forcer un peu pour que ça s'emboîte, on sent bien que ça n'est pas tout à fait ça.

Pourquoi ma mère n'a rien dit à mon père au sujet de la gifle, par exemple ? Sur le divan du docteur Georges, j'en ai déduit que ma souffrance devenait notre secret. Qu'elle nous rapprochait, ma mère et moi. Que ma mère avait inconsciemment envie de faire durer ce rapprochement. Ce qui est une vision de la vérité. Mais elle ne colle pas avec les coups de téléphone reçus en présence de mon père. Ni avec les huées dont mon frère fut le témoin, un jour où nous nous rendions au lycée ensemble. Trois filles me hélèrent dans la rue et nous suivirent en se moquant du blouson que je portais, je crois qu'il était bleu ciel. J'accélérai en serrant très fort la main de mon frère dans la mienne, ni l'un ni l'autre ne prononça un mot, nous franchîmes en silence le portail du lycée avant de nous séparer. J'étais en seconde, mon frère en cinquième. J'ai longtemps cru qu'il n'avait rien dit parce qu'il avait eu peur. Je lui ai posé la question des années plus tard, une fois devenus adultes, je lui ai demandé s'il entendait des choses sur moi, des choses comme, ta sœur, tout le monde se fout de sa gueule, car il y avait dans sa classe des gamins dont les aînés se trouvaient en cours avec moi. Mon frère m'a dit oui. Il savait. Pas tout, mais il savait. « Je n'osais pas en parler », a-t-il dit d'un air grave. « J'avais peur que tu m'en veuilles si je disais quelque chose, alors je ne disais rien. Je ne comprenais pas tout ce qui se passait, ce jour-là, j'aurais voulu te demander mais je n'ai pas osé. Je ne savais pas comment t'aider. » Ce qui nous ramène à la conclusion de l'élève Törless. Tout ça faisait partie de l'ordre des choses. Et cet ordre des choses était plus fort que nous.

MAIS EST-CE QUE CET ORDRE EST SI FORT QUE ÇA ?

Ou est-ce encore un récit, quelque chose qu'on se raconte c'est-à-dire un sortilège ? Je vois à l'œuvre dans mon histoire et dans celle de ma famille une chose bien plus dangereuse et bien plus inhumaine que les failles de mes parents, une chose capable de détourner leurs désirs, de se nourrir de leurs ombres. Je vois quelque chose comme une organisation. Il y a quelque chose de militaire dans la misogynie. Ma mère faisait ses rapports à mon père sur nos problèmes à l'école comme un sous-officier à son général. Une attaque sur le front Fils appelait une riposte. Une attaque sur le front Fille, c'était la routine. Je me demande si les enfants qui font l'expérience d'être rejetés par les autres n'ont pas tous un point commun. Et ce point commun n'est pas une timidité initiale qui ferait d'eux des bêtes noires – la timidité, la peur, la maladresse et les faux mouvements, la voix qui ne sort pas ou pas comme il faudrait, et la fameuse pâleur de celui qui n'a plus de place, tout cela vient ensuite – mais la misogynie. La misogynie ne se traduit pas forcément par des remarques méprisantes envers les femmes ni même par une agressivité à leur endroit. La misogynie est d'abord une atmosphère. Certains jours, elle peut même avoir l'air romantique. Mes parents étaient très romantiques, du moins, au début. Si étrange que ça paraisse, je crois que la misogynie n'a rien à voir avec le genre. Elle a à voir avec la haine de l'étrangeté. On dit misogynie, on dit racisme, on dit saccage de la nature, on dit cruauté envers les animaux et on sent bien, obscurément, que tout ça veut dire la même chose. Et on sent, toujours aussi obscurément, que tout ça est relié à d'autres choses encore, comme la volonté de détruire qui pousse Stanley Kowalski à violer Blanche DuBois et à la rendre folle dans *Un tramway nommé Désir*. On sent obscurément que ces histoires sont reliées entre elles, même si elles ne se déroulent pas au même moment, elles sont écrites sur la même page, la page brûlante de l'histoire des chasses. Mais la haine de l'étrangeté n'est jamais nommée. La haine de l'étrangeté passe étrangement inaperçue. Pas un mot. Tabou. Nous avons chassé les sorcières, nous avons chassé les chasses de notre mémoire, nous avons effacé leur cause de notre esprit. Le patriarcat a comme une tendance à l'amnésie.

Alors je ne vais pas jouer mon inquisiteur. Il y a des gens à qui l'oubli fait du mal et il y en a d'autres à qui il fait du bien. Ceux-là ne voient pas trop l'intérêt de descendre aux enfers, le risque n'en vaut pas la peine, surtout si c'est pour remonter ensuite. Éleusis, ce n'est pas leur genre. Ils préfèrent la version *Mystic River* de la vie, au paradis un jour, au paradis toujours, à condition que la zone soit sécurisée. Parce que c'est ça aussi, la morale *Mystic River*. Pas terrible pour ceux qui descendent aux enfers et sont priés d'y rester, mais positif pour le business de la sécurité. Business des murs, du gardiennage et des anesthésiants, tout ce qui empêche ce qui est là-dessous de remonter. Peut-être que le fait d'avoir souffert de stress post-traumatique et de dysmorphophobie (je ne crois pas une seconde en ce vocabulaire) vous oblige à croire aux mystères et aux histoires anciennes (et à vous méfier des mots qui les oublient). Mais je sais aussi que rendre leur place aux choses mystérieuses offre une vision bien plus profonde et aussi bien plus imprévisible, et aussi bien plus optimiste, et pour finir bien plus vraie de l'existence. C'est pour ce panorama que j'appelle l'ado du fond des enfers. Parce que la perspective vaut le coup. Aller chercher la sorcière en soi vaut le coup. Les bêtes noires valent le coup. C'est en soi qu'il faut réconcilier la sorcière et l'inquisiteur. Nulle part ailleurs qu'en nous-mêmes. Parce que nous sommes les deux. Parce qu'ils nous hantent. Ils nous hantent, tous, depuis la mise à mort de milliers de femmes accusées de voir des choses qu'on n'avait plus le droit de voir.

Et le monde devint gris.

Je peux comprendre que l'idée de chercher la sorcière en soi ne fasse pas rêver tout le monde, qu'il y ait des gens pour qui ce genre de démarche ne soit pas nécessaire. Mais qu'ils n'empêchent pas les autres de descendre aux enfers pour eux. Je suis persuadée que chaque fois que nous descendons dans nos propres cachots pour y faire un peu de lumière, chaque fois que nous réparons les offenses, lavons les blessures, reprisons les robes déchirées des spectres, nous aidons les autres d'une façon mystérieuse. Un peu comme pour les membres d'une famille où tout supplément d'intégrité apporté par l'un affecte tous les autres (bien sûr tout le monde n'a pas forcément envie d'être intègre en même temps, c'est ce qui fait la beauté tragicomique de la vie de famille).

Mes parents ne m'aimaient pas moins que mon frère, ils n'aimaient pas mon frère davantage que moi, pour la bonne raison que tout ça n'avait rien à voir avec l'amour. Ils avaient un garçon et ils avaient une fille. Et eux-mêmes avaient été un garçon et une fille, l'un au Nord et l'autre au Sud, durant la Seconde Guerre mondiale.

Alors ma condition de souffre-douleur est devenue le sale petit secret qui me liait à ma mère. Mais c'était un petit secret dans le grand. Et le grand secret, nous le partagions tous les quatre, mon père, ma mère, mon frère et moi, comme on partage le pain. Nous le partagions sans le savoir comme le grand secret qui relie les hommes et les femmes. Et ce secret n'a rien à voir avec les hommes et les femmes, il n'a rien à voir avec la sexualité, c'est le grand tour de magie de l'Inquisiteur – que je vois parfois ôter son masque sévère pour révéler un visage amusé, un visage de joueur, un visage de tueur – qui transforme la torture en sexualité. Le grand secret de la chasse qui a besoin de sorcières, pour fabriquer des organisations. Procédures de sélection, procédures d'élimination, campagnes de communication. L'armée se met en marche sans besoin de guerre. Et le secret dit : C'est ça l'ordre. Et le secret nous trompe. Et le secret dit : C'est ça la raison. Et le secret nous trompe. Et le secret dit : L'ordre soumet le désordre, la raison soumet la folie, c'est ça la sexualité. Et les portes anti-retour se referment une à une sur la vérité. Et le secret dit : La souffrance ? Quelle souffrance ? L'armée des hommes gris est un corps sans tache qui progresse et ne souffre pas. La souffrance est une histoire de bonnes femmes. Les bonnes femmes sont priées de régler ça entre elles. Priées d'oublier ça, si elles veulent grimper les échelons dans l'armée des hommes gris. Priées de faire comme si tout ça était érotique. Les hommes aussi. Priés d'oublier ça. Priés de tout oublier. Et le secret nous tue.

Après mes séances avec le docteur Georges, j'étais si bouleversée que j'avais besoin de m'arrêter dans un café avant de rentrer chez moi, j'aurais été incapable de revenir sans transition à ma vie d'adulte. À vingt-huit ans, je vivais avec un homme avec qui je m'étais mariée pour me sentir normale plutôt que par amour (comme il s'était marié avec moi pour la même raison, nous allions bientôt divorcer à l'amiable). Arriver à la maison avec des yeux rougis aurait rompu notre pacte tacite. Mais il arrivait aussi qu'après avoir pleuré sur le divan, je me sente en colère au point d'avoir envie de casser quelque chose. Alors j'avais mon petit rituel. Juste avant de rentrer chez moi, je donnais un coup de pied dans la poubelle sortie devant l'immeuble, nous habitions une petite rue où il n'y avait pas beaucoup de passage, je tournais la tête à droite, à gauche, personne en vue, coup de pied. Un soir, je l'ai renversée. C'est complètement fou vu mon gabarit, mais cette poubelle lourde et pleine, je l'ai renversée d'un coup de pied. Sur le moment, j'ai eu le sentiment que toutes ces ordures étaient enfin sorties de moi. Passée cette seconde de stupéfaction, j'ai été envahie de tristesse à l'idée que quelqu'un, le gardien peut-être, mais plus vraisemblablement l'homme qui balayait la rue ou l'un de ceux qui enlevaient les poubelles le matin, quelqu'un que je ne connaissais pas allait ramasser ça à cause de moi. Mais je savais aussi, si étrange que ça paraisse, qu'il fallait que je résiste à l'impulsion de redresser la poubelle et de ramasser deux ou trois sacs en plastique noir pour les remettre à l'intérieur, histoire de me dédouaner. Non. Pas question de se dédouaner. Je ne pouvais pas annuler mon geste, il était fait. Je ne pouvais pas annuler le passé. Alors j'ai monté l'escalier jusqu'au cinquième étage, il n'y avait pas d'ascenseur dans l'immeuble où j'habitais. C'était dur de ne pas redescendre pour redresser la poubelle, mais je savais qu'il ne fallait pas, je le savais avec une clarté aussi terrifiante que si j'avais reconnu les règles d'un jeu. Si je redescendais pour jouer la gentille fille, je manquais l'épreuve et elle reviendrait sous une autre forme (en pire, ai-je envie d'ajouter). Arrivée chez moi, je me suis changé les idées en regardant une série avec l'homme avec qui j'étais mariée. Ensuite on s'est couchés. Et puis à trois heures du matin, je me réveille en sursaut et je pense à l'inconnu qui va devoir ramasser. Je me dis qu'il va penser que les gens ne respectent rien, qu'il va se sentir humilié à cause de moi. Et l'ado ne peut pas supporter l'idée d'humilier qui que ce soit. L'ado est réveillée aussi cette nuit-là, je le sais parce que je perçois les choses avec cette profondeur de champ typique de l'ado, cette profondeur où je sens que le temps n'existe pas. Alors je me lève, je fouille dans le placard de la cuisine, mon mari et moi habitons un deux-pièces, le salon fait aussi office de cuisine, je trouve une bougie, je l'allume et je m'assois sur le carrelage pour prier. Je ne prie pas Dieu, je ne prie pas avec des mots. Ce sont plutôt des images qui montent, et je veux de toutes mes forces qu'elles deviennent réelles. Que celui qui ramassera les déchets éparpillés sache que ce n'était pas contre lui. Qu'il ne se sente pas humilié. Je l'imagine avec une femme. Je l'imagine avec ses enfants. Je l'imagine parmi ses amis. Je ne parle pas à voix haute, je ne murmure pas, je ne dis rien, mais la lumière réveille l'homme avec qui je vis. « Mais qu'est-ce que tu fiches ? Tu m'as réveillé et j'ai réunion demain. » Je crois que ce divorce a été un soulagement pour tous les deux. On s'aimait bien mais on ne se comprenait pas du tout.

J'imagine qu'il doit avoir à peu près mon âge. J'espère qu'il a trouvé un métier moins dur. J'espère que ses enfants vont bien. Encore aujourd'hui, je me sens reliée à l'homme qui a ramassé la poubelle comme si nous avions partagé un secret. Ou plutôt : comme s'il faisait partie de cette assemblée de gens que je rejoignais en rêve lorsque j'avais quatorze ans.

MAIS QUI ÉTAIENT CES GENS ?

Dans *Le sabbat des sorcières*, Carlo Ginzburg soutient une double thèse à propos du sabbat. Selon lui, la vision du sabbat maléfique fantasmée par les inquisiteurs a pu se propager parce qu'elle reposait sur une couche de croyances plus anciennes. Ces croyances anciennes, que Ginzburg fait remonter aux premiers mythes et retrouve dans toutes les sociétés européennes, concernent la possibilité de rejoindre en rêve une assemblée de personnes qui se réunissent pour une danse, un jeu ou un combat. Toujours selon Ginzburg, les sorcières avouaient avoir participé au sabbat diabolique parce qu'elles craquaient, leur conscience cédait au récit au bourreau. Mais le craquement était d'autant plus destructeur que le fantasme du sabbat se fonde sur un désir ancré dans les couches les plus profondes du psychisme :

rejoindre en rêve ceux qui nous ressemblent, trouver en rêve sa famille d'esprit.

Je me demande si les gens qui souffrent d'exclusion, et plus singulièrement les femmes ostracisées, ne font pas tous un jour ou l'autre ce genre de rêves. Combien de contes parlent d'une fille exclue, qui finit par se rendre au bal avec l'aide d'une fée ? L'année de mes quatorze ans, ces rêves se multiplièrent. Comme avec le sabbat, il y a deux interprétations possibles à ces rêveries où je rejoignais une mystérieuse assemblée tantôt dans un château, tantôt dans une forêt. La première, bien sûr, c'est le traumatisme. Ces rêves étaient d'autant plus vivaces que la situation s'aggravait. Mais je peux aussi en donner une seconde interprétation qui, sans contredire la première, me semble plus profonde : ces rêves me disaient que j'étais reliée à des inconnus. Que j'étais reliée aux arbres et à la terre. Ils me disaient qu'on est toujours relié à quelque chose, ne serait-ce qu'à la couleur des feuilles, même lorsqu'on croit n'être relié à rien. Ces rêves étaient thérapeutiques. Ils m'apprenaient quelque chose que je n'ai jamais oublié : nous sommes toujours attendus, accueillis, précédés, même lorsque nous ne le savons pas. Ces rêves étaient l'enseignement de la sorcière et de tous ceux qui les avaient rêvés avant moi. Ces rêves étaient optimistes, ils m'inscrivaient dans une lignée qui n'est pas celle du sang. Mais alors de quoi ?

La main de la sorcière s'ouvre lentement comme une fleur sensitive, dépliant un à un ses doigts aux ongles rouges, courbés comme des pétales, laissant apparaître sa paume ridée, ridée comme une carte au trésor. Les territoires intérieurs, les nervures des feuilles, la lumière mordorée que je rêvais soir après soir. Ce sont ces nuits-là qui m'ont fait écrire. Tout a commencé par ces forêts imaginaires. Lignée de vent et de papier. Lignée de livres et de femmes.

BIENTÔT 1984 – SANDRINE

À la rentrée de troisième, il y a deux nouveautés. La première, c'est que Sandrine a ses règles. Je ne sais pas si c'est à cause de ça, mais elle commence à me prendre de haut. Me dit des choses comme « Toi, tu ne peux pas comprendre. » Et même si elle parle de ses douleurs au ventre, je sais qu'en vérité elle veut dire autre chose qui n'a rien à voir avec le fait que moi je n'aie pas encore besoin de choisir entre serviettes et tampons hygiéniques. Je ne peux pas comprendre les choses comme les douleurs au ventre de Sandrine parce que ce sont des choses normales et que normale, je ne le suis pas tout à fait. Parce que ma mère continue à m'habiller comme une petite fille ou une vieille dame, tout dépend comment vous imaginez une gosse de treize ans qui porte de longues jupes bleu marine et les mêmes gilets que sa mère. Parce que je n'ai pas d'amis à part Sandrine. Parce que je ne suis pas invitée aux boums. Parce que dans ces conditions, Sandrine qui maintenant se sent femme, se cherche des amies plus dignes d'elle. Et commence à traîner avec les deux filles qui se foutent de ma gueule. Les premières fois que Sandrine s'assoit à côté d'elles, elle me garde quand même une place à ses côtés, et je m'assois au même rang qu'elles, avec le sentiment misérable de me trahir moi-même. Puisque ce sont ces mêmes filles qui se moquent de moi depuis deux ans, puisque c'est l'une d'elles qui m'a giflée (mais m'a demandé pardon, me dis-je pour rationaliser). Malgré mon angoisse, les choses se passent à peu près bien les premières semaines. Et puis la situation commence à se dégrader. Lorsqu'elle arrive le matin, Sandrine rejoint le groupe où se trouvent les filles en question. Au début elle prend soin de m'y inclure, me fait la bise, s'écarte pour me laisser une place près d'elle. Mais bientôt elle n'y pense plus. Fait comme si elle ne me voyait pas qui attendais à l'écart. Ne m'adresse pas un sourire. Une ou deux fois, il me semble même la voir hausser les épaules, regardant de mon côté comme si mon désarroi l'amusait. Bien sûr, je pourrais rejoindre le groupe sans besoin de sa permission. M'approcher du demi-cercle composé de cinq ou six personnes, quatre filles, un ou deux garçons, sans que personne ne m'y ait invitée. Je le fais, une fois ou deux. Mais les regards que je croise – ce regard universel qui s'abaisse sur vous – plus une ou deux remarques ironiques « tiens, Sandrine, voilà ton amie » font que je ne recommence pas. Même si Sandrine continue à s'asseoir près de moi en classe, ou plutôt, même si elle continue à me laisser m'asseoir près d'elle, je suis désormais seule à la récréation.

Un après-midi, un groupe de filles et de garçons,

certains sont dans ma classe, d'autres pas, m'entoure en rigolant. Une fille dit : « Il paraît qu'elle aime ça. » Une autre me gifle. J'entends un garçon dire : « Ça te plaît ? » Je les entends comme de très loin. Je ne pleure pas, incapable de bouger, emprisonnée quelque part tout au fond de moi, comme si quelqu'un avait fermé une porte à double tour. Ils s'en vont. Ça recommencera deux fois, il y aura trois gifles en tout, ça se passera toujours de la même façon. Un groupe m'entoure, je connais certains visages, d'autres pas. Quelqu'un me gifle. Ils rient, ils me bousculent, ils partent en courant. Et moi, incapable de faire un geste, changée en statue de pierre.

Bien sûr, Sandrine est au courant. Tout se sait dans une cour de récré. Lorsque je vais chez elle, parce que je vais encore chez elle, nous sommes amies même si elle n'assume pas cette amitié devant les autres, elle ne se prive pas de me faire la leçon. « Pourquoi tu ne te défends pas ? » Et moi : « Je ne sais pas. » Je n'ose pas lui dire que je suis paralysée, que c'est comme dans un cauchemar. J'ai peur qu'elle ne me croie pas. « Je ne peux pas être l'amie de quelqu'un qui se laisse faire », dit Sandrine. Elle ne précise pas si je lui fais honte ou si elle a peur de partager mon sort. Elle n'a pas besoin de le préciser. Je sais que c'est un mélange des deux.

Un jour, alors que nous sortons du cinéma, Sandrine me dit qu'elle comprend. C'est ma joie d'aller au cinéma avec Sandrine, nous adorons ça, surtout les films de procès, les films sérieux, les films tragiques qui nous donnent l'impression d'être des adultes et que nos mères nous laissent voir seules, à condition que la séance ait lieu l'après-midi. Autant dire que nous attendons le mercredi et le samedi avec impatience. Ces jours-là, j'oublie que je ne vaux rien, parce que quelqu'un qui ne voit plus son reflet dans la glace, quelqu'un qui ne sait pas se défendre, ça ne vaut rien non ? j'oublie que Sandrine a peur qu'on nous voie ensemble, j'oublie que sa peur signifie quelque chose que je me suis promis de comprendre plus tard, j'oublie tout, nous sommes au cinéma, et après le cinéma nous parlons du film que nous avons vu, et du prochain que nous irons voir. La joie que je ressens ces jours-là ne se compare à rien. Sauf à celle de la lecture, cette porte ouverte sur d'autres mondes, cette année-là je lis *La métamorphose*, mais lire c'est comme rêver, ça se fait seule, alors que je partage l'amour du cinéma avec Sandrine. Ce jour-là, donc, ce doit être aux alentours de Pâques, nous venons de voir un film de David Lean dont nous avons longuement parlé sur le chemin du retour, jusqu'à ce que Sandrine se tourne vers moi et me dise une fois de plus : « Pourquoi tu ne te défends pas ? » Je lui réponds que je suis paralysée, que je ne peux pas faire un geste. « Je comprends », dit Sandrine. Elle me raconte que le mois précédent, elle est allée voir *Banzaï* avec son cousin. Sandrine m'avait proposé de l'accompagner, mais je n'avais aucune envie de voir une comédie. À l'époque, tout ce qui est comédie me donne des cauchemars, parce que je mesure l'écart entre le monde des comédies et le mien, un écart effroyable au point que je me suis réveillée en pleurant au milieu de la nuit après avoir vu le film *American Graffiti* à la télévision, me disant, jamais je ne connaîtrai cette insouciance, jamais je n'aurai d'amoureux, alors je préfère les films comme *Furyo* ou *Il était une fois en Amérique*, je préfère qu'il y ait des morts, je préfère qu'il y ait du sang, je préfère que ça finisse mal, parce qu'au moins je peux me dire que ma vie n'est pas la pire. Ah l'ado, l'ado avec son féroce instinct de survie… Sandrine est donc allée voir *Banzaï* avec son cousin, ils étaient heureux d'être ensemble, l'après-midi commençait bien, sauf qu'un quart d'heure après le début du film, me dit-elle, elle a senti une main posée sur sa cuisse. Au début, elle a cru qu'elle se faisait des idées. Elle ne pouvait pas croire que cette main était en train de la palper à travers son pantalon. D'autant plus qu'elle n'avait même pas vu le type s'asseoir à côté d'elle, il avait dû arriver après le début de la séance. Le type à qui appartenait la main faisait comme si Sandrine n'existait pas. Chaque fois qu'elle se tournait vers lui, il fixait l'écran. Sa main remontait vers le haut de sa cuisse tout en la malaxant, un peu comme on malaxe une balle en caoutchouc. De temps en temps la main s'arrêtait, elle se posait sur son genou comme un gros mollusque. Et puis ça recommençait. Sandrine n'a rien dit. « Je me suis tapé tout le film avec cette main. Heureusement que mon jean était épais. » On s'est mises à rire mais nos rires sonnaient faux. Et puis Sandrine a dit : « Je ne pouvais pas faire un geste. J'étais paralysée. » Le type s'est levé avant la fin du film. Quand la lumière s'est rallumée, il était déjà parti. Elle n'a rien osé dire à son cousin. « J'ai jamais vu sa tête, dit Sandrine. Depuis, j'ai la honte. J'ai la honte d'avoir rien fait. » Ce qui ne l'empêche pas de me reprocher de nouveau, la semaine suivante, de ne pas savoir me défendre. Et de me demander de ne pas dire aux autres que je vais chez elle. « Tu comprends, je n'ai pas envie d'être la prochaine. » Le pire c'est que je ne lui en veux même pas. Peut-être qu'à sa place, je ferais la même chose.

Non. Je me trompe. Peut-être que j'aurais fait la même chose que Sandrine deux ans plus tôt. Si j'avais été l'amie de la bête noire de la classe avant que tout ça m'arrive. Mais la personne que j'aurais pu être si tout ça ne m'était pas arrivé, cette personne n'existe plus l'année de mes treize ans. La personne que j'aurais pu être si j'avais connu les joies rassurantes de l'intégration et du conformisme habite quelque part dans un monde parallèle, mais pas dans ce monde-ci. Donc non. Si j'étais à la place de Sandrine, je ne ferais pas la même chose. J'assumerais l'amie à qui je raconte qu'une main venue de nulle part s'est posée sur ma cuisse, j'assumerais parce que je ne voudrais infliger cette douleur-là – la douleur de trembler, la douleur de bégayer, la douleur de ne pas faire partie du groupe des humains comme si le doute d'abord imprimé sur les vêtements, puis sur le corps, finissait par transpercer la peau et atteindre l'identité, suis-je bête ? suis-je folle ? suis-je la chose qu'ils disent ? et la haine de la chose qu'on est en train de devenir qui commence à perler à l'intérieur de soi comme si l'ancienne personne, celle qu'on aurait pu être et qui est en train de mourir, nous détestait de lui survivre – à personne. Jamais. Mais je sais aussi qu'il faut connaître cette douleur pour ne pas vouloir l'infliger. Je sais que Sandrine ne peut pas l'imaginer. C'est pour ça que même si elle fait le lien entre ma paralysie à la récréation et sa paralysie au cinéma, elle ne peut pas en tirer les conséquences. C'est comme une autre planète. Ceux qui n'y ont jamais vécu ne savent rien de sa gravité ni de ses mirages.

L'une des choses les plus difficiles à admettre sur le divan du docteur Georges était qu'une autre adolescence, une adolescence probable, ordinaire n'avait pas eu lieu. Le sentiment de cette bifurcation était presque insupportable comme si l'univers le plus plausible, un univers auquel j'avais droit, m'avait été arraché. « Mais après tout, est-ce un mal ? » me dit un jour le docteur Georges, de cette voix douce qu'il prenait quand il sentait la présence de l'ado dans la pièce. « Est-ce un mal d'être devenue celle que vous êtes ? » Même s'il me prêtait une sagesse que j'étais loin d'avoir à l'époque, le docteur Georges n'avait pas tort. Aujourd'hui, je ne voudrais être personne d'autre que la femme qui raconte cette histoire, ce qui implique clairement d'avoir cette histoire à raconter. Est-ce que cela signifie que ces expériences étaient positives ? Bien sûr que non. Cela n'a rien à voir avec un signe positif, comme un sourire forcé au moment du bilan. Rien. Plutôt à voir avec un sentiment d'amplitude et les expériences les plus minables et honteuses, expériences d'où cette amplitude semble précisément absente. J'imagine que cette équivalence est une chose qu'on n'a jamais fini de contempler. Il n'empêche. Même si je suis joliment contente de ne pas être une alpha, je me suis souvent demandé à quoi j'aurais ressemblé si tout ça n'était pas arrivé.

PARALLÈLE

— Tu veux voir ?

Une femme se reflète dans l'œil limpide de la sorcière. Une femme de mon âge, à peu près de ma taille, une femme qui n'est pas moi. Je l'imagine, se laissant tomber sur le canapé du salon, jetant un coup d'œil à son téléphone, il lui reste un peu de temps avant que ses fils ne rentrent, ils ont grandi si vite tous les deux, hier des enfants, aujourd'hui des jeunes, demain des hommes, ils la bousculent sans faire exprès dans le couloir, dans la cuisine, comme si l'appartement devenait trop petit pour les contenir tous les trois, alors qu'hier encore, ils étaient quatre. Voilà huit ans qu'elle a divorcé, elle n'a pas vu le temps passer. Elle s'est associée avec une amie pour fonder son propre cabinet d'avocats, l'année qui a suivi la séparation. Elle aime son métier, elle fait du bon travail. Est-ce cela, réussir sa vie ? Cocher toutes les cases ? Son fils aîné entre en deuxième année de médecine, elle ne s'inquiète pas pour lui, davantage pour le plus jeune qui ne s'intéresse qu'au surf, mais elle sait, au fond d'elle, que son inquiétude n'est pas fondée, qu'elle le connaît mal, tout comme l'aîné. Connaître quelqu'un, est-ce que c'est possible ? Est-ce que ce n'est pas toujours une illusion, une terrible preuve d'arrogance, de s'imaginer savoir ce qu'un autre a dans la tête, même si vous l'aimez, même s'il est sorti de votre ventre, et même si cet autre porte le même prénom que vous, s'il est né le même jour, au même endroit, à la même heure ? Je l'imagine ôtant ses chaussures, commençant à se masser les pieds à travers ses bas, se demandant comme tous les soirs, juste avant que ses fils ne rentrent, dans ce trop bref intervalle de solitude, se demandant d'où vient sa terrible nostalgie.

Mais je le sais, moi qui suis toi sans l'être ! je sais d'où vient ton regret lancinant. Tu crois que ta souffrance vient de ne pas avoir d'homme, tu crois que c'est la peur de vieillir, mais tu te trompes, ta souffrance vient d'ailleurs et elle vient de plus loin, elle vient du rêve que tu fais chaque nuit et que tu oublies chaque matin, dans ce rêve il y a une bague qui tombe au fond de l'eau et les mouvements que tu fais pour la rattraper sont si désordonnés qu'elle s'enfonce plus vite, ta souffrance vient de ne pas te souvenir de tes rêves, elle vient d'avoir renoncé à chercher l'Atman, le Graal, l'éveil, la chose que tu cherches, la magie, la magie est-ce que tu t'en souviens ?

La femme blonde frissonne comme si quelqu'un marchait sur sa tombe, oui, je suis blonde dans cette vie parallèle, un mélange de mèches miel et blond vénitien dont le coiffeur m'assure qu'il m'adoucit le visage, alors là, je n'en reviens pas, ça plus les escarpins vernis, voilà bien deux choses que je ne ferais jamais dans ce monde-ci. La femme que j'aurais pu être regarde autour d'elle comme pour chercher l'intruse, l'image tremble, s'égare, et puis elle disparaît.

— Continuons notre récit, dit la sorcière.

Son œil limpide ne reflète plus que la pièce où je travaille. Je l'imagine ajustant son chignon d'un geste agile, son visage attentif guettant la suite de l'histoire. Mais je ne suis pas encore tout à fait prête à poursuivre. Tout ce que nous avons failli être, tous les choix que nous n'avons pas faits créent, paraît-il, autant d'univers possibles, probables mais inaccessibles, comme autant de scénarios qui auraient pu se réaliser. Dans l'un de ces scénarios, la magie me manque mais j'ai deux enfants. Je regrette de ne pas avoir eu d'enfants. Longtemps je n'étais pas prête, et quand j'étais prête, c'était trop tard.

— Je pourrais te montrer toutes tes vies possibles, tu n'en trouverais pas une seule où quelque chose n'arrive pas trop tard.

Le sourire de la sorcière est infiniment bienveillant. Il me semble pourtant qu'elle attend autre chose, une question plus glissante, dérangeante, dangereuse, une question qui me frôle mais que je ne parviens pas à poser.

BIENTÔT 1984 – LE NOUVEAU

L'autre nouveauté, cette année de troisième, c'est un nouveau. Un redoublant en classe d'italien. Aucun élève de ma classe n'a choisi l'italien en seconde langue, les gosses les plus sérieux, ceux que leurs parents font travailler dur ont choisi l'allemand, les autres ont préféré l'espagnol. Il faut dire que ma classe est celle des bons élèves, alors dans cette classe-là, personne n'étudie l'italien en seconde langue. Au début, ça m'a soulagée de ne pas retrouver les mêmes visages moqueurs. Et puis très vite, ça s'est su. Les filles et les garçons de la classe d'italien ont appris qui j'étais, ils l'ont appris par leurs copains de la cantine et de la récré. Je suis la fille à qui on n'adresse pas la parole. La fille qui n'est pas habillée comme les autres parce que ses parents refusent, pour un motif obscur, de lui acheter des fringues à la mode. La fille qui se tait quand on la gifle. La fille qui travaille bien quand même, ce qui la rend d'autant plus anormale. « Elle a des bonnes notes quand même parce qu'elle n'est pas tout à fait normale. Au fond, elle se fiche de tout », a dit un jour la déléguée de classe, assise juste devant moi. Ça m'a fait un coup au cœur parce que c'était une fille qui ne s'était jamais moquée de moi, une fille que j'aimais bien. Je pensais qu'elle m'aimait un peu. Donc très vite, je n'ai pas d'amis non plus en classe d'italien. Les deux filles qui avaient commencé à s'asseoir à côté de moi arrêtent de le faire. Parce que ce sont des filles timides et qu'elles n'ont pas envie qu'il leur arrive la même chose. Tout ça à treize ans, non seulement je le sais mais je l'accepte. Je l'accepte comme on accepte une peine de prison, une fois qu'on a compris que clamer son innocence ne sert à rien. J'attends que ça se termine. Le soir, j'imagine que je rejoins une fête dans une forêt. J'imagine que des gens savent tout et m'aiment quand même. Et ça me permet de m'endormir.

La violence des sensations, un mélange de peur, d'angoisse et de désespoir, me réveille tôt le matin. Je ne sais pas quoi faire de ces émotions fortes, j'aimerais me dire qu'elles passeront plus tard, mais dans ces états-là, il n'y a pas de plus tard, il n'y a pas d'avenir. Il n'y a que le présent. Il y a le matin où on se lève, et où on se demande si on ne ferait pas mieux d'en finir. C'est une chose à laquelle l'ado commence à penser. Pas tous les jours mais de temps en temps. À vrai dire ça n'est pas une pensée. Plutôt une rafale de verbes. Terminer. Arrêter. Partir. Plonger. Sauter. Mais chaque fois que surgissent ces verbes et l'image d'un vide effrayant, il se passe la même chose, comme si une force enroulée en moi se dépliait, se déployait, et cette force dit NON. Pas question, je ne leur donnerai pas ce plaisir, alors j'aurais souffert pour rien, je leur donnerais raison ? Non.

C'est l'une des choses que j'ai eu le plus de mal à expliquer au docteur Georges. La pensée du suicide commençait par m'abattre, mais elle ne m'abattait pas. Je pourrais presque dire qu'elle produisait l'effet contraire, elle me donnait envie de me battre, elle me ranimait. Comme si je ne voyais plus la situation par mes yeux d'adolescente mais par d'autres yeux que l'injustice scandalisait. Comme si la vie d'une chose importante et fragile, bien plus importante et plus fragile que moi, se mettait tout d'un coup à dépendre de moi. Comme si j'évoluais dans un monde terriblement précis où la moindre pensée avait un impact immédiat. Ces jours-là, je me tenais droite lorsque j'arrivais en classe. Je soutenais le regard de ceux qui se tournaient vers moi. Et ces jours-là, comme par hasard, il ne se passait rien, on me laissait tranquille. Ces jours-là encore, il arrivait que des images de vengeance apparaissent, alors que je restais à l'écart dans la cour. Moi plantant la pointe d'un compas dans la paume du redoublant. Moi griffant le visage d'une fille, les pleurs coulant sur ses joues écorchées. Et le NON se dressait, se déployait de nouveau. Non, chasse cette image tout de suite. Ne la précise pas, ne t'en approche pas. La regarder de près, c'est pareil que mourir.

Je ne cherchais pas à savoir d'où ce NON pouvait venir. Pour moi, c'était une sorte d'instinct, je me contentais de lui obéir. Plus tard, sur le divan du docteur Georges, j'ai dit que ces jours-là, j'avais l'impression que le temps n'existait pas. Comme si celle que je deviendrais plus tard venait au secours de celle que j'étais. Comme si « je » s'enroulait et se déroulait, comme si « je » n'était pas ce qu'on croit. Le docteur Georges m'écoutait sans toutefois m'encourager dans cette voie hérétique. Il voulait d'abord que je reconnaisse ma douleur, et que je parle de mes parents. Ah ça, je ne m'en privais pas. Les oreilles des vieux devaient siffler. Et les kleenex que j'ai usés. Les litres de larmes que j'ai versés. Et pourtant mes confessions étaient parfois entrecoupées de rires. Oui, ça arrivait que je rie. Je m'entendais raconter tout ça et je me disais, quel mélo quand même, pauvre docteur Georges. Je me disais que ce mélo n'était pas toute la vérité. J'aurais voulu lui dire qu'il y avait en moi cette joie, qu'elle avait toujours été là, enroulée sur elle-même, prête à se dérouler au moment où je voulais mourir. Mais dire ça aurait eu l'air de nier la gravité de ce que je venais de raconter, et je ne voulais rien nier. Juste dire la vérité. Alors je pensais, si je lui dis que je souffre encore, il va se dire que je suis maso et si je lui dis que je ne souffre plus, il va se dire que je suis cinglée. C'est à ce moment-là que je me mettais à rire.

Ce que je ressentais dans ces moments-là ne devait pas être très loin de ce que la vieille dominicaine dit à Jean Nider : « Vous les hommes, vous écrivez et parlez contre nous les femmes… » Et la vieille dominicaine poursuit : « Mais si la faculté d'écrire et de parler nous était donnée, nous pourrions vous rendre la pareille. » Comme j'avais la chance de ne pas me trouver face à l'auteur du *Formicarius* mais allongée sur le divan du bienveillant docteur Georges, ma phrase aurait été un peu différente : « Vous les hommes, vous écrivez et parlez de nous les femmes. Mais nous pourrions vous dire des choses que vous ne savez pas sur notre esprit, et sur le vôtre. Si seulement j'arrivais à trouver les mots. » Mais je n'y arrivais pas. Il aura fallu l'apparition d'une sorcière pour que je fasse le lien entre ce NON qui sauve et la connaissance des femmes chassées, connaissance qui s'offre mystérieusement aux enfants rejetés. À part ça, impossible à capturer, analyser, disséquer. Sur le divan du docteur Georges et malgré sa bienveillance, la sorcière se cachait chaque fois que j'essayais de l'approcher, et je me trouvais bête comme un gosse qui poursuit un oiseau, et non, encore raté, alors je riais.

Ce nouveau en cours d'italien, je le reconnais tout de suite. Je reconnais ses yeux très verts et ses cheveux plaqués en arrière avec du gel. C'est le garçon qui m'a traitée de monstre l'année précédente. Il descendait l'escalier et je montais. « Toi, quand tu seras morte, on étudiera ton cadavre comme ceux des monstres. » Il ne l'a même pas dit pour amuser quelqu'un d'autre, il était seul et moi aussi. Si j'ai eu peur de quelqu'un dans ma vie, c'est bien de ce garçon qui était par ailleurs le beau gosse du lycée. En le reconnaissant dans la salle de classe, mon cœur accélère comme celui d'un renard coursé par des chiens. Comme s'il percevait cette accélération, le beau gosse se tourne vers son voisin de table, et assez fort pour que j'entende : « Et vous acceptez d'aller en classe avec ça ? » Je baisse les yeux et je fais semblant de chercher un livre dans mon sac. C'est la première semaine de la rentrée de troisième. Alors que dans ma classe, les moqueries ont plus ou moins fini par cesser comme si ma présence était devenue tolérable, en cours d'italien, le même processus est en train de recommencer ou plutôt, un nouveau processus commence qui est la conséquence du premier. Et je pressens déjà qu'il sera plus rapide, et qu'il sera plus grave.

Dans *La sorcière et l'Occident*, Guy Bechtel explique l'importance de la mauvaise réputation dans les procès de sorcières. La femme qui était accusée, ça n'était pas la première fois qu'elle était regardée de travers. Souvent elle avait fui le village voisin. Elle essayait tant bien que mal de recommencer sa vie et puis quelqu'un arrivait et disait, ah mais celle-là, je la connais, dis donc. C'est une pute. Ou c'est la fille d'une telle qui a fait mourir une vache. C'est à ce moment-là que les choses se gâtaient. La deuxième vague de médisance était celle où la marginale – la guérisseuse, la vieille, la prostituée, quelles que soient les raisons de sa marginalité – risquait gros. C'était le retour de flammes qui risquait le plus d'allumer le bûcher. Quand j'ai lu ça, j'ai pensé à la douleur de ces femmes qui déménageaient aussi loin qu'elles le pouvaient mais pas assez loin pour ne pas être rattrapées, mais aussi à ces ados qui se suicident au moment où la chasse recommence ailleurs, même pas dans une autre classe mais dans un autre collège ou dans une autre ville, parce que la mauvaise réputation n'a plus besoin de les rattraper, elle les précède sur les réseaux sociaux. La sorcière au temps de l'imprimerie était comme ces gamins. Précédée par sa réputation, entre les pamphlets qui se foutaient des femmes et les traités des démonologues, précédée par la technologie. Moi c'était différent. Il n'y avait pas de téléphones portables ni de réseaux sociaux dans les années quatre-vingt. C'était une chasse à l'ancienne, une chasse d'avant la nouvelle technologie. C'était cruel et je risquais gros. Mais ça se passait entre humains.

Parfois le beau gosse fait une remarque cruelle, mais en général ce sont des phrases très simples comme « Il ne manquait plus que ça... » ou « Regarde ça... ». Et ça, c'est moi. Mais le pire, ce ne sont pas les mots. Le pire ce sont les points de suspension contondants qui m'invitent à compléter la phrase moi-même. Le pire ce sont ses yeux qui effectuent toujours le même mouvement de haut en bas et de bas en haut. Glacés comme s'il regardait quelque chose d'immonde, quelque chose qui souille son beau regard vert. Je ne soutiens pas son regard, je sais d'instinct qu'il faut baisser les paupières. Mais justement parce que je les abaisse, ce regard me fait le même effet que les points de suspension et les mots que je suis censée penser moi-même. Il colle. Je sens sa trace le soir alors que je fais mes devoirs, je la sens encore avant que je m'endorme. Alors je comprends qu'il faut que j'imagine quelque chose, n'importe quoi, pour ne pas admettre son regard sur moi, ne pas l'admettre en moi, ne pas me voir comme lui me voit. C'est à ce moment-là que je commence à imaginer des scénarios vengeurs. Dans l'un d'entre eux, je plante mon compas dans la main du beau gosse. Juste au moment où la cloche sonne et où il traîne comme d'habitude pour ranger ses affaires, je m'approche et j'enfonce la pointe de toutes mes forces, tournant un peu entre les os des phalanges, priant pour que ce connard ne soit pas vacciné contre le tétanos. Mais très vite, je sens le côté toxique, empoisonné de ce fantasme. Et l'image qui m'a soulagée un jour ou deux me fait le troisième jour l'effet d'une boule puante. NON. Exit le compas. Il faut que je trouve autre chose. À ce moment-là, je lis beaucoup de mythologie et de science-fiction. Les histoires extraordinaires me font du bien parce que je me dis que tout est possible – y compris qu'un jour j'aie des amis et que je mène une vie normale. Un amoureux ? Je n'y pense pas. Un bon travail ? Non plus. Si déjà les gens m'appelaient par mon prénom et plus le monstre ou la conne, je serais presque heureuse. C'est mon vœu. Qu'on m'appelle par mon prénom. Les rêves de bêtes noires sont très basiques. Malheureusement, l'année de la troisième, ce rêve basique est loin d'être une réalité. Et voilà que je me souviens de l'histoire de Persée et du bouclier-miroir qui retourne contre elle le regard de la Gorgone. Ce splendide regard glacé. Alors chaque fois que le beau gosse promène sur moi son regard froid et que je baisse les yeux, j'imagine que mes paupières sont deux miroirs qui lui renvoient ce qu'il me fait.

Et bizarrement, ça marche. Cela ne change rien aux sourires ironiques ni aux remarques, pourtant quelque chose change. Comme si les sourires et les remarques avaient cessé de m'arriver de plein fouet. Comme si désormais, j'étais protégée.

Évoquant quinze ans plus tard ce souvenir sur le divan, je comprendrai l'importance de la décision, que le docteur Georges ne manqua pas de souligner, la décision, si discrète qu'elle ait pu être à l'époque, de résister. De me battre avec les moyens du bord, ceux d'une gosse timide et recroquevillée. Mais bien après la fin de ma psychanalyse, ce souvenir m'apparut sous un jour très différent, alors que je dînais avec un ami de passage à Paris. Cet homme dont j'ai déjà parlé, Elia, enseigne le qi gong. C'est un vieil ami de Frédéric, mais au fil du temps, je suis moi aussi devenue très proche de lui et de sa compagne Anja. Frédéric était en reportage ce jour-là, nous nous sommes donc retrouvés tous les trois pour dîner. Elia et Anja rentraient au Portugal, heureux de retrouver leur maison après une retraite de quatre mois dans l'Himalaya. Elia avait déjà soixante ans à l'époque. Il rayonnait. Anja aussi. Comme chaque fois que nous nous retrouvons, nous en sommes venus à parler des maîtres qu'ils avaient eu la chance de rencontrer, maîtres dont je ne connaissais l'enseignement qu'à travers les livres. Comme je leur disais combien je les enviais d'avoir connu de leur vivant des hommes aussi extraordinaires que Dilgo Khyentsé ou Henri Le Saux, Elia se mit à rire. Pour lui, les livres étaient vivants. « Si tu les écoutes, ils te parlent. Si tu leur parles, ils t'écoutent. » Je me souviens encore de cette phrase parce qu'elle me mit les larmes aux yeux, Elia avait, il a toujours, le don de réveiller l'émerveillement. Mais voilà que ce soir-là, il me raconte autre chose. Il me dit qu'il s'est disputé avec son associé. Deux ans plus tôt, ils ont créé ensemble un centre de retraite, la dispute est grave parce que l'associé lui a pris de l'argent, à vrai dire, toutes ses économies. Elia se croyait copropriétaire du centre, il vient d'apprendre qu'il ne l'est pas. La trahison est d'autant plus violente qu'il perd un ami de vingt ans. Et que fait-il depuis trois semaines, me dit-il, que fait-il pour ne pas se laisser submerger par les émotions que tout ça réveille, honte, peur, colère, pour prendre les bonnes décisions malgré tout, lui qui n'y connaît rien en luttes administratives et se sent d'autant plus meurtri que tout ça atteint sa faille, une certaine désinvolture envers la préservation de ses intérêts, une certaine naïveté aussi, que fait-il ? Chaque fois qu'il doit parler à son associé, et même chaque fois qu'il pense à lui, Elia imagine que son corps est un miroir qui renvoie à l'autre ses mauvaises intentions.

À l'époque, mes souvenirs d'adolescence sont un peu comme des spectres. Je n'aime pas qu'ils apparaissent et eux n'aiment pas ça non plus. Alors quand Elia et Anja me demandent si ça va, je me contente d'acquiescer, j'avale une gorgée d'eau et je pose la question. Je ne demande pas à Elia si la visualisation marche. Je sais qu'elle marche. Je lui demande d'où elle vient. Comment lui est venue l'idée de se transformer en miroir ? Est-ce qu'il s'est souvenu de Persée et de la Gorgone ? Il me dit qu'il n'avait pas fait le rapport. C'est une visualisation qu'il a apprise il y a longtemps, lui la tenait d'un disciple de Ramana Maharshi, mais d'après lui, les Tibétains la connaissent aussi, c'est une méditation très ancienne en cas d'agression. Il n'avait jamais fait le rapport avec Persée mais maintenant qu'il y pense, ça ne l'étonne pas qu'elle apparaisse aussi dans la mythologie. Se transformer en miroir fait partie d'un art qui se pratique sans doute depuis la nuit des temps. Et Anja, qui parle avec un drôle d'accent parce qu'elle est née à Berlin et a vécu à Copenhague, puis au Népal, puis au Portugal : « C'est le fonds mystérieux de l'esprit humain. » En roulant les *r* de mystérieux et d'esprit.

Si le complexe de la sorcière est lié aux mystères, aux mystères de la nature et à ceux de l'esprit, à la façon dont les images se transportent d'un esprit à l'autre, à la peur de ces passages qui relient entre elles des choses qu'on voudrait ne jamais relier, alors résoudre le complexe revient à raconter la découverte d'un territoire. Mais cela suppose de choisir les mots qui soient ceux de la découverte et non ceux de la conquête. Nous ne sommes pas les conquérants de notre esprit, dit la sorcière. Les images sont comme les plantes, dit-elle, il faut beaucoup les aimer pour savoir celles qui sauvent et écarter celles qui tuent, les avoir goûtées, avalées, recrachées, s'être tordue de douleur sur des sentiers mal éclairés. Si je dis que je n'ai pas subi un traumatisme mais une initiation, c'est parce que cette façon de raconter l'histoire est bien plus proche de l'adolescente que j'étais, parce qu'elle ne détruit pas la vérité classique, celle de mon premier récit psychanalytique, mais qu'elle la prolonge.

Évidemment, tout ça, je suis loin de m'en rendre compte à treize ans. Si on me demandait ce qui est en train de m'arriver, je dirais que je ne sais pas. Si j'arrivais à dire quelque chose. Mais plus probablement, comme le jour où la prof d'italien me demanda après le cours si tout allait bien, je baisserais la tête et je murmurerais : « Ça va. Je suis juste un peu malade. » Et la prof : « Tu es sûre que ça va avec tes camarades ? » Et moi : « Ça va. J'ai des amis dans ma classe, vous savez. » L'air de dire, je sais ce que vous pensez mais vous vous trompez. L'air de dire, surtout ne vous en mêlez pas.

Avec les vacances d'été, je n'ai pas le sentiment que les moqueries s'arrêtent, j'ai le sentiment d'arrêter de galoper. L'angoisse, la peur, le désespoir, toutes ces émotions de bête en cavale sont aussi épuisantes que de courir un marathon. Je dors beaucoup cet été-là, je dors si profondément qu'une nuit mon frère fait un cauchemar, je ne l'entends pas crier alors qu'en vacances, nous partageons la même chambre. Ma mère ouvre la porte, elle le rassure, il se rendort. Je ne me suis pas réveillée. Ma mère et mon frère en plaisanteront le lendemain. Mais moi, je sais pourquoi j'ai le sommeil si lourd. Je sais que mon corps profite de chaque jour de paix, absorbe chaque minute où je n'ai pas besoin d'être sur mes gardes. Et je commence à avoir peur que cette trêve ne soit pas suffisante. Si je me sens toujours aussi épuisée à la rentrée, que va-t-il se passer ? Les jours de vacances coulent comme les grains d'un sablier et je ne veux pas penser au retour. Alors je lis, je lis au lieu d'aller à la plage, je lis chaque soir jusqu'à ce que mes yeux me fassent mal pour occuper mon esprit avec d'autres histoires. Alors que le visage de mon frère prend une teinte dorée, le mien reste aussi pâle qu'en hiver.

Cet été-là est aussi différent pour une autre raison. Il n'y a pas de grand voyage en Grèce, au Maroc ou dans les canyons du Colorado comme les autres années. Mon père est parti seul en Tanzanie. Ma mère, mon frère et moi passons l'été sans lui dans la maison de La Ciotat. Un soir, au retour de la plage, mon frère demande à ma mère pourquoi nous n'avons pas pris nos vacances tous ensemble, comme d'habitude. Est-ce que ça veut dire que mon père et elle vont divorcer ? Ma mère rit : « Ne dis pas n'importe quoi. Bien sûr que non, voyons. » Mon frère baisse les yeux, il est au bord des larmes, parce que ma mère a ri ou parce qu'il ne la croit pas. Alors elle le rassure, parle d'une voix calme : « Ça fait longtemps que votre père rêve de ce voyage. Vous êtes trop jeunes pour faire l'ascension du Kilimandjaro, alors on s'est dit que c'était mieux qu'il parte seul. Parce que ce voyage, c'est vraiment important pour lui. » Mon frère a l'air convaincu. Mais moi, je sais qu'elle ment. Je le sais parce que je les ai entendus, un soir, très tard, se disputer à ce sujet. À vrai dire, ils ne se disputaient pas, ils sifflaient entre leurs dents comme deux grands serpents. Deux serpents malheureux couchés dans le même lit. Ma mère venait de refuser de partir en Tanzanie. Mon père avait dit que dans ce cas, il irait seul. Et moi qui dors, ou plutôt ne dormais pas, dans la chambre juste à côté de la leur, j'avais entendu mon père siffler : « Si encore tu essayais. Mais tu ne fais aucun effort. » Ma mère avait sifflé : « Je n'ai plus envie d'en faire. » Donc je sais qu'elle ment à mon frère. Mais surtout, ce jour-là, le jour où elle dit que tout va bien, je reconnais dans ses yeux ce papillon affolé, j'entends dans sa voix le même faux entrain que les jours où je dis que oui, aujourd'hui, en classe, tout s'est bien passé.

Et puis c'est la rentrée. Celle de l'année scolaire 84/85, l'année de mes quatorze ans. Sandrine n'est plus dans ma classe. Je n'ai donc plus d'amie à côté de qui m'asseoir. Il arrive que des filles ou des garçons s'assoient à côté de moi en cours, disons que je suis tolérée, mais c'est parce que d'autres places ne sont pas libres. Alors je ne suis jamais à côté des mêmes personnes. Lorsque je retrouve Sandrine à la récréation, elle est intarissable sur sa nouvelle classe. Les gens sont plus sympas, me dit-elle, même si elle était inquiète au début, enfin ses parents surtout s'inquiétaient. Les moyennes de Sandrine n'étaient pas suffisantes pour qu'elle reste dans la meilleure classe, même si officiellement personne ne dit qu'une meilleure classe existe, tout le monde sait bien que c'est le cas, alors ses parents s'inquiétaient pour son avenir. Il n'a pas fallu longtemps pour que leurs inquiétudes soient balayées, Sandrine ne s'est jamais sentie aussi motivée, concentrée, elle est bien contente d'avoir changé. D'échapper à cette hypocrisie, dit-elle, à cet esprit de compétition. « Dans ta classe », dit-elle comme si elle n'avait jamais été la sienne, « dans ta classe, les gens ne pensent qu'à avoir des bonnes notes. C'est ça qui les rend méchants. »

En cours d'italien, les choses sont claires dès le premier jour où je m'assois seule au dernier rang, tandis que le beau gosse, entouré de filles murmurantes et de garçons aux regards envieux, rayonne comme un roi au milieu de sa cour. Une petite cour d'une dizaine de personnes, nous sommes quinze en classe, pas davantage. À la fin du cours, le beau gosse attend que sa garde se soit éloignée pour s'approcher de moi, il doit sentir que son geste ne ferait pas l'unanimité, il reste juste deux filles qui l'attendent quelques mètres plus loin, deux filles qui le regardent avec des yeux émerveillés comme s'il était une sorte de divinité, c'est vrai qu'il a encore grandi durant l'été, il a dix-sept ans mais l'air d'en avoir vingt. Il me regarde comme il a l'habitude de le faire, de haut en bas et de bas en haut. « Alors, qu'est-ce que tu fais ? » crie l'une des filles. L'air de dire, que fais-tu avec elle ? Mais lui me regarde toujours. Il s'arrête à quelques centimètres de moi, je sens l'odeur légère, raffinée, de son savon, une odeur de garçon bien. Tout d'un coup, il prend mon sac et le secoue au-dessus du vide. Une fois que tout est tombé en bas, livres, cahiers, stylos, il balance le sac comme une chose morte par-dessus la rambarde du second étage et dit : « La prochaine fois, ce sera toi. » Puis il rejoint les filles qui l'attendent, passant son bras autour du cou de la première, prenant l'autre par la taille, s'éloignant d'un pas souple tandis que je les suis des yeux, ignorant ce que je ressens, ne ressentant rien, raide comme une statue. Le bruit de la cloche qui sonne la fin de l'interclasse me fait sursauter. Tout le monde est déjà rentré en cours de maths lorsque j'arrive après avoir ramassé mes affaires. Je dis : « Excusez-moi. » La prof : « Installez-vous. » Et je devine que si elle ne sourit pas, c'est qu'elle ne veut pas qu'on s'imagine qu'elle est trop gentille.

Voilà. Cette confession, je pourrais l'appeler mon expérience personnelle de la chasse, cette confession touche à sa fin. Parce qu'il ne va rien se passer de plus que ça, l'année de mes quatorze ans. Mais ça va se répéter. Pas à chaque cours mais de façon aléatoire, au gré des humeurs du beau gosse et d'un autre garçon qui le suit partout. Parfois les deux filles qui se disputent leurs faveurs regardent la scène de loin, ne s'approchant pas, fermant leurs yeux aux cils gainés de mascara sur ce que leurs mecs sont en train de faire, moins excitées par ce qu'ils font que par l'éclat que ça donne à leur regard. Parfois elles ne sont pas là. J'imagine qu'elles les attendent dehors, assises au soleil, se faisant des confidences de filles amoureuses tandis qu'eux me disent des choses comme « si j'étais toi, je sauterais ». Un jour, les regards changent. Une main se tend vers moi, hésite, comme suspendue dans l'air. L'un d'eux emploie cette expression d'un autre monde, un monde qui fait baisser la voix : « Et si on la prenait ? » Ils regardent autour d'eux comme pour évaluer les risques, même s'il n'y a plus personne dans la galerie, même si la cloche a sonné depuis longtemps, même si les filles ne sont pas là, nous sommes à découvert. Quelqu'un pourrait nous voir, quelqu'un verrait, c'est sûr. Alors ils haussent les épaules, rigolent comme si tout ça n'était qu'un jeu. Le beau gosse prend mon sac qu'il jette par-dessus bord. « À la prochaine », dit l'autre. J'attends quelques minutes, peut-être davantage, le temps que ma paralysie se dissipe, le temps de m'assurer qu'ils ne sont plus là. Alors je dévale l'escalier pour ramasser mes affaires, je cours jusqu'à la salle de classe, je frappe à la porte, « excusez-moi », dis-je à la prof qui ne me répond même plus. Elle fait comme si elle ne me voyait pas, longtemps j'ai cru que c'était par mépris, mais je crois aujourd'hui que c'était sa façon de me soutenir. Elle devait bien se douter que quelque chose n'allait pas, elle ne voulait pas me coller de retenue pour mes retards à répétition. Mais comme elle ne voulait pas non plus prendre le risque de se mettre la classe à dos en me défendant ouvertement, sa façon à elle de ne pas m'accabler, c'était de ne rien voir. La classe finie, je me dépêche de ranger mes affaires dans mon sac. Je marche aussi vite que je peux pour laisser derrière moi les garçons et les filles qui ont l'âge où on commence à s'attarder, l'âge où on commence à traîner aux terrasses de café pour se raconter des secrets qui concernent l'amour. Mais mon secret à moi concerne la haine, alors j'accélère. Je dévale l'escalier pour ramasser mes affaires, je cours pour ne pas arriver en retard, je rentre chez moi aussi vite que je peux, je suis un animal aux abois.

L'année 1984, c'est aussi celle du film réalisé par Michael Radford d'après le roman d'Orwell, avec John Hurt dans le rôle de Winston. La semaine de la sortie, Sandrine et moi sommes sur les starting-blocks. Sandrine a adoré le roman, moi aussi, je l'ai beaucoup aimé, même si j'ai préféré *Le meilleur des mondes* que j'ai lu presque en même temps. Parce qu'il y a de l'humour dans *Le meilleur des mondes*, bizarrement, ça me paraissait plus réaliste. On a eu une discussion là-dessus avec Sandrine qui a déclaré d'un ton docte : « Je préfère *1984* parce que c'est une critique pertinente du régime communiste. » Ce qui m'a laissée bouche bée, comme toutes les discussions politiques auxquelles je suis bien trop inhibée pour participer. Même après la lecture de bouquins comme ceux d'Orwell ou de Huxley, je n'ose pas dire un mot lorsque la prof de français nous demande notre avis. J'aurais trop peur que tout le monde rie, si je prenais le risque de dire quoi que ce soit. J'ai si peur de parler que c'est difficile pour moi de savoir ce que je pense vraiment. Sauf quand je lis, sauf quand je suis seule. Mais quand je suis au milieu des autres, c'est comme si je devenais idiote. Sandrine et moi allons voir *1984* au cinéma Beaugrenelle le jour de sa sortie. Lorsque nous sortons de la salle, nous sommes bouleversées, nous avons toutes les deux pleuré au moment où Winston trahit Julia, même si nous savions que ça allait arriver. Sandrine connaît un café juste à côté du cinéma, elle insiste pour qu'on s'y installe. Tandis qu'elle me parle du film, je jette des coups d'œil furtifs aux tables voisines, inquiète que quelqu'un de ma classe ou le beau gosse puisse se trouver là. Sandrine s'arrête soudain de siroter son Coca. « Tu crois que ce genre de choses pourraient se produire aujourd'hui ? » « Quel genre de choses ? » dis-je. « Ce qui arrive à Winston », dit Sandrine. « Oui. Bien sûr. » Et je sais à ce moment-là que ça n'a rien à voir avec le communisme, ni avec un régime politique. Plutôt avec les yeux brillants du beau gosse et de son copain, lorsqu'ils me disent « à la prochaine ».

BIEN SÛR QU'IL Y A UN LIEN ENTRE LES RÉGIMES TOTALITAIRES ET LES CHASSES AUX SORCIÈRES

Ce lien, c'est ce que Guy Bechtel appelle le « viol de conscience » lorsqu'il décrit la façon dont les juges font craquer les accusées et les convainquent de leur nature démoniaque. Lorsque j'ai lu ces pages, cela m'a rappelé Winston dans *1984* et l'expression « lavage de cerveau » que le prof d'histoire affectionnait. Sandrine et moi la prononcions avec un mélange d'effroi et de fascination.

— Sauf qu'il y a une différence.

Front plissé, geste agacé de la main. La sorcière a quelque chose à dire. Je me prépare de nouveau à une petite digression.

— Toute petite, vraiment. Ne sois pas si rigide, tu me fais penser à un inquisiteur.

— Merci pour le compliment.

— Tu veux connaître la différence entre Winston et les sorcières ?

— Bien sûr.

— Les hommes sont victimes de lavage de cerveau. Les sorcières, de viol de conscience. Petites différences érotico-sémantiques, c'est comme ça que les grands esprits se font avoir à chaque fois. Par le déguisement érotique de la misogynie. Ces petites différences érotico-sémantiques qui donnent l'impression que les hommes sont des hommes et que les femmes sont des femmes, ça paraît excitant au début. Et puis les femmes se rendent compte qu'elles se font avoir. Mais personne n'a envie de prendre ça au sérieux. Même pas les femmes parce qu'à ce stade, la misogynie, c'est encore un peu excitant pour elles. De moins en moins souvent, mais encore un peu. Et puis certains hommes se rendent compte qu'ils se font avoir aussi. Mais personne n'a envie de les entendre, on leur dit qu'ils ne sont pas des hommes, on leur dit d'aller se faire soigner. Et puis un jour, personne ne bande plus. Un jour tout le monde hurle, tout le monde voudrait s'enfuir, mais ce jour-là, il est trop tard. Un peu comme si tu payais pour voir un film érotique et quand tu te rends compte que c'est un film d'horreur, personne ne peut plus sortir de la salle. Spécialité européenne. C'est tout ce que je voulais dire.

La sorcière semble perdue dans ses souvenirs. Ses cheveux tirés en chignon lui donnent l'air d'une danseuse plusieurs fois centenaire. Si je m'en tenais aux dates des chasses, je dirais qu'elle doit avoir cinq siècles et des poussières, mais je commence à croire qu'elle est bien plus vieille que ça. Vieille comme une mystérieuse inscription épigénétique, vieille comme la plasticité cérébrale. Vieille comme les rêves.

— Et les bons films érotiques ? Comment les reconnaître ?

Sa bouche semble plus charnue, son visage rajeuni.

— Ils ne passent pas dans la même salle.

BIENTÔT QUINZE ANS

Enfin vient le soir où ma mère me prend à part. Mon père s'est absenté pour la semaine, sa société l'a chargé de développer une filiale à Nantes, alors il fait l'aller-retour de plus en plus souvent. Ce soir-là, donc, après le dîner, ma mère attend que mon frère soit parti dans sa chambre pour refermer la porte de la cuisine : « Qu'est-ce qui ne va pas, ma chérie ? » Moi : « Rien. » Alors ma mère me regarde d'un air triste, si triste que je suis sur le point de lui dire toute la vérité, mais par où commencer quand on a pris l'habitude de tout cacher ? « Je vois bien que tu es triste et je ne sais pas pourquoi, dit-elle. Alors j'ai l'impression que c'est ma faute, tu comprends ? » Alors tout d'un coup j'ai envie de lui dire que oui, c'est sa faute. Sa faute et celle de mon père qui ont encouragé mon frère à se défendre et pas moi parce que je suis censée être une fille bien, habillée comme une fille bien avec ses jupes bleu marine et ses chemisiers blancs, sauf que même pour ça, j'ai envie de dire à ma mère, même pour ça, vous avez tout faux. Les gens bien portent des jeans et des blousons de cuir, les gens bien se déguisent en rebelles. Moi je suis déguisée en fille bien des années soixante et ça, ce n'est pas bien, c'est bizarre. Et les gens bien détestent ce qui est bizarre. Mais je me tais. (Peut-être que ma reconstitution de ce silence est erronée. Peut-être que l'ado ne pense pas tout ça. Ce qui est sûr, ce soir-là, c'est que je suis en colère. Donc tout ça doit bouillonner juste sous la surface de la conscience tourmentée de l'ado.) Alors ma mère avale sa salive et dit qu'elle va divorcer. « Ton père a rencontré une autre femme. Il vit avec elle à Nantes. Nous avons décidé de nous séparer. Voilà ce que je voulais te dire. J'attendrai peut-être quelques jours avant de prévenir ton frère, alors ne lui dis pas tout de suite. Laisse-moi lui dire moi-même, d'accord ? — D'accord. » J'aimerais dire à ma mère que je suis désolée pour elle, mais je ne le pense pas. En vérité, je suis soulagée à l'idée que mes parents se séparent, je ne peux plus supporter l'atmosphère de faux-semblant qui règne entre eux. Pourtant, au moment où ma mère me serre dans ses bras pour me dire bonne nuit, les larmes me montent aux yeux.

Ma mère m'a dit sa vérité. Mais la vérité qui me concerne, une fois de plus, je n'ai pas pu la dire et elle n'a pas pu l'entendre. La vérité qui me concerne, on dirait que tout le monde la connaît mais que personne n'en veut. Ma vérité est enterrée vivante. Y a-t-il une raison, une seule raison pour que ça change ? Ce soir-là, au moment de me coucher, je n'arrive pas à rêver que je rejoins des gens à une fête, ni à penser aux voyages que je ferai plus tard. Ce soir-là, j'en ai assez. Assez du beau gosse, assez de Sandrine, assez d'avoir honte, assez de ma mère, assez de mon père, même de mon frère si tendre, endormi dans sa chambre de garçon alors que je n'arrive pas à dormir, assez de dissimuler, assez de mentir. Si c'est ça la vie, une lutte pour écraser les autres ou être écrasé, ce que la prof d'anglais a appelé *the survival of the fittest*, en avalant bien les *s* et le *f*, le jour où elle nous a parlé de Darwin, *fffittesst*, si c'est ça la vie, ça ne m'intéresse pas. Voilà. C'est aussi simple que ça. Demain je me cacherai dans les toilettes après le dernier cours, j'attendrai la fermeture du lycée, je n'ai pas envie d'imposer la vision de ma chute à des gens qui ne m'ont rien fait. Je n'ai même pas envie de me venger de ceux qui m'ont fait quelque chose. Tout ça ne m'intéresse plus. Alors demain ce seront les vacances. Les vraies. QU'EN SAIS-TU ? La pensée est si brutale que je me retiens de respirer comme si j'étais face à… mon âme, ai-je dit au docteur Georges des années plus tard, cette nuit-là, j'ai eu le sentiment d'être face à mon âme… TU CROIS VRAIMENT QUE TOUT VA S'ARRÊTER ? Je ne sais pas comment expliquer ça, ai-je dit au docteur Georges des années plus tard, j'ai pensé à ceux qui vivaient la même chose que moi, c'était comme s'ils étaient très proches, très proches et très nombreux. Je n'étais pas seule, c'était une certitude. Cette certitude a chassé en un instant mes pensées dramatiques, quelque chose s'est dénoué dans ma poitrine et juste avant de m'endormir, j'ai pensé aux vacances d'été.

Cette soudaine sensation de détente comme si un nœud se défaisait, je l'ai éprouvée par la suite durant des retraites zen. Comme si certains conflits ne se déroulaient pas en nous mais ailleurs. Et qu'ils se dénouaient tout d'un coup dans le plexus, et peut-être encore ailleurs.

Nous sommes partis en vacances tous ensemble, mon père a décidé de passer l'été à La Ciotat avec nous. Mes parents se parlent peu, du moins ne parlent-ils pas de choses importantes, ils se contentent d'échanger des banalités d'une façon triste et tendre qui me brise le cœur, au point que je regrette presque leurs anciennes disputes. « Ça te va bien, les cheveux relevés, dit mon père. — Merci, dit ma mère. » Ou encore : « Elle est bonne, cette salade, dit mon père. N'est-ce pas les enfants qu'elle est bonne ? — Oui, dit mon frère, terrible. » Et ma mère : « Merci, c'est gentil. » On dirait qu'une flamme tremble dans leurs yeux affolés. Je n'ose pas poser de questions à ma mère, je n'ose pas lui demander si le divorce est toujours d'actualité. Un matin, alors que mon père est reparti pour Paris, elle nous dit qu'elle a repoussé le rendez-vous avec son avocate. « Votre père et moi avons décidé d'attendre la fin de l'année. Pour que nous passions de bonnes vacances tous ensemble. Et vous laisser le temps de faire votre rentrée. — Mais vous comptez toujours divorcer ? » J'espère qu'elle ne perçoit pas l'inquiétude dans ma voix, ma peur soudaine qu'ils ne se séparent pas, que le mensonge continue, que tout continue.

Ma mère hésite avant de répondre : « Je pense que c'est inévitable. » Mon frère ne dit rien, il se contente de baisser les yeux. Je sais qu'il ne ressent pas la même chose que moi. Pour lui, la séparation de mes parents, c'est un peu comme si notre maison s'écroulait. Je comprends que ça l'attriste, je comprends que ça l'angoisse. Moi, c'est le contraire. Notre maison ne me protège pas, c'est mon expérience, radicalement différente de celle de mon frère, notre maison ne m'a jamais protégée. Alors j'espère bien qu'elle va s'écrouler. Parce que si mes parents ne divorcent pas, ça veut dire que le mensonge peut continuer, y compris le mensonge chaque jour au retour du lycée. « Ta journée s'est bien passée ? — Oui. » Mon frère hésite à poser une autre question et se ravise, nous nous regardons, solennels et graves, par-dessus nos bols de café au lait. Je me rends compte pour la première fois, cet été-là, qu'on peut être frère et sœur sans pour autant vivre dans la même famille. Et je trouve ça fascinant comme le chant des cigales qui démarre chaque jour à la même heure comme si le soleil leur donnait un ordre, mystérieux comme des chemins de couleurs différentes, et je suis si troublée par la lumière qui palpite entre les pins que pour la première fois, alors que mon frère me sourit d'un air inquiet, je me dis que peut-être, je suis celle qui a la meilleure place.

Certains matins, la fatigue me rattrape, je suis si lasse que je n'ai plus envie de prononcer un mot. Alors je trouve un prétexte pour ne pas accompagner mon frère et mes parents à la plage, j'invoque la lecture d'un livre au programme ou une envie de faire la sieste. À peine la voiture a-t-elle démarré que je retourne dans la chambre que je partage avec mon frère. J'attends quelques minutes, le temps d'être sûre qu'ils ne feront pas demi-tour, le temps que tout soit calme. Alors j'ouvre la porte-fenêtre qui donne sur l'arrière du jardin et je m'assois en tailleur sur le lit, pour regarder l'olivier que mon père a planté le printemps précédent. J'écoute le souffle du vent dans ses feuilles, je ne me lasse pas d'observer leur forme parfaite, leur couleur presque argentée. L'arbre était déjà grand quand mon père est allé le chercher à la pépinière, pour remplacer le mimosa planté à ma naissance qui était mort gelé durant la vague de froid. Nous l'avions retrouvé à Noël, les branches noires et tordues comme les membres d'un supplicié. « Le froid l'a brûlé », avait dit mon père et mes cheveux s'étaient dressés sur ma tête. Je n'ai jamais pu me défaire du sentiment que le mimosa était mort pour moi, qu'il s'était sacrifié pendant que j'endurais les menaces du beau gosse, comme si nous étions reliés d'une façon organique, l'arbre planté le jour de ma naissance et moi, et qui sait si nous ne le sommes pas, reliés aux arbres qui grandissent à nos côtés. Heureusement, mon père a planté l'olivier qu'à présent je passe des heures à regarder. L'arbre m'apaise comme s'il avait le pouvoir de me rassurer et de me comprendre, ces jours où je me sens incapable de prononcer un mot. Puis mes parents et mon frère rentrent de la plage, ils me disent que c'est dommage que je ne sois pas venue, l'eau était bonne, je ne peux quand même pas passer tout l'été enfermée, alors je leur promets de les accompagner le lendemain. Mes après-midi d'été se passent comme ça, un jour l'olivier et un jour la mer. Mais que je passe l'après-midi dehors ou à contempler l'arbre, la nuit, je dors toujours de la même façon. Comme si mon corps était lourd comme du plomb, comme si mon corps de plomb n'était jamais rassasié de sommeil, ce même sommeil qui vous écrase à l'âge adulte après une rupture amoureuse, une engueulade ou une cuite, comme si le reflux des émotions ne laissait pas d'autre choix que de tituber jusqu'au lit où on se laisse tomber tout habillé, ce sommeil nuit après nuit après nuit, l'été de mes quatorze ans. Bientôt, j'en aurai quinze, les vacances se terminent, les premières fournitures scolaires font leur apparition dans la vitrine du buraliste à qui mes parents achètent leurs timbres et leurs journaux. Et nous rentrons à Paris.

Les autres années, ces quelques jours avant la rentrée me remplissaient d'angoisse parce que je craignais toujours de croiser quelqu'un que je connaissais à la librairie ou au Prisunic, quelqu'un du lycée qui se foutrait de moi au rayon papeterie ou aux abords du Photomaton. Mais cette année-là, c'est différent. Je n'espère plus que les choses changent. Si ça continue comme l'année précédente, je sais que je vais mourir. Je ne me tuerai pas. Mais je mourrai de fatigue parce que cette peur, cette honte, ces émotions violentes, mon corps ne pourra pas les encaisser un jour de plus. Mon attention, mes réactions, ma vigilance, tout ça finira par s'user. Un jour je n'entendrai pas une voiture arriver trop vite. Ou je tomberai malade. Quelque chose comme ça. Je fais ce constat d'une façon presque paisible, la veille du premier jour de classe, allongée sous les draps qui sentent bon la lessive, comme si je m'adressais à cette force en moi qui est reliée aux arbres et à des gens dont je ne sais rien… aujourd'hui, je pourrais dire que je prie, mais ce mot scandaliserait l'ado parce qu'elle l'associe au catéchisme que fréquentent assidûment le beau gosse et sa cour, donc pour ne pas froisser l'ado, disons que je prie sans le savoir. Je sombre dans le sommeil en pensant à la baie de La Ciotat, à l'olivier et aux gens qui dansent dans mes rêves, et je leur dis quelque chose comme, voilà, vous connaissez la situation alors si vous voulez que je continue, il faut que ça change, merci. Un merci qui veut aussi dire allez vous faire foutre. C'est tout.

Le docteur Georges m'a fait reconnaître sur son divan aux motifs brodés que j'étais à bout de forces cet été-là, cette nuit-là en particulier, j'étais désespérée. Pourtant je n'étais pas malheureuse. C'est difficile à expliquer. Ce désespoir n'était pas négatif, c'était quelque chose comme la fin d'un mensonge. Le docteur Georges trouvait ça suspect, chaque fois que j'essayais de le formuler. Chaque fois que j'essayais d'approfondir le sentiment que j'avais éprouvé tout l'été, je voyais bien que le docteur Georges me soupçonnait de me mentir à moi-même. Alors je ne disais rien et je glissais sur les sentiments que j'avais éprouvés en regardant l'olivier, je ne prononçais pas les mots apaisement et mystère. Mais aujourd'hui, je sais que je ne me trompais pas. Je le sais pour l'avoir ressenti par la suite, dans des circonstances heureuses, ce que j'ai éprouvé cet été-là, ce sentiment de s'abandonner à quelque chose qui nous dépasse et que les arbres comprennent, et sans doute tout ce qui vit, ce sentiment est bien plus proche de la force et de la joie que de la dépression ou du malheur. C'est quelque chose que j'ai mis longtemps à reconnaître. Mais je suis bien obligée de l'avouer à une assemblée de sorcières, à moins que je ne raconte cette histoire aux inconnus que je voyais en rêve, à moins que ce ne soit à l'arbre qui m'a sauvé la vie. Je me sentais désespérée, je me sentais impuissante. Mais je n'étais pas malheureuse.

C'est tout juste si je n'éprouve pas le besoin de m'excuser, comme si dire ça était choquant. Je n'étais pas malheureuse, cet été-là. Je me sentais forte. Je me sentais intègre comme j'ai pu l'être ensuite aux plus beaux moments de ma vie. J'étais heureuse. Et si ça ne cadre pas avec le portrait de la victime, c'est que le portrait n'est pas ressemblant. Ce portrait de la fille victime un jour, victime toujours. Ce portrait-robot nous condamne d'avance, comme autrefois celui de la sorcière, victime de sa faiblesse et baisée par le diable. Mais la vérité est bien plus dérangeante qu'une accusation ou qu'un portrait de victime. La vérité est étrange comme un thérapeute caché au fond de l'âme ou plutôt une thérapeute, le féminin signifiant sa liberté enveloppante, enveloppant même le temps, une thérapeute qui n'attend pas que nous l'appelions au secours, une thérapeute qui n'a pas besoin d'entendre notre histoire, car elle la connaît déjà. Le nombre de fois où la sorcière nous sauve, c'est le nombre de fois où nous aurions pu mourir et où nous sommes toujours vivants.

Pourrions-nous vivre dans un monde meilleur ? Cela fait plusieurs fois que la question me traverse l'esprit, mais la sorcière refuse d'y répondre. Sans doute qu'elle se méfie des mondes meilleurs, comme de ceux qui les préfèrent à celui-ci. Les utopies ne l'intéressent pas. Son domaine à elle, c'est la réalité. La réalité est assez magique comme ça, tu ne trouves pas ? Observe-la bien, et tu me diras ensuite si tu as toujours envie de changer le monde. Depuis que je l'ai comparée à une thérapeute, je l'imagine prenant son rôle au sérieux, assise en face de moi, un carnet sur les genoux, notant mes souvenirs avant même qu'ils n'apparaissent. Une thérapeute voyageant dans le temps, telle est la sorcière. À moins qu'elle ne soit la messagère de toutes les femmes chassées. Ou la gardienne de cette porte, où notre identité s'ouvre comme une brèche.

— Au fond, tu ne sais pas du tout qui je suis.

Mon anniversaire de quinze ans tombe la veille de la rentrée. Ma mère m'a offert un jean, un Levi's 501 que je porte le premier jour de classe, au lieu de mon éternelle jupe plissée. Malgré tout, prudence oblige, je reste à l'écart des groupes qui se forment devant le portail du lycée. Je surprends des bribes de conversation, les filles se racontent leurs vacances, les garçons semblent avoir grandi d'un coup. J'essaie de repérer s'il y a des nouveaux dans ma classe de première, des gens qui ne me connaissent pas, à côté de qui je pourrais m'asseoir. Je finis par m'installer au dernier rang tout en cherchant des yeux les deux filles qui se moquent de moi d'habitude, histoire de repérer où elles sont assises. Mais je ne les vois pas. Je les cherche du regard mais non, elles ne sont pas là. Je me sens si légère que mon cœur fait des bonds. Elles ont dû changer de classe, en tout cas, elles ne sont plus avec moi. Le lendemain a lieu le premier cours d'italien. Nous y sommes encore moins nombreux que l'année précédente. Car le beau gosse n'est plus là. Ni le garçon qui le suivait partout. Ils ne sont plus là, ni l'un ni l'autre. Je ne suis pas surprise, je suis abasourdie. Au point que je passe la journée à les chercher des yeux dans les couloirs. Je n'arrive pas à y croire. Je me dis qu'ils ont dû sécher le premier cours. À moins qu'ils n'aient redoublé une fois de plus, de toute façon, ils finiront par réapparaître, au moment où je m'y attendrai le moins. Mais à la fin de la semaine, je dois me rendre à l'évidence. Ils ne sont plus là. Ni les deux filles de ma classe, ni le beau gosse, ni le garçon qui le suivait. Ils ont disparu tous les quatre le lendemain de mes quinze ans. Je n'ai jamais su s'ils avaient déménagé ou changé de lycée. Mais ça s'est passé exactement comme ça. Comme dans ces contes russes où les personnages disparaissent « et on n'en parle plus ». Le genre de choses qui n'arrive jamais dans les romans, parce que si l'auteur osait faire ça, une petite voix lui dirait, quand même, faire disparaître les adversaires d'un coup de baguette… et au final il n'oserait pas. Sauf que ça s'est passé comme ça. Disparus. Comme si j'avais changé de dimension.

Alors vite, très vite, à une vitesse épouvantable, comme si une porte s'ouvrait en haut d'un escalier et que je courais vers la lumière et que je comprenais qu'il faut cacher d'où je viens, cacher ce que je sais sur la haine du mystère, ce que je sais sur la peur de l'obscurité, ce que je sais sur les arbres, vite je me compose un visage. J'ai eu tout le temps d'observer, une bête noire n'a que ça à faire, observer et se taire, observer la façon dont les nouvelles commençaient par parler aux gens un peu timides, avant de se faire des amis parmi les gens populaires. Je fais comme si j'étais nouvelle. Et je deviens une fille populaire. Les premiers mois, je n'en reviens pas que les gens de ma classe, pas les nouveaux, ceux qui étaient là avant, ceux qui savent qui je suis, ceux qui jamais ne se seraient assis à côté de moi l'année précédente m'invitent à leur fête d'anniversaire et m'appellent par mon prénom. Ce qui me fait le plus peur, ça n'est pas que tout recommence, c'est qu'ils aient tout oublié. Je me demande comment c'est possible. J'y pense le soir avant de m'endormir. Et bientôt j'y pense moins. Bientôt je me fais de nouveaux amis, des vrais, des gens qui n'étaient pas là avant. Et sauf un certain goût pour les histoires étranges, je pourrais presque croire que j'ai oublié moi aussi.

III

Pardon

LA DAME

Cette fois, c'est une voix que j'imagine la première.

— Tu ne m'as pas encore demandé ce que je voulais en échange, dit-elle.

Comme un sourire indéfinissable qui flotte dans l'air.

— En échange ?

— Tous les guides doivent être payés, dit-elle. Je m'étonne que tu n'y aies pas pensé avant.

Je ne devine que son sourire, le reste de son visage est voilé par la cape qui la couvre de la tête aux pieds. Une fois encore, l'image s'est transformée, la sorcière a changé d'apparence. Elle n'est plus la rescapée des chambres de torture qui me guidait à travers les pages des ouvrages de démonologie et des livres d'histoire. Elle n'est plus la vieille thérapeute qui me faisait raconter mes souvenirs d'adolescence. Celle que j'imagine, à présent, est une femme immense, à moins que ce ne soit juste sa façon de se tenir droite, si droite que les plis de sa cape tombent à ses pieds comme un cercle d'eau sombre. La peau de son visage semble briller sous l'étoffe. Et donc, elle sourit, et donc ses lèvres sont pleines et pâles, et donc sa voix, mélodieuse, entêtante, impériale. Sa longue mante frissonne comme une aile d'oiseau. Oui, c'est ainsi que j'imagine la sorcière, la magicienne archétypale.

— Ne perdons plus de temps, dit-elle. Demande-moi ce que je veux.

— Que veux-tu ?

— Le pardon. Voilà ce que nous voulons savoir. Raconte-nous comment tu as pardonné.

Nous… La Dame n'est donc pas venue seule. Qui sont les autres ? Des sorcières ? Des femmes de ma famille, ancêtres du Sud et du Nord, frémissant sous sa cape ?

— Nous attendons.

Le pardon ! Mais je ne suis pas sûre d'en être arrivée là, moi, pas sûre du tout, chaque fois que j'ai cru pardonner, c'était pour me rendre compte quelque temps plus tard que je m'étais trompée, que j'avais confondu une chose avec une autre. Je ne suis pas qualifiée, ce n'est pas à moi qu'il faut poser ce genre de questions.

— C'est trop tard. Parle-nous du pardon.

Chaque fois que j'ai cru pardonner le beau gosse, je me disais quelque chose comme, bon, il devait avoir des problèmes dans sa famille lui aussi, c'était inévitable, on était pris tous les deux dans quelque chose d'inévitable. Et je me disais, je lui pardonne. Mais ce que je pensais au fond, c'était quelque chose comme, je ne lui ai pas planté de compas dans la main à l'époque, mais aujourd'hui, je l'écrase de tout le poids d'une compréhension de la vie et de la souffrance qu'il n'aura jamais, compréhension de la vie et de la souffrance à laquelle ce connard aura somme toute participé, merci beau gosse, et l'écrasement de sa personne sous le rocher de mon pardon était bien plus satisfaisant que ne l'avait été le projet de lui planter un compas dans la main, parce que cette fois, le bien était de mon côté, le bien était un rocher qui écrasait mon ennemi, j'entendais ses os craquer et je pensais : tu es pardonné. Le genre de pardon que les inquisiteurs devaient octroyer aux sorcières après la dernière séance de torture. Quelque chose qui donne le sentiment qu'on est du bon côté. L'autre ne comprend pas, c'est pour ça qu'il vous fait du mal, parce qu'il ne sait pas ce qu'il fait, il n'y comprend rien. Et hop, on l'écrase – symboliquement du moins – et fini. Pardonné.

Quand même une petite voix me disait que quelque chose clochait.

Quand même quelque chose cloche. Cela fait deux ans que toutes les semaines, je m'allonge sur le divan du docteur Georges pour lui parler de mon adolescence, de mes fantasmes et de mes parents. Un jour, je m'entends soupirer, juste avant la fin de la séance, je m'entends soupirer sur le divan et dire : « Mes parents n'ont jamais fait le travail. » Par travail, je veux dire le travail sur soi, chose qui à l'époque est pour moi synonyme de quête du Graal. Et le docteur Georges dit : « Je comprends. » Et je dis quelque chose comme : « Il faut bien que quelqu'un le fasse. » Et le docteur Georges ne dit rien, et la séance se termine, et j'ai le sentiment grisant d'avoir « pardonné » mes parents. Sauf qu'une fois dehors, je me déteste. Je déteste le ton douceâtre de petite sainte que j'ai pris pour dire au docteur Georges : « Il faut bien que quelqu'un le fasse. » Et pour la première fois, je me dis que je vais arrêter l'analyse. L'arrêter avant qu'elle ne soit terminée. Pour la première fois, il me semble que les séances, qui jusqu'ici m'ont poussée à devenir plus intègre, me poussent à devenir quelqu'un qui n'est pas moi. Et ce n'est pas la faute du docteur Georges ni la mienne. C'est la faute des mots. Si j'étais un homme et que je pardonnais, je serais magnanime. Mais je suis une femme et dès que j'envisage le pardon, dès que je prononce le mot – c'est toujours moi qui aborde le sujet, il faut croire qu'il me préoccupe, depuis quelque temps, toutes mes séances tournent autour du pardon – dès que je prononce le mot, au lieu qu'une porte s'ouvre, j'ai le sentiment d'être fausse, j'ai le sentiment d'être mielleuse, j'ai le sentiment d'être docile, j'ai le sentiment de faire ce qu'on attend de moi. Et je commence à me sentir inquiète lorsque je m'allonge sur le divan, comme si un appel mystérieux me disait qu'il était temps de partir, que ce que je cherche ne se trouve désormais plus ici mais ailleurs, qu'il ne faudrait pas tarder. Et je regarde les murs de la pièce chaleureuse où le docteur Georges reçoit ses patients avec une nostalgie anticipée, comme un voyageur qui sait que bientôt, il devra laisser derrière lui celui qui a soigné ses blessures.

Chaque fois que j'évoque le pardon ou des sentiments qui y ressemblent, une frontière apparaît entre le docteur Georges et moi, fine comme un cheveu, tranchante comme un rasoir, une frontière qui fait penser à une divergence politique, le genre de chose impalpable mais profonde qu'on fait semblant de ne pas voir, de peur qu'elle ne devienne irréversible.

Yeux fixés au plafond peint d'un blanc légèrement plus clair que les murs, oreilles guettant le bruit du stylo grattant le papier, enregistrant le moindre silence du docteur Georges, détectant malgré moi les flux de son empathie et de sa désapprobation, il m'arrive d'évoquer cette connexion immédiate que je ressens parfois avec des êtres vulnérables, comme ce jour où j'ai rendu visite à Sarah à la maternité, quelques heures après la naissance de sa fille, ce jour où j'ai tenu ses petites mains dans les miennes. Délicates, fascinantes, c'étaient des mains de bébé et des mains de vieille femme, ridées des paumes aux phalanges, ridées et minuscules. Une semaine plus tard, toutes ces rides avaient disparu, comme la trace d'une mémoire qui ne veut pas qu'on la devine. Ou encore, cette fois où j'ai croisé l'œil d'une biche juste derrière ma fenêtre, je dormais chez des amis à une dizaine de kilomètres de Paris, la biche me fixait, puis elle a disparu. Mais les rares fois où je tente de relier le pardon à ces instants d'ouverture, à leur beauté fugitive, je me perds dans des considérations maladroites sur le temps qui se suspend, tout en ayant conscience que ce n'est pas du tout ce que je veux dire. C'est de ma vie que je parle, c'est du présent, mais je ne trouve pas les bons mots. Je devine à son silence que le docteur Georges perçoit ces considérations comme des fuites spéculatives devant la dure réalité de mes traumas. Son stylo cesse de gratter le papier. Ces digressions poétiques – cette ouverture du temps ? de mon identité ? d'autre chose encore ? – m'éloignent du vrai sujet.

Le docteur Georges insiste, à sa manière subtile de psychanalyste, bien entendu, pour que je parle de mes parents et du beau gosse. C'est dans ces moments-là que le pardon me fait l'effet d'une de ces lampes spéciales qui éclairent les traces de sang invisibles à l'œil nu. Pardonner est un mot étrange pour moi, un mot dont je me rends vite compte qu'il est piégé. Parce que je suis une femme, le pardon est piégé. Je n'ai aucune envie de devenir une petite sainte douceâtre et vertueuse et de crever d'un ulcère à l'estomac. Pour moi c'est ça « une femme qui pardonne ». C'est l'image qui me vient à l'esprit. Dire qu'elle ne me plaît pas est en dessous de la réalité. Je ne veux pas être « une femme qui pardonne ». Mais je veux pardonner quand même. Le mal qu'on m'a fait m'encombre et j'ai envie de le recycler. J'ai envie d'en faire quelque chose.

C'est à cet endroit qu'apparaît la frontière, fine comme un cheveu, tranchante comme un rasoir. Je ne vois pas le pardon comme une histoire romantique, quelque chose entre le beau gosse et moi, entre ma mère et moi, entre mon père et moi. Tout comme je ne vois pas la résolution du transfert comme une histoire romantique, entre le docteur Georges et moi. Cet entre-soi me suffoque, ce romantisme obligatoire me fait l'effet d'une diversion. Je suis trop consciente de la brèche creusée dans mon identité pour oublier que toute relation contient toujours une ouverture, qu'elle se détache toujours sur un arrière-plan, même lorsque nous nous croyons dans une pièce, en tête à tête. Je n'ai aucune envie de réduire cette perspective. Il n'est pas question de colmater la brèche. Muscler mon estime de moi, poster des gardes aux frontières, savoir poser des limites, tout ça, d'accord. Ne pas penser à l'ouverture en permanence, d'accord. Mais hors de question que j'oublie son existence. Je n'ai aucune envie de l'oublier. Je n'ai aucune envie que le passage se referme.

Je veux les deux. La magie et l'équilibre. Je veux être une sorcière qui pardonne.

Bien sûr, à vingt-huit ans, je n'ai pas les mots pour dire ça. Je crois encore que les sorcières étaient brûlées au Moyen Âge, c'est dire.

C'est à ma mère que je décide de parler d'abord. Lorsque je lui avoue la vérité sur mes années de lycée, la première chose qu'elle me dit, c'est qu'elle ne savait pas. Je vois bien qu'elle ne ment pas. Je vois bien qu'elle est toute pâle. Elle n'avait pas compris que c'était grave. Je l'avais prévenue, mais elle n'avait pas compris. Elle me dit qu'elle s'en veut. Elle me le redit lorsque je retourne la voir la semaine suivante. « Je n'avais rien compris. Je n'arrête pas d'y penser, je m'en veux tellement. » Alors je lui demande pardon de ne pas lui avoir parlé avant, d'avoir gardé ça pour moi comme un avare garde son trésor. Il y a comme un mouvement synchrone dans le pardon, du moins, avec ma mère, ça s'est passé comme ça. Nous étions assises l'une à côté de l'autre, dans son salon, nos corps se sont tournés au même moment, elle m'a prise dans ses bras, je l'ai serrée dans les miens, comme si nous libérions en même temps ce que nous avions retenu de toutes nos forces.

Et puis, quelques jours plus tard, il arrive cette chose étrange, ma mère rencontre par hasard celle d'une des filles qui étaient au collège avec moi. Pas l'une des filles qui entraînaient les autres, pas la plus méchante, mais une qui faisait partie de la bande. Ma mère connaissait la sienne, elles se saluaient, il est même arrivé qu'elles déjeunent ensemble une fois ou deux, c'était avant que je n'entre en sixième, j'étais encore à l'école primaire à ce moment-là, ma mère s'était inscrite à une association qui organisait des activités pour les enfants du quartier. Elle n'y était pas restée longtemps, l'association était liée à la paroisse et ma mère se sentait trop déracinée pour s'y sentir à sa place. Mais elle y avait connu cette femme et sympathisé avec elle. Et voilà qu'elle la recroise dans la rue vingt ans plus tard, au début des années deux mille, juste après mon aveu. L'autre femme n'habite plus Paris, elle n'est revenue que le temps de vendre un appartement. C'est elle qui aperçoit ma mère la première, elle l'appelle. Ma mère s'arrête. Elles se saluent. Elles échangent ces banalités qu'on peut échanger avec quelqu'un qu'on n'a pas vu depuis longtemps. À un moment, l'autre demande quelque chose comme : « Et comment va votre fille ? » « Elle va bien », répond ma mère. Et puis, elle ne peut pas s'en empêcher, c'est ce qu'elle me dit la semaine suivante, je n'ai pas pu m'en empêcher, les mots sont sortis tout seuls : « Votre fille et ses amis ont fait du mal à la mienne lorsqu'ils étaient plus jeunes. Vous le saviez ? » Il paraît que l'autre femme ne s'attendait pas à cette question. Il paraît qu'elle est restée silencieuse. Puis elle a dit qu'elle était au courant. Ajoutant quelque chose comme : « Mais je ne pensais pas que c'était grave. » Alors ma mère a dit : « Ça l'était. » C'est tout ce qu'elle a dit. Ensuite elles se sont séparées. Ma mère ne lui a pas dit au revoir. Quand elle m'a raconté ça, nous avons pleuré ensemble.

La conversation avec mon père a lieu quelques mois plus tard. Avec lui, toutefois, j'entre moins dans les détails. Je me contente de lui dire que j'étais la tête de Turc de ma classe, qu'on se moquait de moi et que j'en ai souffert. À vrai dire, même avec ma mère, je ne suis pas entrée dans les détails : je n'ai pas eu à lui dire pour les gifles, puisqu'elle savait déjà. Elle savait aussi pour les moqueries, elle savait presque tout. Ce qu'elle ne savait pas, c'est combien cette expérience m'avait transformée, combien elle avait été, au fond, essentielle. Combien elle m'avait coupée d'elle et de mon père, combien elle m'avait arrachée à ma famille. Combien j'étais, sans qu'ils le sachent, durant ces années-là, devenue quelqu'un d'autre. Comme ces gamins qu'on enlevait à leur famille pour être initiés parmi les arbres et les bêtes sauvages avant leur quinzième année. Et qui revenaient ensuite à la vie ordinaire.

Je n'ai parlé ni à ma mère ni à mon père des menaces du beau gosse et de sa clique. Je ne leur en ai pas parlé parce que j'aurais eu le sentiment de jouer un jeu mesquin, l'impression de dire à mes parents : « Regardez tout ce que j'ai souffert par votre faute. Ça vous en bouche un coin, pas vrai ? » Et je ne voulais pas jouer à ça. J'avais quitté la maison depuis trop longtemps pour jouer à ça. Ce que je voulais, c'était m'affranchir du secret, de la duplicité aussi, ne plus rendre visite à ma mère, à mon père avec cette petite voix ironique et méchante dans ma tête, cette voix qui murmurait : « Tu ne sais rien de moi. » Cette petite voix misanthrope, je voulais lui tordre le cou comme à un sale perroquet. Crouic. Terminé. Je voulais qu'ils sachent.

La conversation avec mon père a donc lieu à la fin de l'été, nous sommes dans le jardin à l'arrière de la maison, ce jardin qui donne sur la pinède où mon père avait autrefois planté un mimosa. La maison a beaucoup changé depuis mon adolescence. D'abord, les pins ont grandi. C'étaient de jeunes arbres, à présent ce sont des adultes qui sentent la résine. Tout comme l'olivier que je regardais par la fenêtre de ma chambre, l'été de mes quatorze ans. Lui aussi a grandi. Lorsque je regarde par la fenêtre, c'est tout juste si j'aperçois le ciel entre ses branches. Et puis la maison elle-même est différente, la cuisine est plus moderne, les meubles ne sont plus les mêmes, Jeanne, la femme de mon père – la femme dont il est tombé amoureux des années plus tôt, celle qu'il avait rencontrée à Nantes – Jeanne en a fait sa maison. Je trouve ça rassurant. Si rien n'avait changé, peut-être que j'aurais peur des fantômes. Là je reconnais les lieux et en même temps, ils ne sont plus les mêmes. Nous avons passé une bonne journée, nous sommes allés déjeuner tous les trois au bord de la mer, nous nous sommes promenés. Lorsque nous sommes rentrés, Jeanne a pris soin de nous laisser seuls, mon père et moi, elle le fait chaque fois que je viens les voir mais cette fois, il me semble qu'elle nous a laissés un peu plus vite que d'habitude, comme si elle avait senti quelque chose. À moins que je ne me fasse des idées parce que je suis pressée d'en finir, pressée de parler à mon père. Il doit être six heures du soir, c'est la fin du mois d'août. Mon père m'a montré les tomates et les légumes qu'il fait pousser dans son jardin, comme le faisait son propre père en Alsace, il y a bien des années de ça. Nous rentrons dans la maison. Nous sommes assis dans la cuisine dont la porte ouverte donne sur les pins et sur le potager au fond du jardin. Je dis à mon père : « Il faut que je te parle. » Mon père me regarde : « Bien sûr, ma fille. » Je lui dis quelque chose d'assez simple, quelque chose comme, voilà, lorsque j'étais adolescente, tout le monde se moquait de moi et j'en ai souffert, je ne sais pas si tu t'en es rendu compte, mais je voulais que tu le saches. Mon père reste un instant silencieux. Et puis il me dit qu'il est désolé. Il se souvient, à présent, des coups de fil bizarres, il se souvient de ma tristesse, de mon silence, de ma pâleur. « Mais je pensais… je ne sais pas à quoi je pensais. » Il dit qu'à cette époque, il ne pensait qu'à son travail. Il voyageait dans le monde entier. Et il adorait ça. Il adorait son travail. Transporter du pétrole d'un pays à l'autre. Négocier les contrats. Organiser le transport de la matière noire. Et puis, il avait cessé d'aimer ma mère, il avait rencontré Jeanne. Mon père se sentait comme le héros d'un film d'aventures. À peine à la maison, il ne pensait qu'à repartir. « Je suis désolé », me dit-il. Et je vois la tristesse dans ses yeux mais aussi quelque chose d'autre, quelque chose qui me trouble parce que je dis, un peu vite : « N'en parlons plus. »

Ce soir-là, je me couche fatiguée et contente, comme si j'avais fait ce que j'avais à faire. Quelques années plus tard, je découvrirai cette vieille instruction bouddhiste qui préconise de méditer en laissant derrière soi les soucis de la journée « comme un homme qui se couche après avoir labouré son champ ». Je me couche comme une femme qui a travaillé la terre, ce soir-là, dans la chambre où je dormais autrefois lorsqu'à peu près à la même époque de l'année, je me demandais si je survivrais à la prochaine rentrée scolaire. Je me couche sereine et je laisse le volet ouvert pour voir l'olivier dont les feuilles argentées frémissent sous la lune – ou je l'invente, cette lune ? je l'invente à cause de la sorcière qui m'a réclamé cette histoire, ce n'était pas la pleine lune, en tout cas, sinon, je m'en souviendrais, mettons que c'était une lune discrète, une lune montante – comme une femme qui a mis ses affaires en ordre et regarde son vieil ami par la fenêtre. Et l'arbre ne dit rien, il se balance dans la nuit et la femme pense à l'avenir, elle pense à un homme qu'elle va retrouver à Paris. Et elle s'endort bien contente, donc.

Mais était-ce le pardon ?

LES SORCIÈRES DISENT NON

— Non ! Bien sûr que non ! Le pardon est une chose bien plus folle. N'es-tu pas en train d'oublier quelque chose ? Quelque chose que ton père t'a dit, le lendemain ? Avant que tu ne rentres à Paris, il t'a raconté une histoire. Sur le moment, elle ne t'a pas semblé liée à votre conversation de la veille.

J'ai failli oublier cette confidence de mon père. Le lendemain de mon aveu, il n'a pas évoqué notre discussion, il faut dire que j'étais pressée, je devais prendre un train en fin d'après-midi. Mais juste après le déjeuner, mon père a éprouvé le besoin de me parler de sa mère, Rose. « Quand j'étais gamin, elle me reprochait souvent de ne pas penser aux autres ou de ne pas y penser comme il fallait, de ne pas me mettre suffisamment à leur place. » Mon père m'a souvent dit qu'il admirait sa mère, il m'a souvent parlé de sa force de caractère. J'ai peu connu ma grand-mère paternelle, je n'avais que trois ans lorsqu'elle est morte, aussi l'ai-je toujours imaginée comme cette femme énergique qui avait élevé ses deux garçons sous l'Occupation et obtenu du médecin un certificat déclarant son mari inapte à servir dans la Wehrmacht, pour cause de daltonisme aggravé. Regardant le médecin militaire sans ciller, arguant que sur le champ de bataille, son mari confondrait les uniformes, et qu'il en serait tenu responsable. Mais ce haut fait de ma grand-mère n'a rien à voir avec l'histoire que mon père me raconte le lendemain de notre conversation. Si ce n'est que cette histoire se passe, elle aussi, pendant la guerre, au printemps 1942. Ce jour-là, Rose a décidé d'aller voir son père à Klingenthal. Comme son père avant lui, mon arrière-grand-père avait pour métier de fabriquer des épées. Le village de Klingenthal, littéralement cliquetis, tire son nom de la manufacture d'armes blanches qui donna, jusqu'au début du vingtième siècle, du travail aux forgerons. Mais la guerre s'est modernisée et le père de Rose n'a plus fabriqué de sabres depuis 1918. Ma grand-mère profite de lui rendre visite pour apporter des œufs à la voisine, elle aime beaucoup cette femme qui la gardait lorsqu'elle était enfant. La voisine, dont j'ignore le nom, est veuve, elle a perdu son mari vingt-cinq ans plus tôt dans les tranchées. Son fils unique, Charles – mon père se rappelle ce nom-là – a été mobilisé de force par la Wehrmacht. Voilà trois semaines qu'il est parti sur le front russe. Rose frappe à la porte de la veuve, elle lui donne les œufs. Les deux femmes bavardent un peu, puis Rose se rend chez son père. Mais quelques instants plus tard, la veuve frappe à leur porte : « Charles vient de rentrer, il a réussi à s'enfuir ! Il m'a appelée juste au moment où tu partais, Rose, il devait être caché dans le verger ! Il m'a dit qu'il allait bien mais je ne le trouve nulle part, j'ai peur qu'il soit blessé. Vite, aide-moi à le chercher ! » Rose se hâte derrière la veuve. D'abord, elle croit que le jeune homme s'est caché comme le dit sa mère. Parce que les gars qui fuient l'armée allemande, ce qui leur arrive si on les retrouve, mieux vaut ne pas y penser. Puis elle se dit qu'il est blessé, qu'il est en train de se vider de son sang tout seul quelque part. Rose court vers la cabane au fond du verger. Mais soudain, avant d'ouvrir la porte, avant même de ne rien trouver d'autre que la bêche dont la veuve se sert pour travailler son jardin, elle comprend que le fils est mort sur le front russe. Il est apparu à sa mère au moment précis où il rendait l'âme, il lui a dit qu'il allait bien. Voilà ce que Rose comprend en quelques secondes. Alors elle regarde la veuve : « Il n'est pas là. Il a dû partir. » La mère se tait. Rose n'ose pas lui dire ce qu'elle pense. Elle lui promet de revenir la voir très vite. De retour chez elle, elle dit à son fils de dix ans – mon père, qui me raconte cette histoire soixante ans plus tard – de cocher la date sur le calendrier. « Et à côté de la date, écris, trois heures de l'après-midi », lui ordonne-t-elle. « C'est l'heure où Charles lui a dit qu'il allait bien. Comme ça, quand sa mère recevra le courrier, j'irai la consoler en lui disant qu'il est parti en paix. » Deux semaines plus tard, comme elle l'avait prédit, Rose se rendit à Klingenthal avec son calendrier sous le bras et y passa la semaine pour consoler la veuve.

Ce qui a le plus sidéré mon père, c'est la simplicité avec laquelle sa mère, qui était une femme on ne peut plus pragmatique, a su ce qu'il fallait faire devant l'apparition du spectre. Comme elle avait su quoi faire lorsque sa belle-sœur avait perdu les eaux en plein champ, comme elle savait quoi dire pour remettre son fils en place, lorsqu'il revenait du collège avec un avertissement pour indiscipline. Voilà l'histoire que mon père m'a racontée ce jour-là, l'histoire de la veuve et de son fils Charles.

Mais juste à côté de ce souvenir, dans l'esprit de mon père, s'en trouvait un autre. Sous l'aile de la Dame frémit une autre femme, une autre mère pleurant juste à côté de Rose. Je l'imagine en larmes dans le bureau du proviseur, remerciant les autres d'être venues, en appelant à leur cœur de mères, parce que des mères ne peuvent pas laisser leurs garçons faire ça. Le regard de la femme croise celui de Rose, étincelant jusque dans ma mémoire, avant de s'éperdre en direction du proviseur : « Au moins, dites-leur qu'ils ne cassent plus ses lunettes. »

L'AVEU DE MON PÈRE

« Et moi, je riais », dit mon père.

L'aveu de mon père n'a pas lieu le lendemain de notre conversation. Il a lieu quelques mois plus tard, une semaine avant Noël. Le rituel du week-end est le même qu'en été, je suis arrivée le vendredi soir et dès le lendemain, nous sommes allés nous promener en bord de mer. Il n'y a pas que la maison de mon père qui a changé depuis mon adolescence. La Ciotat s'est transformée, la vieille ville est devenue une zone touristique, les commerces où mes parents faisaient leurs courses autrefois ont migré vers les centres commerciaux qui poussent comme des champignons autour des ronds-points. La seule chose qui ne change pas, ce sont les vieilles maisons qui longent la mer, leurs vieilles pierres roses semblent indifférentes au temps qui passe. Même la colline où habite mon père est devenue moins sauvage, de nouvelles maisons s'y sont construites, pas assez pourtant pour qu'une ligne de bus monte jusque là-haut. Le soir, après le dîner, Jeanne nous laisse seuls dans la cuisine, mon père et moi. Je ne sais pas comment l'aveu arrive, je ne me souviens plus de ce qui le provoque, tout ce que je sais, c'est que je n'ai rien sollicité, rien demandé, rien vu venir. Peut-être que nous avons parlé de la guerre. C'est probable. En vieillissant, mon père a contracté la même habitude que son père autrefois, chaque fois que je viens le voir, il me parle de cette époque-là. Lui n'était qu'un gamin d'une dizaine d'années, alors il arrive que ces souvenirs soient drôles ou même heureux. Mais pas cette fois. La nuit est tombée sur la pinède, mon père est en train de couper une orange et il dit : « Quand j'avais quatorze ans, j'étais un sauvage, tu sais. » Rien qu'à sa façon de dire sauvage, comme il dirait salopard, je comprends qu'il va m'avouer une chose dont il a honte. Alors je le regarde, et mon père baisse les yeux : « Avec mes copains, on tourmentait deux gosses au collège de Saverne. J'étais un peu le chef de bande. Ça se passait après la guerre, un ou deux ans après. Le premier gars qu'on a pris en grippe, c'était le fils d'une fille mère. Il n'avait pas de père, quoi. Alors on se foutait de sa gueule. On le traitait de fils de pute. Mais c'étaient juste des moqueries, ce n'était pas bien méchant… D'ailleurs on a fini par le laisser tranquille. Dès que l'autre est arrivé, lui, on l'a laissé tranquille… C'est pour l'autre que c'est devenu méchant. » Mon père a posé son orange devant lui. Il regarde le fruit épluché dans son assiette. Et puis il se tourne vers moi. Une larme tremble au bord de sa paupière. « Dès que l'autre est arrivé, on l'a repéré tout de suite. Il était… il était rouquin. Il était tout maigre, il se tenait voûté. Il portait des lunettes épaisses comme des loupes. On a commencé par les lui enlever, il clignait des yeux comme une taupe alors on lui a remis ses lunettes sur le nez. Et le lendemain, on l'a frappé. C'est devenu une habitude. Pas tous les jours, mais de temps en temps. Quand ça nous prenait, on se jetait sur le rouquin. Parfois on se contentait de le bousculer. Et d'autres fois, on lui cassait la gueule pour de bon. Deux fois, on a même cassé ses lunettes. La première fois, il ne s'est rien passé. Et la deuxième, le proviseur a convoqué ma mère. » Rose est rentrée hors d'elle. Plus jamais elle ne voulait que mon père s'attaque à ce gosse. Elle avait vu sa mère pleurer dans le bureau du proviseur. La pauvre femme avait perdu son mari, elle vivait seule avec son fils, elle n'avait pas les moyens de lui racheter une troisième paire de lunettes, comment allait-il passer ses examens ? Que toutes ces larmes coulent à cause de son propre enfant avait horrifié Rose. D'une voix extraordinairement calme, une voix dépourvue de colère qui le terrifia, elle dit à mon père qu'elle ne le laisserait pas continuer. Elle l'enverrait en pension s'il tourmentait encore ce garçon. « Alors on l'a laissé tranquille », dit mon père. « Personne n'avait envie d'être renvoyé du lycée, même si après ça, on le détestait encore plus. Alors chaque fois qu'on le voyait passer, avec ses lunettes réparées avec du sparadrap, on se foutait de sa gueule. Surtout on se moquait de sa mère. Ta mère a dit qu'on pouvait te casser la gueule, pourvu qu'on ne touche pas à tes lunettes. Ta mère s'inquiète pour tes lunettes. Voilà le genre de choses qu'on lui disait. L'histoire de la mère qui ne pense qu'aux lunettes, c'est devenu une sorte de blague. Il y avait toujours quelqu'un pour la raconter, même si on savait qu'elle n'était pas vraie. On n'attaquait plus le rouquin parce qu'on ne voulait pas d'ennuis. Mais il y avait toujours un gars pour dire à un autre : Tu peux le démolir si tu veux, mais ne touche pas à ses lunettes. Et de temps en temps, moins souvent mais de temps en temps, on lui donnait un ou deux coups après les lui avoir fait ôter. Ensuite, il remettait ses lunettes. Et moi, je riais », dit mon père. Et voilà qu'à présent, il pleure. « On sortait de la guerre. Il y avait eu des millions de morts. Et nous, tout ce qu'on trouvait à faire, c'était de recommencer. »

Et moi, je pense à ces gamins, le bâtard et le rouquin, et c'est comme si je les reconnaissais. Comme s'ils avaient toujours été là. Sur le moment, je ne pense pas à la magie du pardon, je ne la vois pas venir, je ne la sens pas agir, sur le moment, mes cheveux ne se dressent pas sur ma tête. Je ne juge pas mon père, sur le moment, je ne le juge pas comme dans ces films où l'héroïne qui aime son père découvre qu'il a fait des choses affreuses, ces beaux drames grandioses écrits par des hommes qui ne comprennent rien à la psyché des femmes et plaquent sur elles leurs idéaux militaires, les seins en plus, non, ce n'est pas la question, mon père n'est pas la question au moment où j'encaisse le choc de l'aveu de mon père – il était du côté des bourreaux, dans ma classe aussi, il aurait été du côté des bourreaux, mon père – au moment où j'entends l'aveu, la seule chose que j'ai besoin de savoir parce que tout le reste, dans un sens, je le sais déjà, le reste va avec la façon dont mon père aimait ma mère tout en la soumettant, avec la façon dont ma mère le détestait à force d'être soumise, le reste va avec la misogynie dont j'ai quand même un peu le sentiment d'avoir craqué le code au bout de toutes ces années, alors la seule chose qui compte maintenant, c'est : « Qu'est-ce qu'ils sont devenus ? Les deux gamins, qu'est-ce qu'ils sont devenus ? Tu le sais ? » Voilà ce que je demande à mon père. Voilà ce que j'ai besoin de savoir, un peu comme si j'avais l'occasion de demander à Musil, alors et Basini ? Il devient quoi à la fin de l'histoire ? Y as-tu parfois pensé, as-tu pris de ses nouvelles ? Mon père me dit que le premier garçon, le fils de la fille mère, est d'abord entré au séminaire. Et puis au bout d'un an, il a renoncé à se faire prêtre. C'était juste avant que mon père ne passe le concours de l'école de marine, juste avant qu'il ne quitte la Forêt-Noire pour la Méditerranée et la mer Rouge. « Il s'est marié avec une Anglaise et il est parti vivre là-bas. Je crois qu'ils ont ouvert un hôtel dans la région des lacs, quelque chose comme ça. » Alors je demande : « Et l'autre ? Le rouquin ? » Cette fois mon père reste silencieux. À la rentrée suivante, dit-il, le rouquin n'était plus là. « On ne l'a plus jamais revu, ni lui, ni sa mère. Je crois qu'ils sont partis. Je n'ai jamais su où. Je n'ai jamais su ce qu'il était devenu. » Mon père essuie sa joue avec sa serviette. Et puis il ajoute : « Aujourd'hui, c'est un vieil homme qui doit me détester. » « Ou peut-être pas », je dis. C'est à ce moment-là que j'ai su.

À ce moment-là j'ai su que cette conversation ne se déroulait pas entre mon père et moi, mais entre mon père et le vieil homme à qui il demandait pardon. J'ai su qu'il se passait quelque chose de magique comme si les murs de la cuisine n'existaient pas vraiment, pas plus que la table à laquelle nous étions assis. Et j'ai su que mon père était pardonné par le vieil homme à travers moi, tout comme le beau gosse était pardonné par moi à travers mon père.

MON AVEU AU DOCTEUR GEORGES

J'avoue qu'à l'instant où j'ai imaginé le vieil homme qui avait été autrefois le souffre-douleur de mon père, je me suis sentie si proche de lui que j'ai cru le voir. J'avoue qu'un bref instant, j'ai eu la certitude que le temps n'existait pas. J'avoue avoir vu, à cet instant très bref, la mère du rouquin suppliant le proviseur, ma mère arrêtant dans la rue celle d'une fille qui se moquait de moi autrefois, le visage du beau gosse, la larme coulant sur la joue de mon père, toutes ces images s'appelaient, se parlaient, communiquaient entre elles, comme les racines des arbres qui communiquent sous la terre.

Sauf qu'avouer ça au docteur Georges n'a pas été une chose facile. Je me revois en train de peser le pour et le contre, assise dans sa salle d'attente, contemplant le tableau à l'encre de Chine, ce couple roulant éternellement sur le sol, me demandant s'il ne vaudrait pas mieux que je consacre cette séance à autre chose. À ma difficulté à dire non, par exemple. Ou à ce que le docteur Georges appelle « mon désir d'être dans le désir de l'autre » et que j'appelle, moi, ma malléabilité, cette malléabilité qui me fait l'effet d'une faculté d'adaptation inquiétante et déréglée. Je décide malgré tout de lui parler de l'aveu de mon père. Parce que ce qui s'est passé à ce moment-là me paraît plus gênant à raconter. Parce qu'il y a dans cette expérience quelque chose qui me fait peur. La peur, la gêne sont mes critères pour m'orienter dans la jungle des souvenirs, les cailloux lumineux grâce auxquels je remonte les pistes.

« Et à ce moment-là, j'ai eu le sentiment que le temps n'existait pas », dis-je au docteur Georges.

Je peux presque sentir, derrière moi, l'épaisseur de sa lassitude. Mes oreilles dressées n'ont pas entendu le moindre bruit de stylo grattant le papier. Je m'égare à ce point ? « Est-ce que vous pouvez préciser ? » finit par dire le docteur Georges. Alors docile comme un animal qui comprend qu'il faut rentrer à l'étable, je reformule. J'en viens à comprendre que mon père, dans la mesure où il avait refoulé sa culpabilité, avait une sorte de point aveugle, le même point aveugle que ma mère qui avait si peur d'être rejetée. J'en viens à comprendre qu'en raison de ce point aveugle, il était fatal que les choses recommencent et que mes parents ne voient pas ce qui recommençait. Et le docteur Georges de conclure : « C'est une séance très importante. » Mais au lieu que sa validation me réjouisse, j'éprouve une fois dehors un profond sentiment de tristesse. Comme s'il m'avait fallu traduire la réalité dans une langue qui n'était pas la mienne et que j'en avais perdu l'essentiel au passage. Comme si j'avais dû projeter sur une feuille de papier un objet extraordinaire et que de sa beauté aux multiples facettes, il n'était plus resté qu'une ligne droite.

Surtout, j'éprouve le sentiment d'avoir trahi une partie de moi-même. Cela me met en colère, comme si du plus profond de moi, je sentais quelque chose frémir.

— Tu nous sentais frémir, dit la Dame noire.

À nouveau, c'est sa voix que j'imagine la première. Puis ce demi-sourire flottant sous une cape. Je commence à deviner celles qui se cachent sous ce « nous ». Mes ancêtres du Sud et celles du Nord, la lignée des *nonne* et celle des *grossmüeter*, ces femmes de ma famille qui cherchèrent avant moi, avec les moyens du bord, se heurtant à une désapprobation allant du froncement de sourcils à l'ostracisme ; tantes vieilles filles, il y en eut deux, paraît-il, dans ma famille d'Alsace, deux sœurs qui firent de longues études puis revinrent au village pour y devenir institutrices, suscitant à mesure que leur beauté se fanait des regards ironiques plutôt qu'admiratifs, sortes d'extraterrestres aux repas de famille ; grands-mères violentes, secrètes, énergiques ; filles mortes d'amour comme Maria-Luisa, la tante de Maria-Yolanda, qui s'empoisonna à l'âge de dix-sept ans, avalant une bouteille entière de détergent car son père refusait qu'elle épouse celui qu'elle aimait, un garçon trop beau, trop fatal et trop pauvre ; toutes ces femmes inconnues cherchant la même vérité, traversant les mêmes territoires, faisant l'expérience de l'interdit et de l'obscurité, l'expérience de la sorcière.

— Parle-nous encore du pardon. Parle-nous de ce que tu cherches depuis tant d'années.

COMME UNE ÉTRANGE FACULTÉ D'ADAPTATION

Ce que le docteur Georges appelle « mon désir d'être dans le désir de l'autre » se manifeste dans des circonstances si variées qu'elles sont presque impossibles à recenser. J'ai beaucoup progressé depuis le début de l'analyse, je ne dis plus oui à tort et à travers, je n'accepte plus d'aller voir un film que je n'ai pas envie de voir, je n'accepte plus d'invitations où je n'ai pas envie de me rendre. Comme s'il suffisait d'être gentil avec moi, même pas gentil, aimable, même pas aimable, respectueux, comme si ça suffisait pour que je sois submergée par une gratitude atroce. Comme si chaque fois que je me trouvais face à quelqu'un d'autre, le phénomène s'aggrave si je me trouve face à plusieurs autres, j'éprouvais le besoin de séduire, *non pitié ne me tuez pas*, moins pour plaire que pour ne pas déplaire, moins pour attirer l'attention que pour sécuriser le terrain, *non pitié ne me tuez pas*, comme si l'animal aux abois que j'avais été à quatorze ans réapparaissait dès qu'un groupe se forme autour de moi. Le problème, c'est que pour avoir le sentiment d'être au milieu d'un groupe, il suffit que je me trouve avec plus d'une personne à la fois. Comme je mène malgré tout la vie d'une fille de vingt-neuf ans, ça reste une situation assez fréquente. L'un des effets les plus bénéfiques de mon analyse a été de réduire cette angoisse « groupale ». Je peux maintenant profiter de mes amis et même les inviter chez moi, je veux dire plus d'un à la fois, miracle, sans éprouver une soudaine envie de fuir ou passer mon temps à approuver tout ce qu'ils disent, quand je n'anticipe pas la fin de leurs phrases pour les répéter comme un écho. « Ce film est extraordinaire. — Extraordinaire... » « J'ai pensé qu'il valait mieux réserver le vol à l'avance plutôt que de payer trop cher. — Plutôt que de payer trop cher... » Je répète moins, je souris moins, je dis oui moins souvent. Je prends aussi des cours de théâtre, j'écris des pièces que je mets en scène, j'ai même commencé à écrire un roman. Mais la vraie bonne nouvelle, cette année-là, ce n'est pas l'écriture. C'est l'intégrité dont l'écriture découle. Même si cette intégrité me paraît encore instable lorsque je suis en présence des autres, comme un navire qui tangue avec plus ou moins de férocité, je n'ai plus le sentiment de la laisser sombrer, ni d'abandonner mon cap à la première tempête. Et je dois cette force d'âme au docteur Georges.

Mais... il y a un mais. Sinon, ce ne serait pas drôle. Il reste un cap à franchir, un cap semblable à ces passes dangereuses que les navigateurs baptisaient autrefois de noms dramatiques et propitiatoires, cap de Bonne-Espérance, Pot au Noir, Quarantièmes Rugissants, Cinquantièmes Hurlants, un cap où malgré mon intégrité retrouvée, mon « désir d'être dans le désir de l'autre » persiste à me submerger. Chaque fois que je tombe amoureuse. Et même chaque fois qu'un homme me plaît. Chaque fois que je ressens quelque chose pour quelqu'un, j'éprouve le sentiment terrifiant de me transformer. Ce n'est pas la femme idéale de l'autre que je deviens. Si ça n'était que ça, ce serait embêtant, bien sûr, mais je pourrais mettre un mot dessus, un mot comme influençable. Et je pourrais commencer à contredire ce mot. Peut-être que le travail serait pénible comme tout travail de ce genre. Sans doute que ça me prendrait du temps et de l'énergie. Mais ça resterait le genre de travail qui se pratique sur le divan du docteur Georges. Un travail classique, comme la géométrie classique qui ignore que les parallèles finissent toujours par se croiser, comme la physique classique qui croit que les évènements se succèdent sans se retourner. Or ce qui m'arrive est bien plus angoissant. Pour celui qui me plaît aussi, je crois que c'est angoissant. Même si pour lui, l'angoisse ne vient pas sur le moment mais plus tard, lorsqu'il se rend compte que je ne suis pas celle qu'il croyait.

Je ne deviens pas la femme idéale de l'homme qui m'attire, mais quelque chose d'autre. Quelque chose comme une image que je perçois au fond de son œil. Cette image, je ne la vois pas avec mes yeux ordinaires, non, je la vois de tout mon être. Je la vois de toutes mes cellules, de toute ma peau, de tout mon désir et de toute ma rancœur, et de tout mon amour et de toute ma colère. D'où viennent ces sentiments ? je n'en ai aucune idée. Toujours est-il que je vois ce que le garçon imagine, enfin, il me semble voir, je me trompe peut-être, je vois ce qu'il imagine et je lui en donne pour son argent. J'aimerais trouver une expression plus élégante, mais c'est exactement ce qui se passe. Tu me vois comme une fille pénible ? Très bien (je deviens pénible). Tu crois que je suis désinvolte ? Très bien (je deviens désinvolte). Cette étrange faculté d'adaptation fonctionne aussi avec les qualités positives. Tu me vois comme une femme adorable ? Très bien. Comme une fille qui a de l'humour ? Très bien. Tout cela dans la limite de mes possibilités, évidemment. Même ma malléabilité a des limites. Je suis sortie quelques semaines avec un garçon qui s'est avéré être un jaloux paranoïaque, ce n'est pas pour autant que j'ai couché avec tous ses amis comme il le soupçonnait (mais je lui ai quand même dit « tu mériterais que ce soit vrai » juste avant de claquer la porte). Alors autant je suis d'accord avec le docteur Georges pour qualifier de « désir d'être dans le désir de l'autre » ma façon, heureusement en voie de régression, d'adhérer aux projets des autres de peur qu'ils me rejettent, autant ce qui m'arrive avec les hommes, je trouve ça très différent. Si je devais parler de désir, mais est-ce seulement cela ? je dirais que le désir d'incarner l'âme de l'autre me submerge, dans ces moments-là.

Mais l'âme de l'autre n'est pas seulement ce que l'autre désire. L'âme de l'autre peut être ce dont il a peur, elle peut être ce qu'il cherche, ou tout ce qu'il ignore. Ou ce qu'il veut tuer. Tout dépend du rapport qu'il entretient avec son âme.

Prenons David, le garçon avec qui je me suis

mariée dans l'espoir de devenir une fille normale, tentative qu'il faut bien qualifier d'échec mutuel, même si c'est un échec avec de l'affection des deux côtés, David aimerait que nous partions plus souvent en week-end à la campagne. Il aimerait aussi que j'éclaircisse un peu mes cheveux ou, tout au moins, que je cesse de les teindre en noir parce qu'il préfère ma couleur naturelle qui est un peu plus claire. Je sais bien que ces petits efforts, si je les faisais, me rapprocheraient de l'idée que se fait David de la femme idéale. Mais ces petits efforts, je ne les fais pas. Je ne les ai jamais faits, même et surtout quand j'étais attirée par David. Si encore c'était pour être fidèle à moi-même. Mais pas du tout. Je n'ai jamais fait ces efforts parce que je vois autre chose au fond de son œil, une autre demande et une autre image. L'image d'une femme dangereuse, que David associe à mes cheveux noirs, à ma fréquentation du cours Florent et à mon besoin de « voir quelqu'un », c'est-à-dire de me « faire soigner », femme dangereuse qui me ressemble moins qu'elle ne ressemble à David lui-même, ou plutôt au rapport torturé qu'il entretient avec sa passion pour la musique. Notre appartement de deux pièces est encombré des instruments qu'il paie avec son salaire de consultant – une batterie, deux synthétiseurs, deux guitares Gibson – mais David n'a jamais assumé cette vocation de musicien. Je suppose qu'au fond de lui, le choix d'une vie artistique lui fait peur. Et cette peur qu'il n'assume pas de regarder en face, il la reporte sur moi. Et moi, moi qui perçois ces étranges mouvements de nos esprits, ou du moins qui les devine à peu près, je suis incapable de lui en parler. Je n'assume pas ce que je perçois. Je trouve ça trop bizarre. Résultat des courses, je ne dis rien. Mais il arrive que je sorte du cours Florent plus tard que prévu, la répétition qui devait se terminer à dix-neuf heures a duré trois heures de plus, et j'oublie de prévenir David. Il arrive que je me fasse teindre les cheveux en noir bleuté, une catastrophe, surtout que j'ai les cheveux courts à l'époque, je ressemble à une version féminine du docteur Spock. Sortie de chez le coiffeur, je me demande ce qui m'a pris. La seule explication que je trouve, c'est qu'il m'arrive par moments d'incarner quelque chose qui n'est pas moi. Dans ces moments-là, tout se passe comme si j'étais submergée par l'âme en colère de David.

Heureusement que ces moments sont rares. Parce que le moins qu'on puisse dire, c'est que c'est pénible.

« Ce qui est pénible pour vous, c'est votre désir d'être dans le désir de l'autre », martèle le docteur Georges.

Mais je crois qu'il se trompe. Je crois que c'est autre chose. Quoi, je n'en sais rien. À vrai dire, je n'ai pas très envie de le savoir.

FAUSSE PISTE

Lorsque David propose que nous nous séparions durant trois mois pour confirmer, ou infirmer même si cela semble peu probable, l'impression grandissante que nous ne sommes pas faits l'un pour l'autre, j'éprouve un mélange de tristesse et de soulagement. Comme il ressent la même chose de son côté, nous nous séparons sans trop de peine. Mais cette expérience de vie commune m'a enseigné la prudence. Je regarde les hommes d'une façon différente, je fais attention à leur âme. Ou pour le dire d'une façon moins ésotérique, à la façon dont ils semblent ou non en accord avec les aspects les plus enfouis et vulnérables d'eux-mêmes, aspects qu'il m'arrive d'incarner malgré moi, avec une facilité étrangement proportionnelle à l'attraction physique.

À trente ans, ce problème de perméabilité face aux hommes qui m'attirent me fait parfois l'effet d'être un X-Men, l'un de ces mutants dotés de pouvoirs de transformation qu'ils n'arrivent pas à maîtriser dans les comics *Marvel*. J'adorais ces histoires de mutants quand j'étais plus jeune. J'y repense souvent entre deux séances d'analyse avec le docteur Georges, c'est même la première chose qui me vient à l'esprit chaque fois que je soupçonne que « le désir d'être dans le désir de l'autre » n'explique pas tout. Il se passe autre chose lorsqu'un homme m'attire. Quelque chose qui n'a rien à voir avec ma peur du rejet et mon envie de plaire, rien à voir avec mon adolescence. Que ma condition de souffre-douleur m'ait rendue plus sensible à la chose, qu'elle se produise plus facilement chez moi, je veux bien le croire. Mais ce besoin d'incarner l'âme de l'autre, si inséparable du désir qu'il semble s'y confondre, je sens bien que ça vient de plus loin. Et je me demande d'où ça peut venir, je sens que c'est important, mais je ne trouve pas de réponse. On dirait que le sujet n'est abordé nulle part. Sauf dans les comics *Marvel* et dans le film *La Féline*. Alors que je viens juste de me séparer de David, les deux versions du film, celle de Jacques Tourneur et celle de Paul Schrader, repassent à l'Action Christine. *La Féline*, c'est l'histoire d'Irena, une femme qui se transforme en panthère chaque fois qu'elle désire un homme. Inutile de dire que ça lui complique la vie. Dans le film de Tourneur comme dans celui de Schrader, le type qu'elle aime la quitte pour une fille normale, et Irena finit mal. Dans la première version de l'histoire, elle se suicide. Dans la seconde, elle perd sa forme humaine et finit sa vie en cage dans le zoo où travaille son ex, qui lui caresse la tête en passant avant de rejoindre la fille normale. Malgré ces dénouements déprimants, *La Féline* m'enchante comme un conte, une parabole sur la puissance sexuelle des femmes (qu'il faut mettre en cage ou pousser au suicide, le pire est que je parviens à peine à m'en étonner). Mais aucune des deux versions du conte ne répond à la question qui me préoccupe. Cette faculté de transformation, cette malléabilité, d'où vient-elle ? Est-ce que c'est juste un pouvoir érotique ? Ou est-ce que ça cache autre chose ?

Est-ce le fait de projeter mon propre questionnement sur le film, je suis persuadée que cette histoire est tirée d'un roman, et tout aussi persuadée que son auteur est une femme, que cette femme sait des choses que j'aurais bien besoin de savoir pour mener une vie normale malgré mon problème de malléabilité (pour moi, à l'époque, normale est synonyme d'heureuse, oui, je sais, c'est naïf). Je décide donc d'acheter le livre pour lui écrire. C'est la première fois que j'éprouve le besoin de me rapprocher d'un écrivain, d'établir un contact personnel avec une auteure. C'est une décision très grave, très importante, je le ressens lorsque je la prends au milieu de la nuit, allongée sur le matelas inconfortable du clic-clac de mon studio de célibataire. Sur le moment, c'est comme si je faisais une sorte de vœu. Sauf que le lendemain, lorsque je vais chercher le roman en question à la librairie, j'apprends qu'il n'existe pas. Alors je me renseigne un peu, je commande des revues de cinéma, j'apprends que Tourneur a écrit le scénario de *La Féline* d'après une idée de son ami producteur, Val Lewton. L'idée de parler de femmes-chats serait née au cours d'une conversation, le scénario aurait été écrit juste après par Tourneur, Lewton, leur scénariste, leur monteur et... peut-être, peut-être une cinquième personne dont le nom n'est pas mentionné, dite « la secrétaire de Val Lewton » qui participa à l'écriture. Je ne peux m'empêcher de penser que c'est elle, cette participante mystérieuse, floue comme ces silhouettes qui marchent à nos côtés dans les rêves, elle qui sait quelque chose sur l'âme des femmes. Je rêverais de lui parler. Mais même en imaginant qu'elle n'ait eu que vingt ans dans les années quarante, cela lui en fait quand même quatre-vingts au moment où je commence à me poser toutes ces questions. Et peut-être que je me trompe. Peut-être qu'elle ne sait rien. Peut-être qu'elle est morte. Par ailleurs, j'ignore son nom. C'est ainsi que j'entrevois la piste des sorcières pour la première fois, mais qu'à peine entrevue, elle se perd.

LES MAGICIENS – PIERRE

Bientôt, je rencontre un homme, un homme très différent de ceux que je rencontrais jusqu'ici. C'est le frère aîné d'une amie comédienne, il a douze ans de plus que moi. Il s'appelle Pierre. Il pratique la méditation. À notre deuxième rendez-vous, il m'a proposé de l'accompagner à une session d'initiation, j'ai dit oui. Lorsqu'il m'a demandé si je savais ce que méditer voulait dire, si j'avais lu des livres sur le sujet, j'ai dit oui mais ce n'était pas vrai. Lorsque j'évoque ce mensonge sur le divan du docteur Georges, je lui avoue que la première chose que j'ai faite en quittant Pierre est de filer acheter les livres de Hakuin et d'Alan Watts – au début des années deux mille, il n'y a pas autant de livres sur la méditation qu'aujourd'hui, les débutants comme moi n'ont donc pas d'autre choix que de se référer aux sources. J'ai menti pour plaire à Pierre. Mais ce n'est pas pour lui que j'ai acheté ces livres, ce n'est pas seulement pour avoir l'air moins ignorante à notre prochain rendez-vous. Non, dis-je au docteur Georges, c'était pour effacer mon mensonge, c'était pour faire qu'il devienne vrai. Lorsque j'évoque sur le divan cette faculté d'adaptation qui parfois me fait mentir et parfois se met au service de mon intégrité, j'appelle ça mon démon de la malléabilité.

« Démon, dites-vous ? »

Je sens bien que ce mot déplaît au docteur Georges. Bien sûr, il ne bondit pas de son fauteuil pour hurler : « Démon, terme biblique, Père, Œdipe ! » C'est quelque chose de plus subtil, un bruit de salive précédant le raclement de gorge, un point d'interrogation à peine susurré qui m'invite à reformuler, comme un léger coup d'éperon à une mule. Je sais bien ce que le docteur Georges voudrait que je dise. « Cette malléabilité qui me vient de mon adolescence… » Ou mieux encore : « Cette malléabilité liée à mon désir d'être dans le désir de l'autre… » Sauf que non. Je ne le dirai pas. J'ai déjà aplati la vérité une fois pour l'histoire du pardon, on ne m'y reprendra pas deux fois. Alors lorsque le docteur Georges s'étonne d'une voix basse et circonspecte, « démon, dites-vous ? », je me contente de répondre oui, avant de poursuivre ce que j'étais en train de dire, comme si je n'avais pas vraiment compris ce qu'il me reprochait. Je sais qu'il sait. Je sais aussi qu'il ne m'en veut pas. J'ai presque le sentiment que ça l'amuse, même si je l'imagine levant les yeux au ciel, se demandant si je vais finir un jour par résoudre le transfert, l'impression qu'il se dit, bon, si elle y tient. La bienveillance du docteur Georges.

Je tiens au mot démon, parce que parler de démons me donne envie de les combattre, alors que le mot névrose ne me fait aucun effet et que le mot traumatisme me pétrifie. Tous les êtres humains s'y connaissent en démons. Mais seuls les spécialistes s'y connaissent en névroses et en traumatismes. Si des démons m'attaquent, je les combats, même si c'est avec des armes rudimentaires. Mais si ce sont des névroses, et ne parlons pas des traumatismes, j'attends comme une gentille fille qu'un spécialiste vienne me sauver. Et quelque part, ça m'embête.

Pierre m'a déjà invitée à dîner deux fois. Je tombe profondément amoureuse de lui. Parce que je le trouve attirant, et aussi parce qu'il m'a avoué, dès notre deuxième rendez-vous, dans un restaurant bondé du quartier des Halles, qu'il avait été le souffre-douleur de sa classe au lycée. Il me l'a dit avec un sourire, un sourire un peu navré, alors que nous parlions de ces choses brutales qui nous arrivent sans qu'on puisse les expliquer. Moi aussi, ça m'est arrivé, ai-je dit. Pierre a souri de nouveau, j'ai eu le sentiment que nous nous connaissions depuis longtemps, et je suis tombée amoureuse. Ce soir-là, Pierre me parle de Jacques Breton, le prêtre qui a fondé le centre de méditation zen où il se rend tous les mercredis. Mais c'est à peine si je l'écoute lorsqu'il me parle de cet homme qu'il considère comme son maître, c'est lui, bien sûr, que je trouve extraordinaire. Je lui promets d'assister à la prochaine session d'initiation, elle doit avoir lieu trois semaines plus tard, trois semaines durant lesquelles je compte les jours, persuadée, pour une raison inexplicable, que tous mes problèmes seront réglés le soir de l'initiation – et qu'à ce moment-là, cela va sans dire, je sortirai avec Pierre.

La troisième fois que nous dînons ensemble, deux jours avant la fameuse initiation, après m'avoir embrassée, comme d'habitude, en me frôlant les lèvres – nous n'avons pas encore passé la nuit ensemble, je me dis que c'est une question de jours – Pierre m'annonce au cours du dîner, avec un sourire radieux, qu'il est tombé amoureux d'une Japonaise. Il me dit qu'il a fait sa connaissance grâce à une annonce, Meetic n'existe pas encore, Pierre a donc passé trois semaines plus tôt, à peu près au moment de notre premier dîner, une annonce dans un magazine pour rencontrer une femme japonaise. Je suis tellement sidérée que je lui pose la question : « Pourquoi japonaise ? » « À cause du zen, dit Pierre. Le zen est devenu le centre de ma vie, tu comprends. Je suis immergé dans la culture japonaise. » Je passe le reste de la soirée à me demander si c'est moi qui me suis fait des idées pendant trois semaines, ou si c'est lui qui s'est fichu de moi. Je n'en sais rien. Quelle que soit la vérité, je suis triste. Je fais semblant de ne pas l'être tout le temps du dîner. Si Pierre a choisi cette femme plutôt que moi, cela ne peut être qu'en raison d'une entente spirituelle exceptionnelle, ou du moins supérieure à la nôtre, me dis-je pour me consoler. Au moment du dessert, je ne peux pas m'empêcher de lui poser la question : « Alors elle aussi, elle fait du zen ? » Le sourire de Pierre s'efface. « Non. Elle trouve que ça ne sert à rien. — À rien ? » Je suis trop stupéfaite pour me mettre à rire. « Pour elle, le zen, c'est un fantasme pour Occidentaux », dit Pierre d'un air gêné. « Elle est japonaise, tu comprends, elle n'a pas besoin de méditer. Le zen est inscrit dans son ADN. Elle le vit, c'est tout. » L'homme que je prenais pour un maître spirituel ne veut pas s'avouer qu'il est attiré par une femme qui ne partage pas son goût pour la méditation. Peut-être que c'est précisément ce qui l'attire chez elle, me dis-je, qu'elle ne médite pas, qu'elle trouve ça inutile. Qu'elle lui donne l'illusion que l'éveil ne concerne que lui. Je suis assez pressée de rentrer chez moi après le dîner mais juste avant de nous séparer, Pierre me dit : « Tu n'oublies pas la session d'initiation après-demain ? J'ai parlé de toi à Jacques, alors je compte sur toi. J'espère que tu seras là ? » Me retrouver dans un groupe où je ne connais personne sauf un homme qui s'est foutu de ma gueule est bien la dernière chose dont j'ai envie. Et je dis : « Oui, bien sûr. À mercredi. »

« Toujours votre désir d'être dans le désir de l'autre », dit le docteur Georges. Ce jour-là, franchement, j'aurais du mal à lui donner tort. Bien sûr, je pourrais toujours prévenir Pierre que j'ai changé d'avis. Mais je décide d'y aller quand même, à cette session d'initiation. Je n'ai aucune envie de lui montrer qu'il m'a blessée, pas question qu'il se rende compte de ma déception, ni surtout de l'amour qu'il m'inspirait. Voilà à peu près l'état d'esprit où je me trouve ce soir-là, alors que je remonte la rue qui mène au centre de méditation – un appartement ayant appartenu autrefois à la famille de Jacques Breton, qu'il a reconverti en dojo – l'état d'une fille déçue qui a envie de prouver qu'elle ne l'est pas, un mélange de tristesse et d'orgueil idiot. Sans parler de l'angoisse

« groupale » qui commence à me nouer le ventre dès que je monte l'escalier.

Dès que je me suis assise, j'ai oublié mon angoisse et j'ai oublié Pierre.

LES MAGICIENS - JACQUES

Tant de livres parlent de méditation, tant de maîtres ont écrit sur le souffle et le silence, que je me passerai d'une longue description. Ce que j'ai ressenti tient en quelques mots. Au moment où je me suis assise en tailleur, au moment où l'encens a commencé à brûler, au moment où le silence s'est fait, j'étais chez moi. Comme si je reconnaissais quelque chose que j'avais déjà vu – et que j'aimais – une porte que j'avais déjà passée – et que j'aimais – une peau que j'avais déjà touchée – et que j'aimais. Sauf que cette fois, ça n'était pas la souffrance, ni les mots, ni le désir qui ouvraient la porte, mais le fait de s'asseoir au milieu d'inconnus qui cherchaient la même chose que moi. Une fois la session des débutants terminée, je suis restée aux trois méditations suivantes. J'avais l'impression de nager dans une eau limpide. Je n'avais aucune envie d'en sortir. Juste avant que je parte, Jacques m'a dit : « Tu reviens la semaine prochaine ? » J'ai dit oui. Et c'était un vrai oui. Quand j'ai dit au revoir à Pierre, j'ai eu l'impression que ma rancune était de l'histoire ancienne, comme si notre dîner n'avait pas eu lieu l'avant-veille mais des années plus tôt.

Lorsque je dis au docteur Georges que je veux arrêter l'analyse, il me conseille d'attendre, au moins jusqu'à la fin de l'année, le temps de peser ma décision. Curieusement, je n'éprouve plus le besoin de lui demander si j'ai résolu le transfert, ou si je vais bientôt le résoudre. J'ai cessé de croire que la résolution du transfert était comparable à celle du Rubik's Cube, j'ai cessé de croire que j'arrêterai un jour de chercher le Graal, l'Atman, le Soi, quelle que soit la façon dont on l'appelle. En attendant, je suis d'accord avec le docteur Georges pour ne pas partir trop vite. Même si je pressens qu'une étape s'achève, je doute encore de moi.

— De quoi ? dit la Dame noire. De quoi doutais-tu ?

Je l'ai dit, de moi. Je doutais de moi. Mon premier roman allait être publié, sa sortie devait avoir lieu à l'automne, je voyais la date approcher avec une sorte d'angoisse, me demandant si ce que j'avais été si certaine d'éprouver lorsque je me trouvais seule, face à l'écran de mon ordinateur, si ce que j'avais cru percevoir était assez réel pour résister à la lumière et exister pour d'autres. Lorsque je faisais part de ces doutes à Sarah, elle me donnait des arguments de femme d'action. Si on t'a donné le job, disait-elle, c'est que tu es capable de le faire. Si un éditeur t'a fait confiance, ce que tu écris intéresse les autres, c'est logique, disait Sarah. Sa détermination avait quelque chose de contagieux, pourtant, la question de pouvoir transporter et préserver une chose intérieure demeurait entière. Je me la posais, sous une forme différente, le mercredi soir, lorsque je quittais l'appartement de la rue Quincampoix vers vingt-deux heures, après la dernière session de méditation, et que je retrouvais la foule du quartier des Halles. Est-ce que cette intégrité, qui grandissait en silence, allait tenir le coup dehors ? Ou allait-elle s'évanouir à la première conversation, balayée par mon désir d'être dans le désir de l'autre, comme disait le docteur Georges ?

Lorsque je me posais cette question sur le divan, elle m'apparaissait comme une question de femme, de femme trop désireuse de plaire. Parviendrais-je un jour à être moi-même en présence des autres ? moi qui avais si peur d'être rejetée, de retrouver la solitude de mes années de lycée...

Lorsque je commençai à la poser à Jacques Breton, elle m'apparut comme une énigme bien plus profonde. Cette intégrité silencieuse, pourrai-je un jour la maintenir au milieu des autres ? La femme du dedans et celle du dehors pouvaient-elles ne faire qu'une ?

À trente ans, Sarah et moi nous réjouissions, je n'ose pas dire que nous rendions grâce, mais ça y ressemblait, d'être libres, de pouvoir choisir nos partenaires, de gagner assez d'argent pour voyager, du moins, Sarah en gagnait, moi, c'était plus aléatoire. Mais derrière ces libertés-là s'en profilait une autre. La grande et dangereuse liberté spirituelle était celle que nous cherchions. À peine si nous en avions conscience, au début des années deux mille. Pourtant, durant des siècles, et jusqu'à la génération de nos mères, les femmes qui se posaient des questions « spirituelles », j'ai décidément un problème avec ce mot, comme si sa noblesse était réservée aux hommes et qu'il ne nous en restait qu'un vague parfum d'ambiance, les femmes qui se posaient des questions « spirituelles » devaient entrer dans les ordres, ou renoncer à se les poser. Et nous, nous cherchions au milieu du tumulte, la vie quotidienne était notre forêt, et non notre ascèse. Car la question de faire coïncider la femme du dedans et celle du dehors est une question de sorcière. Chaque fois qu'une fille se la pose, quelque chose frémit dans l'obscurité, un souvenir remue sous une cape sombre, comme si une transmission interrompue reprenait.

Jacques Breton, le père Breton, était un homme extraordinaire. Le genre d'homme qui vous faisait penser que vous aviez dû faire quelque chose de bien, pour avoir la chance de croiser son chemin. Il avait une façon bien à lui de plonger ses yeux dans les vôtres, comme s'il voyait briller quelque chose tout au fond et qu'il voulait le ramener à la surface. Son regard faisait penser à celui d'un chat, il était doux, perçant et vague comme si ce qui l'intéressait se trouvait toujours ailleurs. Au début des années deux mille, Jacques devait avoir environ soixante-quinze ans. Tout le monde l'écoutait, tout le monde reconnaissait son autorité spirituelle même ceux qui, comme moi, venaient juste méditer – Jacques n'aimait pas ce verbe, il préférait s'asseoir, qu'il trouvait plus simple – juste s'asseoir, sans se dire chrétiens, bouddhistes ou religieux. Au bout de trois mercredis soir passés à me baigner dans le silence au milieu des autres méditants, Jacques m'a prise à part. « Toi, il faut que tu viennes en retraite. » « D'accord », ai-je dit. « Il y a un sesshin de trois jours la semaine prochaine. Viens. » Avant même que j'aie le temps de lui dire qu'il était trop tard pour que je m'inscrive, que ce genre de retraites étaient complètes un mois à l'avance, que je n'étais pas sûre d'être prête, il a ajouté : « Il reste forcément une place. » Pierre, qui écoutait cette conversation, nous avions désormais des rapports amicaux, a protesté comme s'il entendait mes peurs : « Mais c'est une débutante... C'est trop tôt. Si elle n'y arrive pas ? Si elle ne va pas jusqu'au bout ? » Jacques s'est tourné vers lui : « C'est si important pour toi ? » Il s'est mis à rire. D'abord décontenancé, Pierre a fini par rire aussi. Leur réaction m'a rassurée. Je ne sais pas si c'est le cas de tous les dojos zen, mais il y avait dans celui-ci une atmosphère presque martiale. Pierre n'était pas le seul à employer des termes comme « surmonter la douleur » en parlant des postures qu'il fallait garder toute la journée, « tenir », « dépasser ses limites » en parlant des retraites, les fameux sesshin auxquels il se rendait régulièrement. Les autres hommes qui fréquentaient le centre relataient leurs expériences en termes similaires. Parlaient de réveil matinal, de discipline et de communion avec la nature, cela au moins n'était pas pour me déplaire. Les retraites avaient lieu à la campagne, à deux heures de Paris, dans l'ancienne propriété familiale de Jacques, une maison de trois étages et d'une quarantaine de chambres, au milieu d'un bois – cet homme avait décidément consacré tous ses biens à la cause spirituelle. Je ne m'en rendais pas compte à l'époque, mais des gens venaient de toute la France, et même de Suisse et d'Allemagne, pour écouter les enseignements de Jacques Breton. Le centre de Paris était fréquenté en proportion égale par des hommes et par des femmes. Autant les hommes parlaient volontiers de leur expérience de la méditation, autant les femmes restaient discrètes, filant en général juste après la dernière session, je mettais ça sur le compte de leur vie de famille, moi, j'étais jeune et seule, mais les femmes qui fréquentaient le centre avaient au moins l'âge que j'ai aujourd'hui, d'autres étaient plus vieilles. Quelques-unes d'entre elles participaient aux retraites, mais les autres n'en avaient pas envie ou ne s'y sentaient pas prêtes, même si elles méditaient depuis plusieurs années.

Enfin, la retraite a lieu. Le premier soir, le temps d'arriver et de s'installer dans les chambres, les participants ont le droit de parler. À partir du dîner, ce sera le silence. J'avoue que j'ai hâte d'arriver à la phase silence. C'est même pour ça que je suis venue. Parce que le silence partagé est en train de me guérir de mon angoisse « groupale », j'en ai même parlé au docteur Georges. Lorsque je me rends aux sessions de méditation du mercredi soir, je n'ai pas peur des autres – je commence même à éprouver des sentiments positifs à leur égard, comme si les frémissements, les bruits de respiration, la salive avalée, toutes ces choses organiques, intimes, que la parole empêche de percevoir d'habitude me bouleversaient. (Qu'est devenu Basini ? Dans les destins alternatifs que je ne cesse de lui inventer, il y en a évidemment un où il découvre la méditation et part, comme Alan Watts, à la recherche du maître qui lui apprendra les secrets de l'esprit. Sacré Basini.)

Mais pour l'instant, le temps d'accueillir les arrivants, le silence n'est pas encore tombé. Au milieu d'un groupe où je ne connais personne, je fais la seule chose que je sache faire, je reste à l'écart et j'observe. C'est à ce moment-là que la chose me saute aux yeux. Les hommes, pas de doute, la spiritualité leur réussit. Deux gars d'une cinquantaine d'années sont en train de parler voyages, juste à côté de moi. L'un est remonté jusqu'aux sources du Gange, l'autre l'écoute en hochant la tête, on croirait les avatars de Peter Matthiessen et Alan Watts. À vrai dire, tous les hommes qui sont là dégagent ce genre d'assurance, celle d'aventuriers de la liberté. Les femmes, c'est autre chose. L'une d'entre elles, elle doit avoir une quarantaine d'années, écoute en souriant la conversation de Peter et Alan. Sans doute est-ce l'une de leurs amies. Mais son regard dément son sourire. Son regard ressemble à une tentative désespérée pour attirer leur attention. « Regardez-moi, je vous comprends. Je suis comme vous. Je cherche la même chose que vous. » Et puis il y a le sourire bienveillant de la femme qui me donne ma clé et jette en même temps un petit coup d'œil en coin à Jacques, l'air de dire, tu as vu comme je suis gentille ? Et la gentillesse forcée de celle qui m'indique où se trouve ma chambre en me recommandant bien de ne pas faire craquer le plancher. Oh mes sœurs ! Ce regard doux, cette voix douce, ces gestes mesurés, je les connais par cœur. Je sais trop bien ce qu'ils cachent. *Pitié ne me tuez pas*. La peur ancienne, inavouable, d'être chassée. Le sentiment angoissant de ne pas être à sa place. Les femmes que je croise me donnent toutes le sentiment de craindre qu'on les démasque. Et une fois démasquées, qu'arrive-t-il à celles qui ont osé chercher ? Comme si la vérité, la spiritualité, l'éveil, le Graal – peu importe comment on l'appelle – comme si le trésor n'était pas fait pour elles. Et que tolérées dans l'assemblée virile des chercheurs de vérité, elles se sentaient obligées de jouer les saintes qui parlent d'une voix douce et marchent sur la pointe des pieds.

Bien sûr, je suis encore loin de relier cette douceur obligatoire à trois siècles de chasses aux sorcières. Mais cette menace qui pèse sur les femmes qui cherchent, comme si elles n'avaient pas le droit d'être là, comme si elles devaient se faire pardonner leur présence, je la ressens de plein fouet ce soir-là. Je n'ai aucune idée de ce que c'est. Je n'ai pas de mots à mettre dessus. Mais je n'ai jamais ressenti quelque chose d'aussi mystérieux et d'aussi violent. Jamais.

Et puis vient le silence et à nouveau, je suis chez moi.

QUELQUE CHOSE D'AUSSI MYSTÉRIEUX ET D'AUSSI VIOLENT

Lorsque je pense tout d'un coup, juste après une séance avec le docteur Georges, que Sacher-Masoch était un homme. L'inventeur du masochisme était un homme. Cette évidence me donne envie de rire toute seule dans le métro. Je me sens obligée d'en parler dès la séance suivante. « Quand même, c'est énorme, vous ne trouvez pas ? Accuser toutes les femmes de quelque chose qui au départ était le fantasme d'un seul homme. C'est énorme. Un peu comme ces escroqueries géniales où plus c'est gros, mieux ça passe. Vous ne croyez pas que cette histoire de masochisme cache autre chose ? » Le docteur Georges m'a fait remarquer avec délicatesse l'indubitable contenu sexuel de mes affirmations. J'ai dû admettre qu'il n'avait pas tort.

Peut-être que cette façon provocatrice de dire les choses était une façon de les atténuer. Peut-être que j'avais peur.

À moins que cela n'ait été la façon de parler d'une sorcière centenaire, qui me traversait l'esprit pour la première fois.

QUELQUE CHOSE D'AUSSI MYSTÉRIEUX ET D'AUSSI VIOLENT

Lorsque j'apprends que les bouddhistes conseillent aux femmes de prier pour se réincarner en homme, histoire de voyager en classe affaires la prochaine fois. La scène se passe au centre de méditation, un mercredi soir, juste après la dernière session. Évidemment, c'est Pierre qui me le dit. Il me balance ça alors que nous sommes sur le point de partir. « Si tu veux vraiment atteindre l'éveil, tu devrais prier pour te réincarner en mec. » Je lui demande d'où il tient ça, il me rétorque qu'il ne fait que citer les textes. Je ne peux pas dire que je sois surprise, une femme n'est pas surprise par ce genre de choses. Mais j'aimerais que ce ne soit pas vrai. Alors je demande à Pierre de me donner la référence du passage en question. Il sort un recueil de textes bouddhistes du monde entier de son sac à dos, il l'ouvre sans perdre une minute, on dirait même qu'il a marqué la page. « Alors ? » dit-il avec un sourire. C'est son sourire moqueur qui m'a blessée comme une trahison.

Pierre croyait en la réincarnation, nous avions eu plusieurs discussions à ce sujet, je trouvais qu'il y croyait d'une façon naïve et donc, au fond, qu'il n'y croyait pas. Il avait une façon de dire que nous choisissions nos parents, nos maladies et nos malheurs avant de naître qui m'évoquait un type en train de choisir ses meubles en kit sur un catalogue Ikea. Alors que tout le problème me semblait, justement, d'accepter ce que nous n'avions pas choisi, incarnation ou encombrante mémoire ancestrale, pour entrer en contact avec cette partie de nous qui ne nous ressemble pas. Pouvait-on croire en la réincarnation et croire, en même temps, qu'on programmait son destin soi-même, du haut de son petit moi ?

Au moment où Pierre a souri, toutes ces conversations me sont revenues en mémoire. « Peut-être que j'ai fait le vœu d'atteindre l'éveil en tant que femme, ai-je dit. Peut-être que je cherche la même chose que toi, vie après vie. Je cherche la même chose par un autre chemin. Suppose un instant que ce soit vrai. » Pierre m'a regardée d'un air surpris. Sans doute qu'on a tous les deux imaginé la chose. Lui cherchant le jour, moi cherchant la nuit. Alors je l'ai haï pour de bon. Je lui ai dit que ce qui rendait la route si dangereuse de mon côté, c'est que vie après vie, je rencontrais des hommes comme lui. Des hommes qui croyaient tout comprendre. Des hommes amateurs d'exotisme. Des hommes superficiels, suffisants et cruels méritant de se faire… méritant d'être… …Je n'ai pas terminé ma phrase. Pierre était tout pâle, j'ai compris à la façon dont il me regardait que je devais l'être aussi. Comme si une vision effroyable nous avait frôlés, comme si nous l'avions vue tous les deux sans la regarder. Nous avons décidé d'aller prendre un verre pour nous changer les idées.

Pierre a commencé par s'excuser. Il m'a avoué qu'il était jaloux que Jacques m'ait acceptée si vite parmi les retraitants. Il avait eu l'impression d'être un type banal, alors il avait eu envie d'être méchant avec moi. Je me suis excusée de m'être mise en colère. Moi aussi j'étais tendue. Je venais de sortir mon premier roman. Chaque interview, il n'y en avait pourtant pas tant que ça, chaque interview réveillait la fameuse angoisse « groupale ». Je me sentais exposée au regard de tous comme si j'avais de nouveau quatorze ans. Pierre comprenait ça. Et puis il a fini par me dire que sa Japonaise l'avait largué. Je lui ai remonté le moral, nous avons parlé de choses et d'autres. Bien sûr, nous étions sincères. Mais cette conversation faisait l'effet des banalités qu'on échange après avoir vu un spectre.

Certains tueurs de femmes eurent, paraît-il, une mort mystérieuse et atroce. Il est difficile de savoir si ces légendes sont basées sur des faits réels, mais on lit parfois que Heinrich Krämer, l'un des deux auteurs du *Malleus Maleficarum*, fut assassiné par des femmes dans la forêt de Bohême, ou que Henry Boguet, un autre juge persécuteur, mourut sur un bûcher. Imaginaires ou non, ces scènes de vengeance font partie de l'héritage de cette vieille Europe qui décida un jour que les femmes étaient sorcières.

J'avais déjà évoqué plusieurs fois mes fantasmes de violence ou ma fascination pour les scènes violentes sur le divan du docteur Georges, les mettant bien entendu sur le compte de mon adolescence. Mais la conversation avec Pierre m'avait bouleversée. Elle m'avait rappelé les rêves de vengeance de mes quatorze ans sauf que cette fois, Pierre avait perçu l'image en même temps que moi, elle nous avait frôlés tous les deux, nous l'avions évitée de justesse. Le docteur Georges se tenait derrière moi dans son fauteuil de cuir, je pouvais presque entendre le silence frémir, *la cape de la Dame tissée de silence,* alors que les larmes me montaient aux yeux. J'avais soudain la certitude que lui aussi était passé par là, nous passions tous par là. Le docteur Georges avait au fond de l'esprit des images meurtrières, nous en avions tous, lorsqu'on s'en rendait compte, toute la question était de savoir quoi en faire. Ce jour-là, j'ai eu le sentiment que la mémoire était une terre. Nous héritions tous d'une terre. Une terre noire et profonde, avec ses sources, ses nappes phréatiques, ses forêts, ses oiseaux, et ses prédateurs. Que pouvions-nous faire à part la cultiver ? Nous pouvions aimer notre mémoire, l'aimer comme une vie plus forte et plus vieille que la nôtre, l'aimer comme un monde, comme un écosystème, ne pas l'empoisonner avec de vieilles rancœurs, puisque la terre est commune, puisque toute frontière n'est jamais qu'une barrière fragile, aléatoire, franchissable. En dessous, tout communique.

Cette séance d'analyse a été la plus proche du pardon, bien que je ne sois pas certaine d'avoir prononcé le mot.

LA DERNIÈRE SÉANCE AVEC LE DOCTEUR GEORGES

Durant les semaines qui suivent, je ne trouve plus rien à dire au docteur Georges. Nous avons atteint un tel degré de confiance l'un dans l'autre que depuis longtemps, nos inconscients communiquent. Quoi de plus naturel, dirait le docteur Georges, c'est ce qui s'appelle le transfert. Depuis le début de l'analyse, j'imagine le transfert comme une opération magique, où les spectres du docteur Georges communiquent avec mes spectres, mes grands-mères donnent des recettes à ses grands-mères, l'ado qu'il a été refait le monde avec l'ado que j'étais. Quelque part, dans cette foule, la transaction a eu lieu. Ce qui devait passer sous le manteau est passé. Les ancêtres et les spectres ont fait leur boulot. Continuer serait quelque part une forme de paresse, une façon de s'attarder sur cette place, dans cette foule où je commence à reconnaître des visages, quitte à oublier ce que je suis venue chercher. Elle s'oublie si facilement, se perd si facilement, la route des femmes. Parfois sur le divan, je l'ai appelée la route du Sud, parce qu'elle m'inspirait des mots qui souvent commençaient par S, Spiritualité, Soi, Sensualité. Je ne pensais pas au mot Sorcière, à ce moment-là.

Mais chaque fois que j'évoque la possibilité de terminer l'analyse, je me rends finalement aux arguments du docteur Georges, comme si je n'étais pas encore prête à quitter la pièce où je m'allonge ni ses murs où sont suspendues deux esquisses à l'encre de Chine, dessinées par le docteur Georges lui-même des années plus tôt, lorsqu'il hésitait entre une carrière de peintre et de psychanalyste. Je n'ai pas pu résister à lui demander, un soir, s'il était l'auteur de ces tableaux. Oui, a dit le docteur Georges. Avait-il rêvé d'en faire son métier ? Oui, a-t-il répondu. Je ne lui ai pas demandé s'il avait des regrets, j'étais certaine qu'il n'en avait pas, que son rêve s'accomplissait ici même, dans cette pièce bien rangée où il soignait les âmes. Je pouvais presque sentir son sourire derrière moi.

Un soir, je sais que c'est le moment. Comme on sait que c'est l'heure de partir ou l'heure de se lever, sinon on va manquer l'avion pour de bon. Il faut y aller. J'annonce au docteur Georges que je ne reviendrai plus. Il s'y attendait. À vrai dire, c'est moi qui suis surprise qu'il n'insiste pas davantage pour me retenir. « C'est possible que vous arrêtiez maintenant, c'est tout à fait possible. Poursuivre vous permettrait de consolider vos acquis. Mais ça n'est pas une nécessité. » Le docteur Georges n'ajoute rien de plus, il me demande de décider seule. Si je voulais rester, je me justifierais pour qu'il me contredise et que le dialogue se poursuive. Je dirais, si je reste encore, je vais finir par devenir la femme que vous pensez que je suis, ça ne se fera pas tout de suite, mais ça se fera. Je dirais, peu à peu, je commencerai à épouser votre vision du monde, à employer votre vocabulaire, cela se fera d'une façon très subtile, ce ne sera pas votre faute, mais je renoncerai. Je renoncerai à chercher la nuit. Je me ferai croire que c'était inévitable, que c'était mieux comme ça. Je sentirai mon regret parfois, comme un pincement, une douleur au fond de moi. Mais je ne dis rien.

Au bout de plusieurs minutes le docteur Georges finit par dire : « Très bien. » Il me dit que si j'ai besoin de lui, il sera là. Même si notre travail s'arrête, je reste sa patiente, il insiste bien sur ce point. Je peux reprendre l'analyse à tout moment si jamais je change d'avis. « Mais je ne m'inquiète pas pour vous », ajoute-t-il. « Et je vous souhaite bonne route. » Je suis très émue au moment où il me serre la main. Je crois que lui aussi. La sorcière part ce jour-là avec la bénédiction de l'inquisiteur. Il faut bien que les siècles servent à quelque chose.

IV

Sabbat

DERNIÈRE APPARITION

Les plis de la cape frémissent comme s'ils abritaient une assemblée de femmes qui délibèrent.

— Parle-nous d'amour, dit la Dame.

Ce sont les derniers mots qu'elle prononce. Ensuite l'image disparaît.

Il est toujours difficile d'expliquer les choses après coup, l'exercice est forcément un peu artificiel, d'autant plus lorsque la chose à expliquer est l'irruption d'une sorcière dans votre psyché. Mais je suis bien obligée de remarquer que la sorcière a fait irruption dans mon esprit alors que Frédéric et moi venions d'emménager ensemble. Même si le contexte de l'apparition ne peut se réduire à ce seul évènement, je dois avouer que l'idée de vivre avec un homme, de cohabiter avec lui tous les mois de l'année, tous les jours de la semaine, m'a longtemps mise mal à l'aise. Cela n'a rien à voir avec la peur de l'engagement ou avec un manque d'amour, je dirais presque, au contraire.

Ce sentiment d'anxiété à l'idée d'une cohabitation permanente, cette part de moi dressant les oreilles comme un animal prêt à défendre son territoire, je les ai longtemps mis sur le compte de l'écriture. J'avais lu *Une chambre à soi* avec un sentiment d'effroi et de gratitude, au retour de ma première retraite en silence, ne trouvant pas si étonnant que Virginia Woolf ait pu remplir ses poches de pierres, en raison d'un trouble psychique selon ses biographes, mais peut-être, aussi, faute d'avoir pu se retirer aux moments opportuns, au fond d'un bois, dans une tanière. J'ai toujours su, au fond de moi, que l'absence de silence, d'obscurité, de retraite faisait courir aux femmes un danger mortel. Seulement, au bout de dix-huit mois de cohabitation avec les sorcières, je ne crois plus que ce risque concerne seulement les romancières ou les créatrices. Je crois qu'il est commun à toutes les femmes.

Ce sentiment d'angoisse, de péril, parfois ce danger bien réel de perte d'identité, me semble la principale différence entre une femme amoureuse et un homme amoureux. Au moment où j'écris ces lignes, je suis convaincue qu'il est lié aux chasses.

Chaque fois qu'une fille tombe amoureuse d'un garçon, elle vit cette histoire-là et en même temps, une autre. Au moment où elle lui ouvre sa porte, au moment où elle s'abandonne, lui laisse un double de ses clés, même au moment de s'endormir côte à côte, les verbes de l'amour, laisser, abandonner, ouvrir, se mettent à vibrer comme des cordes dissonantes et réveillent toutes les femmes chassées de sa lignée. Criant d'autant plus fort dans l'obscurité que la fille amoureuse ne peut pas les entendre. Gémissant, murmurant, pleurant lorsque la fille amoureuse mue par cinq siècles de dressage se soupçonne *elle-même*, d'angoisses inutiles, de peur de l'engagement, plutôt que de soupçonner des assassinats. Le complexe de la sorcière la possède sans qu'elle le sache.

Combien de fois ai-je été cette fille, amoureuse, insouciante, inconsciente, se raidissant soudain à cause d'une angoisse inexpliquée, une tension dans la pièce comme si un verre s'était brisé et qu'il en restait forcément un éclat, quelque part, sur lequel on risquait en sortant du lit de poser son pied nu ? Puis cette perplexité, une fois l'angoisse disparue, venait-elle de moi, venait-elle de lui ? Qui penserait au début d'une histoire d'amour, ou même au milieu, entre les courses, les comptes communs, les repas de famille, à soupçonner des histoires anciennes, des meurtres de masse, le murmure des fantômes ?

Et voilà que la Dame noire me demande de lui parler d'amour ! Comme si toutes mes grands-mères cachées sous sa cape, la lignée des *nonne* et celle des *grossmüeter*, me mettaient au défi de les réconcilier avec les hommes. Peu importe que la Dame soit une créature imaginaire, je sais qu'il faut prendre cette demande au sérieux. Comme si les petits visages attentifs des *nonne* et des *grossmüeter* n'étaient pas fripés mais juvéniles, comme s'ils se confondaient avec ceux de mes filleules et de ma nièce, et même avec mon propre visage à leur âge, le visage d'une fille qui aurait bien aimé qu'une sorcière lui donne quelques conseils judicieux. Comment réconcilier celles qui cherchent la nuit et ceux qui cherchent le jour ? Comment vivre avec ces résonances, ces souvenirs ? Et aussi : Toi, où en es-tu sur ces questions ? Toi, comment aimes-tu ? Voilà ce qu'elles veulent savoir. Oh les sorcières ! Les *nonne* et les *grossmüeter* ! Si j'avais su que ce genre de questions m'attendaient au tournant, je ne suis pas sûre que j'aurais entrepris le voyage. Vous êtes pires que Méphistophélès, en matière de pacte.

Pas de réponse. Elles attendent. Du moins est-ce l'impression que donne le silence dans la pièce où je travaille.

LE SABBAT

J'ai laissé passer plusieurs jours avant de me décider à appeler Sarah, Claire et Betty, je voulais être sûre que ce n'était pas une façon de me dérober. Mais plus j'y réfléchissais, plus il me semblait que je ne pouvais répondre seule à la question de la Dame, qu'elle se posait aussi à ces femmes que je connais depuis tant d'années. Elles aussi cherchaient, elles aussi fréquentaient les sorcières à leur façon, elles avaient forcément quelque chose à transmettre. J'ai fini par les appeler l'une après l'autre. Leur demandant si elles étaient d'accord pour me parler d'amour, de sorcières et d'inquisiteurs, si elles avaient quelque chose à dire sur l'homme qui met de l'ordre et sur la femme qui le maudit, sur la façon dont ils nous possèdent, sur la passion qui les unit. Craignant de les déranger, Sarah avec ses élèves, Claire avec ses patients, Betty au retour d'un reportage, craignant surtout, après tous ces mois passés en compagnie des sorcières, que mes questions leur paraissent étranges, décalées, qu'elles ne trouvent pas le temps d'y répondre ou n'en voient pas l'intérêt. Bien sûr, je me trompais.

Betty a proposé que nous nous retrouvions chez elle le dernier week-end d'octobre, elle est venue nous chercher toutes les trois à la gare le vendredi soir. Betty n'habite qu'à une heure de Paris mais je suis toujours saisie par la beauté de la route bordée d'arbres qui mène jusqu'au hameau où se trouve sa maison. C'est une maison bâtie à la lisière d'un bois, les fenêtres à l'arrière ouvrent sur les arbres, à l'avant sur les champs. Malgré les allers-retours en train et en voiture, Betty n'a jamais regretté son choix de ne pas vivre à Paris. Ses enfants passent le week-end de la Toussaint de leur côté, le premier avec sa fiancée, la seconde avec sa troupe de théâtre, elle en a profité pour offrir l'hospitalité à notre sabbat. Son chien et ses deux chats observent avec une légère anxiété l'invasion de leur territoire alors que nous posons nos sacs dans la grande pièce du rez-de-chaussée qui sert à la fois de salon, de bureau et de salle à manger. Claire et Sarah dormiront dans les chambres à l'étage, je me sacrifie, si on peut appeler ça un sacrifice, pour passer deux nuits sur le canapé entre les chats et les piles de livres. Les questions sur la semaine qui vient de s'écouler, les indications pratiques sur l'emplacement de la salle de bains s'accompagnent d'une légère tension qui rappelle le début d'une retraite. Nous parlons de choses et d'autres, mais nous savons que nous sommes là pour une autre raison.

Nous avons convenu dès le premier soir de ne pas enregistrer nos conversations de peur que cela nous conduise malgré nous à arranger les choses, à les enjoliver. Pour la même raison, je n'ai pas pris de notes durant les partages. Pour me souvenir de ce qui s'était dit, j'ai fait la même chose que durant un voyage ou une retraite. J'ai noté chaque soir ce qui m'avait bouleversée, tout ce que je ne voulais surtout pas oublier. Comme ce silence qui tout d'un coup sembla s'étirer alors que nous étions assises autour de la table, ayant épuisé les sujets de conversation ordinaires, Sarah gardant les yeux mi-clos à la façon d'une méditante, aucune de nous ne semblant décidée à parler la première. Jusqu'à ce que Betty sourie, puis nous toutes, comme si après avoir plongé dans une eau profonde, nous émergions ensemble sur une autre rive.

PREMIER PARTAGE – VENDREDI SOIR

— Parle-nous des sorcières, dit Betty. Tu disais dans ton mail que tu voulais parler d'amour. Tu peux préciser un peu ?

Je répète à Betty ce que j'ai eu l'occasion de dire

dans le train à Claire et à Sarah. J'aimerais savoir si elles ont aimé un inquisiteur. Si elles ont eu un jour le sentiment que la relation inquisiteur-sorcière influençait leur façon d'aimer. Quels conseils elles auraient voulu qu'une sorcière leur donne, et quels conseils elles-mêmes auraient envie de donner.

— L'inquisiteur, c'est bien le type psychorigide qui veut mettre de l'ordre dans ta vie ? dit Betty.

— C'est vrai que ces hommes-là sont attirants, dit Claire. Ils ont quelque chose de magnétique.

— Moi, je ne les ai jamais attirés, dit Sarah. À vingt ans, ça me désespérait. J'avais l'impression qu'il me manquait quelque chose.

L'inquisiteur vu par Sarah est un dresseur de femmes. Le genre d'homme qui s'imagine que les femelles appartiennent à une espèce inférieure qu'ils sont contraints de domestiquer, dit-elle. Claire le verrait plutôt comme un fanatique religieux. Moi, je crois que l'inquisiteur, l'esprit de l'inquisiteur voyage sous différentes identités, qu'il peut emprunter différents masques, qu'il a quelque chose de rusé. Tantôt je le vois comme un fanatique, tantôt comme un galant homme. C'est un visage auquel on ne pense pas, celui du séducteur, celui de l'homme de cour. Pourtant le chasseur de sorcières du dix-septième siècle n'avait plus grand-chose à voir avec les austères dominicains du siècle précédent. Michelet raconte que Pierre de Lancre, le magistrat chargé de la dernière grande chasse au Pays basque, était très attiré par les femmes qu'il arrêtait. Il les trouvait excitantes, il leur faisait avouer toutes sortes de crimes sexuels. Il les faisait même danser à l'intérieur du tribunal. Et puis il les condamnait. Ce récit m'avait bouleversée, peut-être parce que je l'avais trouvé très moderne, très proche des histoires d'abus contemporaines.

Betty a cessé de sourire.

— Il m'est arrivé une histoire étrange à vingt-huit ans, dit-elle.

Comme l'histoire est longue et qu'il est déjà tard, elle propose de dîner avant de nous la raconter.

DEUXIÈME PARTAGE
– VENDREDI SOIR –
HISTOIRE DE BETTY

— Je vois des choses dans vos yeux, dit Betty. Je vois des choses qui ne m'aident pas à parler. Non décidément, vous ne m'aidez pas du tout.

Elle nous lance un coup d'œil ironique. Claire sourit, moi aussi. Mais nous ne disons rien. Cela fait partie des règles que nous avons adoptées pour le week-end. Ne pas interrompre celle qui prend la parole, ne pas la forcer à en dire plus qu'elle ne voudrait. Le chien s'est couché à nos pieds, sous la table, on entend le bruit paisible de sa respiration, auquel répond par intermittence le tressaillement de la chaudière.

— Ce que je vois dans vos yeux, dit Betty, c'est que nous sommes amies depuis longtemps. Vous me voyez d'une certaine façon, vous me faites confiance, vous croyez me connaître. L'autre chose que je lis dans vos yeux, c'est que je suis la plus âgée. Vous me voyez heureuse, disons épanouie, malgré mes cheveux grisonnants, mon absence de maquillage, et vous vous dites que c'est possible. Mais qu'est-ce qui est possible ? L'équilibre ? Ou échapper à un piège, une chose qui vous attrape par la cheville, à quoi l'équilibre doit être arraché ?

L'inquisiteur. Le haïsseur. Si reconnaissable quels que soient les mots qu'on emploie.

— J'étais très différente à vingt-huit ans de celle que je suis aujourd'hui, dit Betty. Ce n'est pas seulement que j'étais plus jeune et plus belle. J'étais différente pour un tas de raisons. La première, c'est que je faisais plusieurs métiers. Je mixais des sons à la radio, je pigeais pour des magazines. Il m'arrivait aussi d'écrire des textes pour une agence de publicité, ces petites histoires sur l'origine des corn-flakes ou celle de la bière que les gens ne lisent jamais à l'arrière des emballages. Je m'éparpillais sans pour autant construire une carrière, mais je ne me préoccupais ni de ma fatigue ni de mes finances. Ma vraie passion, c'était l'amour. Une certaine forme d'amour intense, possessif, qui me donnait l'impression d'exister. Deux ans plus tôt, j'avais mis fin à une longue histoire avec un homme aussi brillant qu'alcoolique. Le sentiment d'être la personne la plus importante de sa vie me manquait. J'avais besoin de me sentir protégée par un homme. Si je n'éveillais pas ce sentiment de protection, ma vie me semblait vide, elle me semblait n'avoir aucun sens. Pour oublier ce vide, je sortais beaucoup. Je travaillais beaucoup aussi. J'ai rencontré Serge à la pharmacie. J'étais épuisée, je lui avais demandé de la vitamine C. Au moment de me donner la boîte, il a froncé les sourcils. Il m'a demandé depuis quand durait la fatigue, si je dormais suffisamment. Je lui ai dit qu'il m'arrivait de travailler en horaires décalés. Il m'a dit que la vitamine ne servirait à rien. Mieux valait que je mange à heures fixes, que je fasse du sport, une bonne hygiène de vie, c'était ça qui réglerait mon problème d'insomnie. C'était presque l'heure de la fermeture. Il m'a plu tout de suite. Sa voix grave, un peu triste. Sa façon de me donner des conseils aussi, comme si déjà je comptais pour lui. Il m'a demandé si je voulais prendre un verre, j'ai dit oui. Très vite, on est devenus amants. Très vite, il m'a demandé de vivre avec lui. Je me suis installée chez lui, il habitait juste au-dessus de la pharmacie, il avait quinze ans de plus que moi. Il n'était pas particulièrement beau, mais il me rassurait. Et c'était si intense, au lit, que je ne faisais pas trop attention au reste. À sa façon d'évoquer « ma nouvelle vie », c'est-à-dire ma vie avec lui, et « ma vie d'avant », celle où je me couchais à trois heures du matin pour boucler un article ou écrire des slogans pour mon agence de pub, après avoir passé la soirée à traîner avec ma bande d'amis. Dans son esprit, il m'avait sauvée. Je savais que c'était faux, exagéré. Je savais aussi que c'était un fantasme érotique. Mais je ne trouvais pas ça dangereux. Je croyais que percevoir la nature érotique de ce fantasme m'immunisait contre le danger. Me donnait une sorte d'avantage sur Serge qui semblait, lui, le prendre au premier degré. « Ta vie d'avant aurait fini par t'abîmer », disait-il. Selon lui, j'aurais fini par prendre de la cocaïne pour tenir le coup, j'aurais fini par devenir toxicomane. Lorsqu'il disait ce genre de choses, je me gardais bien de le contredire. Parce que je savais que dix minutes plus tard, il me prendrait par la main ou par la taille, mais le plus souvent par le poignet, comme un policier qui amène une mauvaise fille au poste, pour me conduire dans la chambre.

Un courant d'air froid traverse la pièce, Sarah se lève pour fermer la fenêtre que nous avions laissée entrebâillée.

— J'étais heureuse, au début, dit Betty. Je crois que lui aussi. Dans un sens, nous nous aimions. Du moins nous étions sincères, nous pensions vivre une histoire d'amour. Il commençait bien à y avoir un malaise. Mon agence de pub n'avait pas renouvelé mon contrat, malgré la vie saine que je menais auprès de Serge, je commençais à me sentir à côté de la plaque et bien plus fatiguée que du temps de mon « ancienne vie ». Comme si le personnage de la mauvaise fille commençait à me coller à la peau. Et puis, Serge a commencé à devenir jaloux. Ou plutôt, il prétendait l'être. Comme si le fantasme de la mauvaise fille avait besoin d'être nourri, comme si nous avions créé une sorte d'idole aux yeux cernés et aux côtes saillantes. À ce moment-là, je multipliais les piges, je ne voulais plus m'éparpiller, je voulais devenir une bonne journaliste. Mais chaque fois que je lui racontais ma journée dans une rédaction, chaque fois que je parlais à Serge d'un collègue, il voulait savoir si je couchais avec. « Avoue que tu plais à ce type. Allez, dis-le. » Je me contentais de sourire, une partie de moi n'avait pas envie de renoncer complètement à ce jeu. Puis nous parlions d'autre chose. Mais quelques jours plus tard, Serge revenait à l'attaque. « Dis-le, que ce type t'excite. » Le type pouvait être un passant dans la rue, il suffisait que Serge fantasme qu'il me regardait. « Dis-le, qu'il te plaît. » Arrivés à la maison, ça continuait : « Ce type ressemblait un peu à Bruno, tu ne trouves pas ? Je suis sûr que tu as déjà eu envie de coucher avec Bruno. » Bruno pigeait pour le même magazine que moi, il était venu dîner plusieurs fois à la maison avec sa femme. Lorsque je disais à Serge que j'en avais assez, il me regardait d'un air navré. Il disait que ça n'était qu'un jeu, que j'étais libre d'y jouer ou pas, lui, bien sûr, ne voulait me forcer à rien. Mais j'entendais la tristesse, la déception dans sa voix, comme si je refusais d'incarner l'idole que nous avions jusqu'ici adorée ensemble. La mauvaise fille que Serge aimait. Il n'arrivait pas à croire que mon refus soit définitif. Nous faisions l'amour moins souvent. Il m'arrivait de regretter la tension érotique des premiers mois, deux ans avaient passé, deux ans durant lesquels Serge m'avait aimée moi, du moins, je croyais que c'était moi. Alors dès que j'entendais ces « Dis-le... », j'avais la chair de poule. Une nuit, alors que nous nous rapprochions dans le lit, tendrement, mélancoliquement, il m'a murmuré à l'oreille : « Dis que tu baises avec Bruno. Dis que tu adores ça. Dis-moi tout. » J'ai tout dit, et plus encore. Juste avant de s'endormir, Serge a murmuré je t'aime. Je t'aime, tu es la femme de ma vie. Et puis il s'est tourné sur le côté et il s'est mis à ronfler, pas très fort, régulièrement, paisiblement, un peu... un peu comme Gaspard en ce moment.

Le chien endormi sous la table ne se réveille pas, à peine s'il tressaille dans son sommeil animal, au moment où Betty prononce son nom.

— C'est là que l'histoire devient étrange, dit Betty.

Elle ne savait pas si elle avait fait un rêve ou si c'était une vision qu'elle avait eue dans l'obscurité, un genre de rêve éveillé. Toujours est-il qu'elle avait vu Serge la demander en mariage le lendemain, au petit déjeuner. Elle s'était vue disant oui. Elle avait vu le jeu des « Dis-le... » se répéter, mois après mois, année après année. Elle avait ressenti les orgasmes répétitifs, lancinants, comme celui qui faisait encore tressaillir son ventre et ses cuisses. S'était vue vieillissant auprès de lui, sans enfant, étrangement juvénile, ayant sacrifié ses organes à l'idole, la mauvaise fille fantasmatique nourrie de sa propre chair. S'était vue passant d'un travail à l'autre sans jamais s'y impliquer, étrangement détachée des choses concrètes, les pieds flottant à un ou deux centimètres au-dessus du sol, sans jamais toucher la terre. Betty s'était redressée dans le lit si brutalement qu'elle avait cru pousser un cri. Mais ce cri aussi devait faire partie du rêve, car Serge ne s'était pas réveillé. Elle s'était habillée dans le noir. Elle avait attendu d'être sortie de l'immeuble pour appeler un taxi, et avait débarqué en pleine nuit chez sa meilleure amie. Lorsqu'elle avait revu Serge, une semaine plus tard, dans un café juste à côté de la pharmacie, elle lui avait dit que c'était fini. Il n'avait pas compris. Il l'avait traitée de folle avant de se mettre à pleurer. Lui avait dit qu'un jour, elle se rendrait compte de ce qu'elle avait détruit, qu'elle le regretterait mais qu'il serait trop tard. Elle avait eu un frisson lorsqu'il l'avait traitée de folle, elle-même était loin de se sentir raisonnable. Mais elle ne l'avait jamais regretté. Elle avait rencontré le père de ses enfants, ils avaient été heureux puis avaient cessé de l'être. Elle n'avait jamais revu Serge. Des années plus tard, elle avait appris par hasard que lui aussi s'était marié et avait quitté Paris. Quoi qu'il se soit passé ensuite, elle gardait l'impression d'avoir échappé, cette nuit-là, à quelque chose d'inquiétant et d'indéfinissable, comme une régression ou un emprisonnement. Et même d'en avoir libéré Serge, bien qu'elle n'ait jamais eu la preuve que lui aussi courait un danger. Pour toutes ces raisons, Betty se sent très différente aujourd'hui de la fille qu'elle était. Le plus étrange, pour elle qui est une femme pragmatique, est de se dire que si elle avait été raisonnable cette nuit-là, si elle n'avait pas obéi à son rêve, elle ne serait probablement jamais devenue elle-même.

NOTES PRISES APRÈS LE PARTAGE

Je n'ai pas pu m'empêcher de penser, durant le récit de Betty, à la façon dont magistrats et inquisiteurs menaient les interrogatoires. Les procès des sorcières posaient, en effet, une difficulté particulière. Il était impossible d'attendre qu'un témoin relate les faits extraordinaires reprochés à l'accusée. Impossible qu'un témoin dise : Je l'ai vue faire bouillir des enfants dans une marmite. Je l'ai vue baiser avec le diable. Je l'ai vue enfourcher un balai. Avouer ce genre de visions, c'était s'avouer initié. C'était se condamner. Quant à l'accusée, impossible qu'elle avoue d'emblée des crimes imaginaires. Même si elle l'avait voulu, la malheureuse ignorait, au moment de son arrestation, les détails du fantasme de ses juges. Elle en prenait connaissance au fur et à mesure qu'ils la questionnaient, au cours d'un interrogatoire à la forme particulière. Car la méthode ne pouvait pas être la même pour faire avouer une sorcière ou un paysan soupçonné d'avoir volé une vache. Les manuels des inquisiteurs conseillaient d'adopter avec l'accusée un ton presque amical, paternel, enjôleur même au début de la procédure, quitte à lui promettre des choses qui ne seraient pas accordées, comme un allégement de ses supplices ou une mort rapide. Cet interrogatoire où les réponses sont contenues dans les questions, c'est ce que les historiens appellent l'interrogatoire indirect. Pas de question directe : « Où étais-tu samedi soir à dix-neuf heures ? » Pas d'affirmation directe du témoin : « Je t'ai vue samedi soir au sabbat. » Mais des « Avoue que tu baises avec le diable », « Dis que son membre est froid », « Dis que tu as ensorcelé cet enfant », « Dis que tu es une sorcière, nous allégerons tes peines ». Interrogatoire indirect ou en d'autres termes : Dis-le.

J'ai eu une sorte d'appréhension au moment

de raconter ça aux filles, tout à l'heure. J'ai pris l'habitude du sentiment bizarre que l'histoire des chasses provoque, ce mélange d'étonnement et de « mais bien sûr ! » mais je me sentais gênée de le leur imposer. Je me demandais comment Betty allait le prendre. Mais vu la raison de notre présence chez elle, je me serais sentie encore plus gênée de me taire. Je pouvais percevoir l'intensité électrique de leur attention, pourtant c'est à peine si cela les a surprises. « J'ai toujours pensé que l'érotisme nous faisait voyager dans le temps », a dit Betty. Ce sentiment de faire l'amour avec les ancêtres de l'autre, avec ses secrets, de voir le monde par d'autres yeux, comme si notre âme descendait à marée basse pour se remplir de la sienne, nous l'avions toutes éprouvé. Nous avions toutes éprouvé le sentiment d'être initiées, la première fois qu'un homme nous avait murmuré « Dis-le » ou quelque chose d'approchant, un ordre, une instruction à la fois érotique et étrange. Mais toutes, nous nous étions trompées sur la nature de cette initiation, sur le vertige qu'elle provoquait. Ce n'était pas une initiation érotique. C'était une initiation à la mémoire sorcière, à sa profondeur. À son pouvoir.

De cette profondeur a surgi le rêve qui a conduit Betty à quitter son inquisiteur. Elle semblait persuadée de l'avoir libéré, lui aussi. Libéré d'une forme de mesquinerie, d'une vision étroite de la vie, de l'obligation de se montrer tyrannique pour exister ? « Libéré d'une chose dangereuse », a dit Betty. Il était déjà plus de deux heures du matin, nous aurions voulu continuer la conversation mais Sarah et Claire nous ont convaincues qu'il était plus raisonnable d'aller dormir, si nous voulions poursuivre les partages le lendemain.

TROISIÈME PARTAGE
– SAMEDI APRÈS-MIDI –
HISTOIRE DE CLAIRE

— J'ai eu un burn-out il y a trois ans, dit Claire. C'est arrivé d'une façon sournoise, insidieuse. Lorsque je me suis demandé ensuite s'il y avait eu des signes, des indices, j'ai dû reconnaître qu'il y en avait eu, beaucoup, mais c'étaient des signes que je ne voulais pas voir. Ma fille venait d'avoir dix-sept ans. Je voulais mettre assez d'argent de côté pour lui payer, le moment venu, les études de droit à Oxford dont elle rêvait, du moins, c'est ce que je me disais. En vérité, j'étais prise dans une sorte de spirale, plus je gagnais d'argent, plus j'aimais en gagner, les sommes que je facturais me donnaient le sentiment de valoir quelque chose, peut-être qu'elles me montaient à la tête, qu'elles m'enivraient tout simplement. Mon activité de coaching s'était développée, au point que j'avais dû recruter trois personnes à plein temps, je travaillais beaucoup. J'aimais ce que je faisais. J'aimais cette sensation d'aider des individus à se sentir bien dans une organisation, faire en sorte que tout le monde y gagne, même si je me sentais, au fond de moi, du côté de l'individu bien plus que de l'organisation. Je restais une psychanalyste même si j'avais presque cessé de recevoir des patients sur le divan. Je n'avais plus le temps d'exercer mon art de thérapeute, on aurait dit que j'avais signé un pacte avec le succès, un client en appelait un autre, quand je dis client, je parle de ces entreprises dont les bâtiments rappellent, à la périphérie des capitales, ces palais de verre futuristes des bandes dessinées d'Enki Bilal. Malgré l'épuisement, malgré les allers-retours à Londres ou à Genève en milieu de semaine, je m'astreignais à garder deux patients par semaine, pour ne pas perdre ma pratique. Je m'astreignais, vous vous rendez compte…

Le rire de Claire fait penser à un chant d'oiseau. Aérien, étonné.

— Pour moi, l'inquisiteur est cette chose qui vous dit, plus vite, encore, et encore plus vite. Cette chose qui vous emprisonne tant que la perfection n'est pas atteinte. Cette chose-là avait pris possession de moi. Je n'avais presque plus le temps de voir ma fille, je me sentais très seule. J'avais divorcé trois ans plus tôt, je n'avais pas de compagnon. Un dimanche, j'ai tenté de m'inscrire sur un site de rencontres, j'ai échangé quelques mails avec un homme intéressant, mais au moment de prendre rendez-vous, je me suis rendu compte que mon agenda était rempli, rempli comme un sac de pierres, pour les trois semaines à venir. Il me restait une heure avant de prendre un Eurostar, mais je n'ai pas osé demander à cet homme de me rejoindre à la gare du Nord. Je lui ai dit la vérité. Que je travaillais beaucoup, que je travaillais trop. C'était la première fois que je le formulais, à un homme que je ne connaissais même pas, une voix grave au téléphone. Il m'a dit qu'il comprenait, m'a proposé de le rappeler plus tard, quand j'aurais moins de travail. Je me suis sentie très triste au moment de raccrocher. Je regardais les cases de mon agenda électronique, toutes ces cases les unes à côté des autres, et j'ai pensé : On dirait des briques. On dirait les briques d'un mur. On croit que le temps se remplit, mais c'est autre chose. Je suis emmurée vivante.

Ce fut le premier signe, mais Claire trouva l'image trop effrayante pour la prendre au sérieux. Elle soupçonna son inconscient d'exagération.

Peut-être l'aurait-elle soupçonné davantage si elle avait su que la peine d'emmurement, ou *vade in pace*, pouvait frapper les sorcières comme les religieuses accusées d'avoir rompu leur vœu de chasteté. Peut-être, au contraire, aurait-elle pris le signe au sérieux.

Le deuxième signe, dit Claire, fut bien plus bouleversant et indéniable. Tout d'un coup, elle s'était retrouvée entourée de femmes. Huit directeurs de son plus gros client, une importante société d'assurances dont le bâtiment miroitait en bordure de périphérique, huit directeurs nouvellement promus, se trouvaient être huit directrices. Claire devait passer une semaine entière avec elles en séminaire. Sept d'entre elles avaient à peu près son âge, une quarantaine d'années, la huitième devait avoir quelques années de plus. C'était une grande femme cassante et autoritaire qui lui inspirait peu de sympathie. Malgré cela, le séminaire se déroula bien. Le dernier jour, lorsqu'elle lut les évaluations de ses clientes, cette femme antipathique lui avait donné la meilleure note. Alors que les autres avaient déjà quitté la salle de réunion, elle se tenait debout près de la porte, semblant attendre quelque chose. Claire la remercia pour son évaluation flatteuse. Et contre toute attente, cette femme qui lui avait semblé si froide, si hermétique au développement personnel, lui dit que le séminaire ne lui avait pas suffi. Elle éprouvait le besoin de faire un travail approfondi, un travail sur elle-même, et se demandait si Claire accepterait de la prendre comme patiente.

Claire avale sa salive. Je ne l'avais encore jamais vue en tenue décontractée. Elle semble étrangement juvénile en jean et tee-shirt, les yeux bouffis, comme nous toutes, par le manque de sommeil, cheveux lâchés sur les épaules. Je suppose qu'une psy ne peut pas se montrer au naturel à ses patients, elle doit se composer un visage, porter une sorte d'uniforme.

— Je lui ai demandé ce qu'elle attendait d'un travail sur elle, dit Claire. Mais en vérité, je savais déjà que j'allais lui donner le nom d'un confrère. Je n'avais aucune envie que cette femme devienne ma patiente, elle m'inspirait presque de la répulsion. Je ne comprenais même pas ce qui l'attirait vers moi. Mais elle m'écoutait d'un air attentif, un air de bonne élève, comme si elle voulait me répondre le mieux possible, et puis elle a dit… La voix de Claire s'enroue… Je crois que je suis en train de faire un burn-out, voilà ce qu'elle a dit. Et juste après, parfois j'ai l'impression d'être un homme, parfois d'être une petite fille, mais il n'y a rien entre les deux. Voilà ce qu'elle a dit. Il n'y a rien entre les deux, c'est comme si la femme avait disparu. Et puis elle a ajouté d'une toute petite voix, comme une enfant qui a peur de dire une bêtise : Vous croyez qu'il y a un rapport avec le burn-out ? Et moi, je regardais cette femme qui avait une tête de plus que moi, cette femme qui ne me ressemblait pas, et j'avais l'impression de voir mon âme dans un miroir.

Claire a commencé à pleurer dans le taxi qui la ramenait chez elle. Elle a pleuré toute la nuit. Elle pleurait encore le lendemain, ce qui l'a contrainte à annuler sa mission de coaching à Londres. Elle se sentait incapable d'ouvrir son ordinateur, de répondre à ses mails. C'était comme si cette femme avait transpercé quelque chose, une carapace, un blindage. *Le mur de l'in-pace.* Elle a passé trois jours au lit, annulant ses missions les unes après les autres, se faisant remplacer par son associé. Heureusement, dit-elle, tout ça tombait pendant les vacances scolaires, ma fille était chez son père, je n'aurais pas supporté qu'elle me voie dans cet état. Au bout de trois jours, elle avait rappelé la femme mi-homme mi-petite fille. Je lui ai avoué la vérité, dit Claire, je lui ai dit que je souffrais moi aussi d'épuisement, que ma problématique était trop proche de la sienne pour que je sois sa thérapeute. Je lui ai donné un nom, pas celui d'un confrère mais d'une consœur, une analyste qui faisait partie de mon groupe de supervision. Elle avait soixante ans et le regard intrépide, il me semblait qu'elle serait capable de ressusciter la femme manquante.

Quant à Claire, c'était la nature qui l'avait ressuscitée. Ou plus exactement, la mer. Quand son médecin avait confirmé le diagnostic de burn-out, quand il avait constaté son rythme cardiaque, lui demandant avec des yeux écarquillés comment elle avait pu ne pas se rendre compte de la vitesse anormale des battements de son propre cœur, Claire avait décidé de décrocher un mois entier. Elle avait parlé de vacances à sa fille et à ses associés. Mais en réalité, en plein mois de janvier, elle s'était installée dans l'ancienne maison de ses grands-parents, une longère minuscule sur les côtes de la Manche. Elle s'était astreinte à marcher chaque jour, quel que soit son sentiment de déroute, quelle que soit la rudesse de la météo, le long d'une mer calme ou démontée. Ces marches quotidiennes lui avaient peu à peu rendu sa vision, son écoute, son toucher, ses cinq sens si longtemps accaparés par le besoin de faire plus et plus vite.

À son retour, elle avait pris la décision de céder une partie de son activité à ses collaborateurs, et de ne plus assurer que certaines missions occasionnelles en entreprise, pour se consacrer de nouveau à sa vocation de thérapeute. Il lui avait malgré tout fallu une année entière pour surmonter totalement son état d'épuisement.

— *To burn-out* signifie littéralement flamber, se consumer. Mon médecin m'a dit que ces tachycardies que je ne sentais pas auraient pu me tuer. J'ai failli mourir consumée par ce chuchotement pour qui je n'en faisais jamais assez.

NOTES PRISES APRÈS LE PARTAGE

Après le récit de Claire, nous avons éprouvé le besoin de changer d'atmosphère, de respirer l'air du dehors. Betty a proposé de nous conduire à travers les bois, nous pouvions marcher deux bonnes heures avant que le jour ne commence à tomber. Alors que Betty et Sarah avançaient devant nous, Claire m'a avoué qu'elle n'était pas loin de croire que certaines souffrances psychiques étaient contagieuses, qu'elles avaient le pouvoir de se propager, ce qui les rendait d'autant plus dangereuses. Elle avait parfois eu l'impression d'attraper un burn-out, exactement comme on attrape une grippe, au contact de ceux et de celles qu'elle aidait à prendre des responsabilités plus importantes, à s'insérer dans une équipe, cela malgré la lassitude, la tension, les contraintes qui s'accumulaient et cette menace d'épuisement dont tous lui parlaient, car tous connaissaient quelqu'un qui avait souffert de ça, ou en avaient souffert eux-mêmes, à des degrés de gravité variables, suivant leur âge, leurs responsabilités, leur tempérament. D'autres fois, elle se disait que c'était cette façon de renier ses sentiments, d'aller toujours plus vite, de mettre son intuition sous tutelle, qui était contagieuse. La femme manquante était contagieuse. La façon dont la force féminine, pas cette féminité de supermarché éminemment prévisible, non, l'élément féminin au sens mythologique, cosmique – Claire a rougi en prononçant ces mots – était nié. Claire m'a avoué que lorsque j'étais venue la voir, l'hiver dernier, pour lui parler de chasses aux sorcières, c'était à tout cela qu'elle avait repensé.

La conversation a continué, alors que nous quittions les chemins de terre pour couper à travers bois, par des sentiers insoupçonnables que Betty connaissait par cœur. Nous étions toutes d'accord avec Claire pour reconnaître que le burn-out était le symptôme d'un mal plus profond. Ce mal était l'esprit même de l'inquisiteur, la façon dont cet esprit nous possède, détruisant, sapant, haïssant tout ce qui échappe à son contrôle. Pour Sarah, l'inquisiteur était le contraire d'un religieux authentique. Elle l'imaginait comme un fanatique de prévisions, de procédures, de statistiques, accélérant les catastrophes avec acharnement et méthode. Alors que nous marchions entre les chênes et les pins sylvestres, elle nous dit que les températures avaient atteint quarante-cinq degrés, le printemps précédent, dans le village natal de son père, au nord de la Côte d'Ivoire. Plusieurs personnes en étaient mortes, leur cœur s'arrêtait tout simplement de battre, alors qu'elles se levaient ou traversaient la rue. Nous traitons la Terre comme nous traitons notre esprit, a murmuré Claire, nous consumons nos ressources, au-dedans et au-dehors. Elle ne trouvait pas étonnant que nous nous épuisions au travail, alors que nous marchions sur un sol qui ne connaissait plus la jachère ni le repos. Quant à Betty, elle ne trouvait pas étonnant que les hommes comme les femmes se sentent, face à l'esprit avide qui les assaillait de toute part, aussi démunis que des enfants. Et rejoignant le chemin qui menait à la maison, nous en revenions, une fois de plus, à la femme manquante.

Chassée. Manquante. Emmurée. Notant les évènements de l'après-midi avant de retrouver les filles pour dîner, je repense à la dernière phrase de *Malina*, ce roman de Bachmann où une femme finit emmurée dans son appartement. « C'était un assassinat », écrit Bachmann. La tentative d'assassinat de la magie de l'existence, de ce qui pousse, plonge, surgit, de notre humanité même. Mais un principe féminin est aussi une déesse, et les déesses ne se laissent pas assassiner. Elles se vengent. Ou elles nous demandent d'aller chercher la partie la plus honteuse, la plus vulnérable de nous-mêmes, pour la ramener à la lumière. C'est pourquoi nous devons le faire, pour éviter que le principe féminin ne se venge. Il lui est si facile, quand on y pense, de se venger. Tout ce qui est invisible, tout ce qui est souterrain, tout ce qui s'enracine est de son côté.

Je ne suis pas loin de penser que le moindre de nos gestes, le moindre de nos choix, le moindre de nos sentiments a sur l'environnement une influence dont nous ignorons tout.

QUATRIÈME PARTAGE
– SAMEDI SOIR –
HISTOIRES D'AMOUR

C'est au tour de Sarah de raconter son histoire. Mais elle voudrait d'abord que nous parlions d'amour. C'était bien le sujet de départ, non ? La sorcière et l'inquisiteur, et aussi, l'amour.

— Je commence à croire que l'amour est la seule issue, dit Sarah. Arrêtez de me regarder comme si j'avais reçu un coup sur la tête. Je suis sérieuse. Je n'arrête pas de penser à ces degrés supplémentaires qui vont se traduire en raz-de-marée, en régions invivables, en populations que nous regarderons lutter pour survivre, comme nous le faisons déjà, avec ce vague sentiment de voyager en première classe du *Titanic*. Chaque fois que je croise le regard de ma fille ou celui de certains élèves de ma classe, ce regard particulier des ados soudain traversés par une question dramatique, pourquoi je vis ? qu'y a-t-il après la mort ? est-ce que je l'aime vraiment ? pourquoi je souffre ? et si je me trompais de filière ? chaque fois que je vois passer ces questions-là dans leurs yeux, je tente d'imaginer le monde dans lequel ils vivront à nos âges. Et j'éprouve ce terrible sentiment d'impuissance, d'insuffisance des gestes nécessaires, trier ses déchets, réduire son empreinte carbone, et ensuite ? Comment rester sans rien faire, comment faire quelque chose ? En vous écoutant, depuis hier soir, je commence à me dire que tout est lié. Nous sommes tous la sorcière de quelqu'un et l'inquisiteur de quelqu'un d'autre. Alors nous ne sommes pas si impuissants que ça.

Sarah en est presque certaine, chaque fois qu'une relation amoureuse se rejoue autrement, chaque fois que des amants se réconcilient, quelque chose s'ouvre, une brèche, une possibilité. Quelque chose qui transforme notre environnement, de cela aussi, elle est presque certaine.

— Mais oserais-tu enlever le « presque » ? dis-je à Sarah.

Oserions-nous croire pour de bon que notre façon d'aimer peut changer le monde, que le développement durable de la planète est aussi celui de la psyché, que notre corps évolue à l'intérieur de notre âme ? Nous formulons maladroitement les choses, mais nous savons que la question est là. Tout près de nous. Comme une vibration dans l'air, un battement d'ailes entre les arbres, un craquement du plancher. D'autres que nous se posent la même question, en ce moment même, d'autres savent que nous nous la posons, entendent les mêmes craquements, perçoivent les mêmes reflets, le « presque » est sur le point de s'effacer.

Alors nous éprouvons le besoin d'évoquer nos compagnons, de les faire participer à la soirée, ne serait-ce qu'en prononçant leurs noms.

Gino. Il habite le sud de la France, Betty est heureuse avec lui depuis quatorze ans, ils n'envisagent pas de vivre ensemble. Gino vient d'être grand-père, il veut rester proche de ses enfants, surtout, il ne s'imagine pas vivre ailleurs qu'en Provence. Il habite un village à l'ouest d'Avignon, la ville l'effraie, les arbres le rassurent. À l'arrière de son jardin se trouve une tonnelle plantée de mûriers-platanes. Ce sont des arbres aux branches presque horizontales, on les dirait faits pour vous abriter, sauf à l'automne où les mûres tombent sur les nappes blanches. À cause de leur générosité excessive, Gino les appelle les Mères. Betty l'aime pour ça, pour son amour des arbres. Pour ses mains dont les veines apparentes rappellent les branches noueuses de ses mûriers. Elle non plus ne veut pas quitter sa maison, à peu près pour les mêmes raisons que Gino, l'enracinement, les enfants. « Alors nous nous aimons comme des adolescents », dit Betty. Se retrouvant pour les vacances, le week-end, s'envoyant des textos au moins une fois par jour. Rêvant l'un de l'autre, lorsqu'ils ne se sont pas vus depuis trop longtemps.

Saul. Claire a noué une amitié amoureuse avec l'homme à la voix grave, celui qu'elle n'avait pas eu le temps de rencontrer au moment de son burn-out. « Nous sommes devenus amis. Ça dure depuis trois ans. » Le lien qui les unit lui fait du bien, l'apaise alors même qu'ils ne sont pas amoureux, ils l'ont su tout de suite, dès qu'ils se sont vus. Mais ils se comprennent sans besoin de parler, et peuvent parler des heures lorsqu'ils s'appellent. Comme elle, Saul est psychanalyste, mais sa première vocation était religieuse, plus jeune, il voulait être prêtre. Il a abandonné le séminaire pour devenir thérapeute, mais garde quelque chose de sa vocation primitive, une lumière dans le regard, une écoute si attentive qu'elle semble crépiter. Surtout, il aime la solitude. Elle lui semble si pleine, si bruissante, qu'il n'envisage pas de vivre en couple. Saul avait compris au bout de vingt-quatre heures que s'inscrire sur un site de rencontres était une erreur. Il s'était désinscrit juste après que Claire lui eut parlé. Ajoutant : « Sans doute me suis-je inscrit pour toi. Tu m'appelais. » Saul a quelque chose de décalé, de médiumnique. C'est un excellent thérapeute. Il travaille dans un centre d'addictologie, sa théorie est que nous cherchons tous la même chose, mais que ceux qui cherchent avec intensité sont un peu comme des pilotes maladroits au volant d'une voiture de course. Bien souvent, ils foncent dans la mauvaise direction. Saul dit qu'il se contente de leur indiquer la bonne. Une sorcière, lui aussi, dit Claire.

Thomas. Claire a aussi rencontré un autre homme, quelqu'un qui l'attire, c'est tout neuf, ça date du mois dernier, il s'appelle Thomas, c'est le père d'une amie de sa fille. Il fait un métier qui n'a rien à voir avec le sien, un métier qu'elle trouve fascinant, Thomas est dessinateur. Il illustre des reportages, des chroniques, des faits divers. Il est aussi auteur de bandes dessinées. Ils se sont plu au premier regard, ils doivent se revoir la semaine prochaine. Claire n'a pas osé demander à Saul s'il avait prié pour qu'elle tombe amoureuse.

François. Sarah vit depuis huit ans avec François. Ils se sont rencontrés pour la première fois à la fin des années quatre-vingt-dix, elle avait vingt-huit ans, François deux de moins. Sarah venait de prendre un congé sabbatique, elle partait pour l'Inde une semaine plus tard, il ne pouvait pas la suivre. Ils ont passé six jours ensemble, mystérieusement bouleversés l'un par l'autre, se sont promis de s'écrire. Au début de son voyage, elle s'arrêtait chaque semaine dans un cybercafé pour répondre à ses mails. Mais au bout d'un mois, dit Sarah, quand je suis arrivée aux pieds de l'Himalaya, aux portes de la vallée du Spiti, cette terre lunaire qui s'étend entre l'Inde et le Tibet, je l'ai littéralement oublié. J'aimerais pouvoir vous dire que c'était à cause du téléphone qui ne passe pas dans ces endroits, à cause du mail qui ne passe pas, mais ce ne serait pas la vérité. Elle avait été aspirée par la montagne, les étoiles, le ciel immense de la vallée. Sarah avait fait appel à une agence de voyages locale, qui l'avait confiée aux bons soins d'un chauffeur presque adolescent et d'un vieil homme qui se levait chaque matin à l'aube pour effectuer de complexes exercices de yoga. Chaque soir avant de s'endormir, elle avait le sentiment de se confondre à l'espace, jamais elle n'avait vu les étoiles de si près. Si j'avais pensé à lui dans ces moments-là, dit-elle, ou même à ma mère, à mon père, ou à qui que ce soit, j'aurais eu le sentiment de commettre une trahison. Aussi avait-elle suivi son instinct et brièvement répondu aux longues missives de François lorsqu'elle était revenue à la civilisation, six semaines plus tard, depuis un cybercafé de Katmandou. Elle lui avait dit la vérité. Il se passait quelque chose, elle ne savait pas quoi, qui l'appelait de l'intérieur. Elle lui proposait de l'appeler dès son retour à Paris, mais préférait garder le silence d'ici là. François lui avait écrit qu'il comprenait, qu'il l'aimait. Sarah avait accueilli sa réponse avec gratitude et poursuivi son périple. Lorsque François lui avait annoncé, quelques mois plus tard, par une journée pluvieuse, qu'il avait rencontré quelqu'un d'autre, Sarah s'était sentie malheureuse, fautive et trahie. Sa tristesse avait duré plusieurs semaines. Puis elle avait rencontré le père de sa fille, s'était mariée, avait divorcé, déménagé. Elle était retombée sur François par hasard, douze ans plus tard, en plein mois d'août, dans une librairie. Il était en train de se séparer de sa femme. Il leur avait fallu quelques heures à peine, un verre le jour même, une promenade le lendemain, pour retrouver l'évidence d'autrefois. Ils avaient passé la nuit ensemble et ne s'étaient plus quittés. À quelques stations de métro près. Jusqu'à aujourd'hui, François et Sarah ne vivent pas ensemble. Ils se voient presque tous les jours, mais elle appréhende de vivre avec un homme. Cela n'a rien à voir avec François. « Plutôt avec un besoin de solitude », dit-elle. « Si nous habitions ensemble, entre son fils, ma fille et lui, je n'aurais plus un moment seule. » Alors chaque fois qu'il évoque leur cohabitation, elle lui dit, un peu nerveuse, qu'elle préférerait attendre, oh pas longtemps, deux ans, trois peut-être, le temps que leurs enfants soient plus autonomes. Dans ces moments-là, François la rassure, lui dit que rien n'est nécessaire, comme s'il devinait sa crainte de le perdre et que le besoin dont elle lui parle est plus profond qu'elle ne l'avoue.

Frédéric. À quelques nuances près, mon histoire ressemble à celle de Sarah. Lorsque j'ai rencontré

Frédéric, notre entente a été immédiate. Il y avait entre nous cette sorte d'évidence, un mélange d'attirance et de paix. Même si nous nous considérions comme un couple, nous vivions dans des appartements différents. Au bout de quatorze ans, je suis tombée amoureuse d'un autre homme, Frédéric et moi nous sommes séparés. Cet homme et moi nous aimions, profondément, mais nous nous comprenions mal. Notre histoire s'est achevée. Frédéric et moi nous sommes retrouvés, deux ans après notre séparation, d'abord sur la réserve, puis retrouvant les rires, l'évidence de toujours, nous avons décidé, pour la première fois, d'habiter ensemble.

La sorcière est apparue à ce moment-là.

NOTES PRISES APRÈS LE PARTAGE

La sorcière est apparue pour m'aider, illuminant ma peur, la faisant scintiller, se découper sur une histoire plus vaste, *cette peur nue et blanche avec laquelle une femme se retrouve seule, et à laquelle personne ne croit*, comme une énigme murmurant, résous-moi, me poussant à poser des mots nouveaux sur ce sentiment d'angoisse qu'avait toujours suscité chez moi l'idée de vivre avec un homme. Une angoisse qui n'avait rien à voir avec Frédéric, ni avec l'autre homme que j'ai aimé. Comme le dit Sarah avec humour, ça n'a rien de personnel. Mais allez expliquer ça à votre compagnon. Que vous ne voulez pas vivre avec lui, et qu'en plus, ça n'a rien de personnel. On croirait une lettre de licenciement. Pas étonnant que l'amour ne s'en remette pas. Combien de femmes perdent un homme qu'elles aiment, un homme avec qui cela aurait pu bien se passer, un homme blessé parce qu'il ne comprend pas. Un homme qui part ou bien qu'elles quittent, sans vraiment comprendre pourquoi, à cause d'une faute que chacun se rejette, avec, au fond de soi, le sentiment angoissant que cette faute n'appartient ni à l'un ni à l'autre, qu'elle vient de l'obscurité et qu'elle y demeure entière, incompressible, meurtrière, prête à étouffer l'amour ou à le tuer d'une seule morsure.

Jusqu'à ce qu'une sorcière apparaisse et murmure que la faute n'a rien à voir avec nous, enfin, ce petit nous qui commence par une date de naissance et s'achève par une disparition. Comme dirait Sarah, ce n'est pas personnel. C'est beaucoup plus grand.

Les sorcières aspirent à la réconciliation. Elles aspirent à ce que nous parlions d'elles, de ces parts blessées et mystérieuses de nous-mêmes, aux hommes que nous aimons. Alors eux aussi nous révéleront des choses que nous ignorons.

Betty a bifurqué à la suite d'un rêve. Claire, à la suite d'une rencontre avec une autre femme. Sarah, à la suite d'une coïncidence. Moi, à la suite d'une apparition. On peut en penser ce que l'on veut, mais dire que cela n'a aucune signification me paraît aussi naïf que de croire qu'on la comprend entièrement.

Un soir, au centre Assise, Jacques Breton m'a dit que prier Dieu le Père ne suffisait pas. Nous étions devenus amis, à ce moment-là, je fréquentais le dojo depuis un an, nous avions pris cette habitude de bavarder le mercredi soir, tous les deux, après la dernière méditation. Quand il m'a dit ça, je l'ai regardé avec des yeux ronds. Moi, je ne priais pas, je n'allais pas à la messe, tout ça me paralysait, me rappelait les gens bien de mes années d'adolescence, j'aimais le silence, les arbres, le zen, Jacques le savait très bien. Pourquoi tu me dis ça ? ai-je dit, méfiante, m'imaginant déjà qu'il voulait me convertir. Il faut prier la Mère autant que le Père, a dit Jacques. Tu peux m'expliquer la différence ? Je devais faire une drôle de tête parce qu'il a éclaté de rire. Jacques était un maître, qui tirait de son silence intérieur le pouvoir de lire les pensées. Tu me soupçonnes de démagogie, a-t-il dit, l'air amusé. Alors quelle est la différence ? ai-je dit. Lorsque cela vient de l'intérieur, c'est le Père. Lorsque tu es immergée en elle, c'est la Mère. Il n'y a rien d'autre à savoir, a dit Jacques.

Ce souvenir est si précieux pour moi que je ne pourrais pas en parler à voix haute. Je ne pourrais même pas l'écrire en plein jour. Il faut que ce soit dans l'obscurité que je l'écrive, au milieu de la nuit.

CINQUIÈME PARTAGE
– DIMANCHE MATIN –
HISTOIRE DE SARAH

— Pour moi, l'inquisiteur ne s'est pas présenté sous la forme d'un homme, dit Sarah, il ne m'a pas poussée à la soumission, ni à l'épuisement. Mais il était là. Durant des années. Tentant de m'affaiblir, de me contrôler, de me faire devenir une fille que je n'étais pas. J'ai presque l'impression de dire une chose ordinaire, c'est fou, quand on y pense. J'ai vécu durant des années avec une voix méchante, acerbe, haineuse dans la tête, il m'a fallu du temps pour en prendre conscience. Comme si une partie de mon esprit regorgeait de slogans, d'idées toutes faites, de clichés sur ce qu'une femme est censée faire ou pas, et me faisait des reproches incessants. Tu travailles trop, tu t'occupes mal de ta fille, tu as encore pris du poids, tu ne devrais pas faire autant de natation, ça t'élargit les épaules, tu as une carrure de garçon, tu finiras toute seule, tu es incapable d'aimer, le père de ta fille avait raison, tu as toujours été comme ça, souviens-toi de François, il a choisi une autre femme, une femme gentille, féminine, pas comme toi. Voilà le genre de choses qui tournaient en boucle dans ma tête, quelques mois après mon divorce. Parfois, c'était un grésillement, un murmure. Parfois, c'était comme une radio à plein volume. Dans ces cas-là, j'avais tendance à manger, une tablette de chocolat, un paquet de cookies, le genre de choses bourrées de sucre que je ne permettais qu'avec parcimonie à ma propre fille, ce qui, bien sûr, me faisait sentir d'autant plus coupable. Mais je ne m'affamais pas pour me punir, je ne sautais pas le repas suivant, j'étais loin des épisodes boulimiques de ma jeunesse. À défaut de me sentir séduisante, je ne devenais pas l'ennemie de mon propre corps. Les slogans anti-femmes ne braillaient pas toujours à plein volume, je n'avais pas toujours besoin de les faire taire avec une dose de sucre, le plus souvent, c'était comme un bruit de fond, l'impression qu'un programme tournait à l'arrière de ma tête. Mais ça ne s'arrêtait jamais tout à fait.

Alors Sarah a décidé de consulter. Une collègue à elle lui avait recommandé une femme, une psy assez âgée, dont le cabinet était proche de son travail. Elle reçut Sarah dans son salon, lui proposant une tasse de thé, avant de l'écouter avec attention. Cette liberté rassura Sarah, cette femme n'était pas du côté des « il faut » et des « tu dois ». La première chose que sa psy lui fit remarquer, c'est que malgré cette voix qui la décriait sans arrêt, elle élevait seule sa fille, dirigeait une équipe de douze personnes – Sarah travaillait pour une société de formation mais seul l'enseignement la faisait vraiment rêver – avait un ami, paraissait en forme. Alors même si son travail ne lui convenait pas tout à fait, même si elle n'était pas amoureuse, pour quelqu'un qui se jugeait en permanence, elle ne se débrouillait pas si mal. « Imaginez ce qui se passerait si vous cessiez de vous juger », lui dit alors sa thérapeute en lui resservant une tasse de thé.

Il lui arrivait d'en avoir des sortes d'aperçus. Sarah regardait sa fille dont les jambes s'allongeaient. Ou bien, elle éprouvait ce vertige joyeux, tôt le matin, lorsqu'elle partait courir le long des quais. Ou se mettait à danser, seule dans son salon, en écoutant de la musique des années quatre-vingt-dix. Dans ces moments-là, il lui semblait qu'une énergie insoupçonnée l'envahissait. Mais tout de suite après, elle avait honte, elle avait honte d'être trop forte.

— Il y avait quelque chose en moi, dit Sarah, quelque chose qui détestait ma force. Un discours haineux me faisant toujours le même reproche, me donnant toujours le même ordre. Tu es trop forte. Rentre dans le rang. Sois fragile, ou fais semblant. Je commençais à me rendre compte que tout était lié, les kilos que j'avais à perdre, ce manque de fragilité dont j'avais l'impression qu'il faisait fuir les hommes, et ces fringales de sucre chaque fois que j'échouais à faire semblant d'être une fille romantique, à minauder, à envoyer de longs SMS sirupeux, à me taire en réunion lorsque j'en savais plus que les autres, à dire à mon amant qu'il m'avait manqué, à faire semblant d'être désemparée lorsqu'il boudait. Toute cette comédie échouait pour moi. Je parlais quand il ne fallait pas, je ne disais rien quand j'aurais dû parler. J'avais beau faire, le rôle de la fille romantique, la fille qui attend son prince pour que sa vie prenne tout son sens, ce rôle-là ne prenait pas.

Celles pour qui le rôle ne prenait pas. Les grandes gueules, les mégères attachées nues sur un âne, promenées à travers les rues avec une muselière sur le visage. Ces femmes trop fortes qui n'avouaient pas. Dont l'esprit ne cédait pas.

— Au bout de neuf séances, dit Sarah, je m'en souviens comme si c'était hier, ma psy m'a annoncé que je n'avais plus besoin d'elle. Je n'en revenais pas. Je lui ai demandé si elle était sérieuse, trois mois de thérapie, à peine, pour une femme en plein tournant ? Elle m'a regardée avec sa bienveillance habituelle. J'avais assez de ressources pour surmonter cette épreuve, selon elle, même si je traversais une phase difficile. Mais cette phase s'achevait, je pouvais la croire sur parole. De son côté, elle était trop âgée pour recevoir beaucoup de patients, elle préférait consacrer son temps à ceux qui avaient vraiment besoin d'elle. En gros, j'étais virée. Elle m'a quand même dit que je pourrais revenir, si vraiment je me sentais mal, si rien ne bougeait, il suffirait que je l'appelle, elle serait là pour moi. Aujourd'hui, je crois qu'elle savait très bien ce qu'elle faisait, je lui ai même écrit une lettre, un an plus tard, pour la remercier. Mais sur le moment, j'avoue que ça m'a fait un choc.

L'été suivant, Sarah avait recommencé à voyager, emmenant sa fille en vacances au Népal, la découvrant si intrépide, à douze ans, qu'elle avait dû lui apprendre à ne pas surestimer ses forces, comme si le besoin d'espace qui l'avait toujours habitée s'était transmis, mystérieux mais implacable comme un caractère héréditaire. À l'automne, Sarah avait quitté l'homme qu'elle voyait de temps en temps, elle ne s'était pas inscrite sur un site de rencontres, assumant désormais le regard des autres sur sa solitude.

— Je commençais à admettre, dit Sarah, que je ne serais jamais la créature soumise et éthérée que j'avais plus ou moins rêvé d'être, que je n'arriverais même jamais à faire semblant. Ce rêve m'avait fait perdre tellement de temps, il m'avait causé tant d'angoisses que j'ai décidé d'y renoncer pour de bon. On se fait tout un monde du renoncement, on croit que c'est une chose noble, sage, difficile, mais ce n'est pas du tout l'impression que ça m'a donné. J'ai eu la sensation d'ôter un vêtement trop petit pour le passer une bonne fois par-dessus ma tête. Ma vie ne s'est pas transformée sur-le-champ, mais j'ai tout de suite su que j'avais pris la bonne décision. J'avais l'impression d'avoir fait une sorte de vœu ou de prière.

Reprends Ton rêve romantique, je n'en veux pas. C'est Toi que je veux. La vie entière.

Quelques mois plus tard Sarah avait, comme par hasard, dit-elle, retrouvé François dans une librairie. Elle avait revu une amie du collège, devenue professeure à quarante ans, leur conversation avait réveillé en elle sa vocation première. Et la voix haineuse s'était tue. Mais Sarah n'était pas dupe de ces coïncidences, elle les savait liées à cette promesse qu'elle s'était faite à elle-même, de ne plus avoir honte de sa propre force.

— Il existe un besoin que personne ne peut combler. Aucun homme. Aucune femme. Voilà ce que j'aurais voulu qu'une sorcière me dise. Voilà ce que je dirai à ma fille le jour où elle aura l'âge de l'entendre. Ne laisse personne te priver de ton pouvoir spirituel. Parce que c'est bien de ça qu'il s'agit.

NOTES PRISES APRÈS LE PARTAGE

Sarah avait les larmes aux yeux quand elle s'est tue et nous, qui l'écoutions, étions aussi remuées qu'elle. Comme si nous sentions palpiter, au-delà de nos histoires différentes, ce qui nous unissait. Au fond, c'est une nouveauté, a dit Sarah. Que les femmes assument leur vocation spirituelle – elle a rougi comme une collégienne en prononçant le mot, ce qui était presque drôle après tout ce qu'elle venait de nous dire – sans entrer dans les ordres, en travaillant, en agissant, c'est quelque chose d'entièrement nouveau. Nouveau et ancien à la fois, a dit Claire. À ce moment-là, nous étions très émues, comme si nous avions fait une sorte de vœu, nous aussi. Comme si cette transmission dont nous avions tant de fois évoqué le manque n'avait en réalité jamais cessé, comme si la connaissance des femmes anciennes était parvenue jusqu'à nous.

Je termine à présent de recopier ces notes dans la pièce où je travaille, entourée des livres par lesquels tout a commencé. En plus des notes prises chez Betty, j'ai avec moi une feuille pliée en quatre sur laquelle Claire et Sarah ont tenté d'écrire, au retour de notre dernière promenade en forêt, la liste de ces conseils que chacune d'entre nous aurait voulu recevoir ou donner. Cette liste s'est vite avérée impossible à dresser d'une façon sérieuse, alors elle a fini par s'amincir jusqu'à devenir une sorte de poème, bien loin de la liste exhaustive de conseils judicieux que nous avions espéré écrire. La feuille est restée sur la table une partie du dimanche, nous ne savions pas trop ce qu'il convenait d'en faire. Aucune d'entre nous ne voulant être celle qui la froisserait, j'ai fini par la garder.

Au milieu de la vie ordinaire, une fille pleure dans l'obscurité.
Coïncidences, pressentiments. Attention aux signes !
Se retirer. Partir. Écouter.
Doute, jugement, condamnation, il y a trois nuits à traverser.
Pour retrouver la fille chassée.
Retourner à la vie ordinaire et entière.

J'ai glissé la feuille entre les pages de l'album où se trouvent des photos de mes grands-mères encore enfants, des figuiers de Tunisie et des chênes de la Forêt-Noire.

SORCIÈRE

La sorcière ne me hante plus. Sans doute ai-je répondu à sa question, sans doute a-t-elle répondu à la mienne. Elle seule pouvait transformer l'empreinte laissée dans mon esprit par des évènements bien antérieurs à ma naissance. Elle seule pouvait faire vibrer ces évènements comme des cordes, résonnant avec mes secrets de famille. Est-ce un complexe qui se résout, une résonance qui s'apaise, un nœud qui se défait glissant dans la pénombre ? La sorcière murmure que les images se transforment mais que toutes naissent d'une histoire ancienne.

Combattre le mal. Guérir le mal par des sortilèges et des moyens habiles.

La mise à mort de milliers de femmes durant les grandes chasses était aussi une tentative d'assassinat psychique. Visant les mortes et les survivants. Visant à éteindre tout désir, toute faculté de voyage intérieur, visant à détruire jusqu'au souvenir de ce désir. Mais cette tentative a échoué. Comme si l'expérience de la chasse était indissociable d'une autre expérience, celle d'une puissance de création et de guérison bien plus radicale, résistante et tenace que le mal qui lui est fait. Et me voilà plus optimiste encore à la fin de cette histoire qu'au début, ressentant ce que j'ai ressenti si souvent durant mon adolescence, ce sentiment que les histoires ne se succèdent pas mais communiquent entre elles. Comme si le souvenir de la femme chassée libérait nos ancêtres, réparait les fractures, les blessures, les craquements. Comme si notre mémoire avait le pouvoir de modifier le passé, en le déployant sous les plis d'une cape.

Qui est celle qui m'est apparue ? Je ne le saurai sans doute jamais. On dit que les sorcières ont deux visages, l'un magique, l'autre ordinaire. J'imagine la Dame noire comme une force impersonnelle, tissu de mémoire soyeux, enveloppant, bruissant de noms de magiciennes, Circé, Mélusine, Iseult, pas Iseult la Blonde mais Iseult la mère, celle qui prépare le philtre, celle par qui arrivent l'erreur et le roman. Ou la sorcière m'apparaît, vieille thérapeute aux ongles rouges, éternelle marraine des enfants rejetés. Ou bien, je pense aux animaux, à leurs yeux immenses, patients, insondables, à leurs rêves qui se mêlent aux nôtres la nuit. J'imagine les chiens, les chats, les oiseaux, errant aux pieds des bûchers, miaulant comme des pietà hérétiques, voletant comme des âmes au-dessus de la fumée, chantant, qui sait. Et puis, il y a ces rêves, dont nous nous éveillons avec un sentiment de plénitude inexpliquée, s'enfuyant à peine nous essayons de nous les rappeler. Et la sorcière disparaît.

Son visage ordinaire est celui d'une fille sans nom. Quinze ans, peut-être moins. Cette gamine au crâne rasé est l'une de mes ancêtres, ancêtre de sang ou de papier, cela n'a pas d'importance, c'est une femme de ma famille. Dans le noir de sa prison, la gosse fait une prière qui tient en un seul mot. Pourquoi ? Et cette prière est une promesse résonnant contre les murs, résonnant, résonnant, un jour elle comprendra, un jour les murs tomberont.

Et cette prière me parle.

DE LA MÊME AUTRICE

Aux Éditions J.-C. Lattès

LE COMPLEXE DE LA SORCIÈRE, 2020 (Folio n° 6886).

LA FAILLE, 2015 (Folio n° 6283).

180 JOURS, 2013 (Folio n° 6677).

ADDICTION GÉNÉRALE, 2011.

LE CŒUR DE L'OGRE, 2003.

LA PRIÈRE DE SEPTEMBRE, 2002.

L, 2001 (J'ai Lu, 2003).

Chez d'autres éditeurs

ÉTAT SAUVAGE, *Éditions Indigène*, 2012.

TRANSFORMATIONS D'UNE FEMME, *Grasset*, 2009.

LA FEMME QUI RIT : LE MARCHÉ NOIR DE LA RÉALITÉ, *Éditions Descartes & Cie*, 2007.

PANIQUE, *Grasset*, 2006.

HARD COPY, *Actes Sud*, 2001.

Tous les papiers utilisés pour les ouvrages
des collections Folio sont certifiés
et proviennent de forêts gérées durablement.

Composition Nord Compo
Impression Novoprint
à Barcelone, le 2 décembre 2022
Dépôt légal : décembre 2022
1er dépôt légal dans la collection : décembre 2020

ISBN 978-2-07-289464-0 / Imprimé en Espagne

560935